기어코 스쿠터

낙담청춘, 유라시아 횡단기

기어코 스쿠터

낙담청춘,
유라시아
횡단기

사진 · 글
노효석

유년 시절 매우 뚱뚱하고 소심한 성격이었던 나는 또래들과 친해지지 못했다. 쉽게 말하면 왕따였다. 중학생이 되며 살이 조금씩 빠졌고, 다행히도 좋은 친구들이 몇몇 생기며 나름대로 외롭지 않은 학창시절을 보낼 수 있었다. 하지만 유년시절의 기억은 트라우마가 되어 쉽게 떨쳐지지 않았다. 남들과 다르다는 이유로 따돌림을 당했던 경험 때문에 남들과 비슷해지기 위해 타인의 행동을 따라 하거나 흉내 내고, 자신의 부족한 모습을 감추기 위해 타인의 치부를 들추고 놀려대는 습관이 생겼다. 비겁한 놈이었다. 무리에 소속되면 그 구성원이 가지고 있는 능력치가 마치 본인의 것인 양 어깨에 힘을 주고 다니는 녀석들. 내가 바로 그런 놈이었다.

'빈 수레가 요란하다.' 라는 속담이 있다. 내가 바로 그 빈수레였다. 빈 수레는 자신이 텅 비어있다 는 것을 잘 알고 있다. 그렇기에 더욱더 요란하게 소리를 내며 마치 절규하듯 자신을 증명한다. 어린 빈 수레는 커서 스무 살이 되었고, 남들이 하는 것을 적당히 따라 하며 살다가, 대학은 나와야 먹고산다기에 성적에 맞춰 대학에 들어갔다. 십 대 때와는 다를 거라며 부푼 기대를 안고 들어간 대학은 학년만 높아진 고등학교 같았다. 역시나 이곳에서도 잘나가는 놈들이 판을 주도했고, 다들 본인의 외모, 재력, 나이, 인맥 등 가진 모든 것을 내세워 마치 판매되는 상품처럼 스스로의 가치를 인정받기 위해 안간힘을 쓰고 있었다. 성인이 되면 더 멋지고 아름다운 세상이 펼쳐질 거라 생각했던 건 나만의 착각이었다. 사회에서 만들어 놓은 길을, 서툴지만 터덜터덜 걸어가더라도 종착지에 유토피아는 펼쳐지지 않는다는 현실을 온몸으로 알게 된 것이다. 마음속 한편에 조금씩 세상과의 괴리가 생기기 시작한 것은 이때부터였다.

'튀는 행동을 하면 배척당한다.' 대학생활 동안 스스로를 지탱하기 위해 만든 나만의 원칙을 힘겹게 지켜가며 넘치지도 모자라지도 않는 학점을 이수하고, 누구나 다 하는 간단한 자격증 몇 개, 취업에 조금이라도 도움이 되진 않을까 싶어 봉사활동도 조금, 그리고 평균수준의 토익점수를 얻었다. 그게 다였다. 마지막 울타리인 대학교 생활까지 끝나버리고 사회에 내동댕이 처진 후에는 일말의 자비도 없었다. 세상에는 대단한 사람들이 너무나도 많았고 그에 비해 내가 가진 것은 초라하기 그지없었다. 모순이지만 잘되고 싶은데 공부는 하기 싫고, 먹고는 살아야 하는데 경쟁력은 없다. 자신이 없었기에 그냥 다 포기하고 이 삶의 현장에서 도망치고 싶었다. 실력으로 안 되니 특이한 경험이라도 만들어야 하나 싶던 찰나, 요즘 여기저기서 흘러나오는 문구가 문득 생각났다.

"지친 젊음이여, 떠나라!"
"넓은 시야로 세상을 바라보세요."
"여행을 통해 바뀌는 인생."

희망과 행복으로 가득한 문구들. 여행을 가면 저들이 말하는 것처럼 인생이 바뀔까? 나는 처참한 상황을 반전시켜줄 기적이 필요했다. '스펙'을 얻는 건 고통스럽지만 '여행' 하는 건 즐거울 테니까.

그 순간부터 나는 도망칠 준비를 했다.
이미 취업전선에서 탈락의 고배를 마신 지 오래고, 고통스러운 나날이 반복되는 것이 너무나도 싫었다. 모아둔 돈을 쓰는 건 아깝지만 미래에 대한 투자라 자기 합리화하며 여행 한 번으로 내 인생을 반전시킬 도박을 결심한 것이다. '빈 수레'를 '가득 찬 수레'로 바꾸기 위해, 어쩌면 처음이자 마지막이 될지도 모르는 여행을 하기로 결심했다.

목차

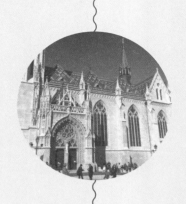

part. 1
—
여행의
시작

사는 게 바빠서,
시간이 안 나서,
거리가 멀어서….

온갖 핑계로 소원해진
중학교, 고등학교, 대학교 친구와
군대 동기들이 보고 싶었다.

고민

보여주기식 인생 계획의 마지막 종착지. 군대를 전역하고 백수가 되었다. 놀고 있는 내 모습이 한심해 보였는지, 부모님이 어학연수나 워킹홀리데이를 가볼 생각이 없냐고 대뜸 물어보셨다.

부모님의 지원을 받아 편하고 좋은 조건으로 해외 경험과 공부를 동시에 할 수 있는 기회였다. 좋은 제안이었지만 나는 나를 너무나도 잘 알기에 자신이 없었다. 나는 애초에 근성이 없는 반푼이다. 분명히 가서도 열심히 하지 않을 것은 자명했다.

딱히 하고 싶었던 것도 아니었고 막상 가도 부모님의 기대에 부응하지 못할 거란 생각이 들었다. 처음부터 겁을 먹은 것이다. 나는 그 결과에 책임을 질 정도로 강한 사람이 아니었다.

한편으로는 지금까지 자기 인생도 스스로 설계하지 못하는 놈이란 자기혐오도 있었다. 이렇게 한심하게 살아도 될까? 살아오면서 스스로의 의지로 한 것이 없었고, 주어진 길을 따라가기 위해 노력했지만 딱히 멋들어지게 이룬 것도 없었다. 이도 저도 아닌 반푼이인 것이다. 비겁하게 쉬운 길을 선택하고, 그 선택조차도 남에게 의지하며 내 인생의 무엇 하나도 책임지려 하지 않았다. 그래서 고민했다. 그렇다면 나는 지금 어떤 선택을 해야 할까.

막연하게 미래가 두려워 대학 생활을 하며 아르바이트를 통해 꾸

준히 모아둔 돈과, 졸업 후 2년 6개월 간 직업군인으로 일하며 받은 월급을 저금한 돈이 천만 원 정도 있었다. 이 정도면 충분하다. 자금의 여유를 확인한 순간 결심했다. 한동안은 다 잊고 떠나자. 내 돈으로 가는 거니까 누가 질책하진 않겠지. 적어도 비난은 받지 않을 것이다. 이런 생각들로 스스로를 달래면서, 주변 사람들에게 여행을 다녀오겠다고 통보했다.

당연히 반대가 심했다. 힘들게 모든 돈으로, 왜 아무짝에도 쓸모없는 여행을 하느냐. 차라리 워킹홀리데이나 연수를 가는 것이 취업에 훨씬 더 도움이 될 거라는 말씀이었다. 부정할 수 없는 사실일지도 모른다. 하지만 더 이상의 압박은 싫다. 평생 동안 못 해본 스스로 선택한 인생에 대한 열망도 있었다. 적어도 스스로 선택한 것이니 남에게 피해주지 않고 내가 책임질 수 있고 잘못되어도 나 하나로 끝날 수 있다는 사실이 홀가분해서 좋았다.

부모님은 여행이 취업에 큰 스펙이 될 거라는 허울 좋은 명목으로 설득했다. 물론 도움이 될지 안 될지는 전혀 알 수 없다. 오히려 독이 될지도 모른다. 다행히 거창하게 포장한 계획은 적어도 부모님을 안심시키기에는 충분했다. 혼자 살아가는 세상이 아니었기에 주변의 누군가를 설득하기 위해선 대의명분이 필요했다. '취업에 도움이 된다'라는 대내외적인 여행의 당위성을 획득한 순간이었다.

날개

나는 유독 대중교통의 답답함을 싫어했는데 이유는 단순했다. 멀미가 정말 심했기 때문이다. 대학교 4학년 때, 인턴 실습장이 너무 멀고 대중교통으로 낭비되는 시간이 아까워 부모님 몰래 구입한 110cc 스쿠터를 타고 다녔던 적이 있다. 가장 큰 장점은 내가 가고 싶을 때 가고 멈추고 싶을 때 멈출 수 있다는 것. 스쿠터를 타면 시간의 제약도 없고 장소의 제약도 없다는 게 가장 매력적으로 다가왔다. 내가 가는 곳이 곧 길이고 어디든 마음만 먹으면 떠날 수 있으니 말이다. 당시 나에게 스쿠터는 자유의 날개와도 같았다.

　퇴근을 30여 분 앞두고, 사무실 의자에 앉아 인생에서 몇 없는 즐거웠던 그 시절을 추억했다. 나에게 날개와도 같은 이 멋진 이동수단을 타고 세계를 누비면 얼마나 재밌을까? 주말인 다음 날 당직 근무를 서야 했음에도 불구하고 퇴근 후에 열심히 자전거 페달을 밟아 숙소로 돌아온 뒤, 새벽까지 인터넷을 온통 뒤져가며 오토바이로 전국일주, 유라시아 대륙 횡단, 세계여행을 했던 사람들의 사례를 찾기 위해 안간힘을 썼다.

　열심히 찾아본 결과 몇 개의 여행기가 적혀 있는 블로그와 책을 찾을 수 있었다. 하지만 문제가 있었다. 대부분의 사람들이 수천만 원짜리 오토바이를 타고 여행을 다녀왔기 때문이다. 나에게는 별세상 이야기처럼 들렸다. 물론 비싼 게 좋기야 하겠지만, 내겐 그 정도의 자금이 없으니 다른 대안을 찾아야 했다.

다시 인터넷에서 사례를 뒤져보고 알라딘 중고서점에서 열심히 여행기 책을 탐색 하던 중, 딱 봐도 사람의 손길이 닿은 지 오래되어 보이는 여행 서적 코너의 구석에서『똘끼의 50cc 스쿠터로 유라시아 대륙 횡단』이라는 책을 찾아냈다.

분명 인터넷에선 저가의 스쿠터로 대륙 횡단을 하는 것은 불가능하다는 내용이 지배적이었는데 이 사람은 50cc 스쿠터로 유라시아를 횡단하고 책까지 썼다. 불가능한 일이 아닌 것이다. 신기하게도 책을 구매한 후, 작은 스쿠터로 대륙을 횡단한 블로거 2명을 더 찾아낼 수 있었다. 조금씩 희망이 생겨났다.

여행에 필요한 면허증을 취득한 뒤 스쿠터를 고르면서 여행을 한 사람들에 의해 기존에 검증된 스쿠터를 구매하려 했지만, 그러면 왠지 또 따라쟁이가 될 것 같아 조금 더 고민한 끝에 혼다의 PCX125라는 기종을 선택하게 되었다. 싸고, 튼튼하고, 아직 이 기종으로 여행을 한 사람의 글을 보지 못했다는 것이 선택의 이유였다. 무엇보다 로고가 '날개'여서 좋았다.

횡단 동안 나의 날개가 되어 준 혼다 PCX125

전국일주

~~~

애초에 스쿠터 경력이라곤 대학생 때 작은 스쿠터를 반년 정도 몰아본 것이 전부였기에 유라시아 횡단이라는 큰 여정에 앞서 사전 연습의 필요성을 느꼈다. 그래서 유라시아로 떠나기 전 예비 여행으로 전국일주를 계획했다. 전국의 명소라든가 관광지를 가고픈 게 아닌 연습의 목적이었기에 처음에 루트를 정하는 게 쉽지 않았다. 상업적인 블로그 글로 뒤덮인 전국의 명소를 검색하며 계획을 세우던 중, 이런 식의 전국일주가 과연 의미가 있을까 싶어서 검색을 멈추고 잠시 상념에 사로잡혀 있던 찰나, 문득 좋은 아이디어가 떠올랐다.

'친구들은 잘 지내고 있나? 뭐하고들 살까?'

우리는 살아가며 학교, 동아리, 군대, 직장 등 수많은 집단의 구성원으로 소속되고 그 안에서 많은 사람을 만나며 인연을 가진다. 하지만 그 순간은 영원하지 않고 각자의 길을 걷기 위해 자연스럽게 서로 멀어지게 된다. 마지막 순간에 우리가 상투적으로 하는 말이 있다. "다음에 꼭 보자! 언제 밥 한 끼 하자!" 보통은 그 안부 인사가 마지막이 되는 경우가 다반사다. 세상에 영원한 것은 없고 나이를 먹을수록 각자의 길을 걸으며 하루하루를 더 치열하게 살게 되니 어쩔 수 없는 일이다.

　나도 예외는 아니다. 정말 만나고 싶었는데 사는 게 바빠서, 시간
이 안 나서, 거리가 멀어서…. 온갖 핑계로 소원해진 중학교, 고등학
교, 대학교 친구와 군대 동기들이 보고 싶었다. 이거다! 친구들을 만
나러 갈, 꽤 그럴싸한 핑계거리가 생겼다. 좀 더 정확한 위치를 파악
하기 위해서라는 빌미로 오랜만에 친구들에게 용기를 내 카톡으로
연락을 했다. 다행히 친구들은 변함없이 나를 반겨주었고 만날 사람
들의 위치를 구글 맵에 정확히 표시하여 파주에서 시작해 서산을 찍
고 제천을 통과해서 시계방향으로 전국을 한 바퀴 도는 전국일주 루
트를 완성하게 되었다.

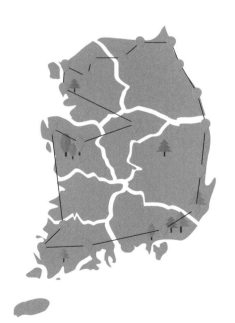

친구들의 고향과
사는 위치를 생각해
지도에 대강 핀을 박아보니
재미있게도 전국일주
지도가 완성되었다.

하지만 시시각각 변하는 상황들로 인해 실제 해당 루트와 똑같이 이동하진 못했다. 역시 인생은 내 맘대로 되는 법이 없다. 전국일주를 할 때까지만 해도 여전히 겁이 나서 블라디보스토크행 티켓을 예약하지 않고 질질 끌며 망설였던 나에게 용기를 준 친구들과 지인들을 떠올리니 다시금 감사한 마음이 든다.

전국일주 때에는 전문적인 지식이 없었기에 가장 기초적 장비인 헬멧과 장갑, 지도를 보기 위한 핸드폰 거치대와 노숙을 할 요량으로 싸구려 텐트와 매트 정도만을 준비했었다. 한낮 기온이 38도에 육박하는, 몸이 녹아내릴 정도로 무더운 여름, 정해 놓은 루트를 따라 열심히 달려 다시 일산으로 돌아오기 200여 ㎞를 남겨두고 불운의 사고로 부상을 당하면서 마무리 된 전국일주를 통해, 많은 준비물이 필요하다는 사실을 배우게 되었다.

전국일주 동안 메모해둔 기록을 토대로 사고로부터 몸을 보호해 줄 수 있는 추가 안전 장비와 기타 물품들을 구매한 뒤 본격적인 횡단 준비를 마쳤다.

친구들이 바이크에 적어준 응원 글귀

많은 캠핑 지식을 알려주신 캠핑가게 사장님과 직원님. 오토바이에 대해 쥐뿔도 모르던 나에게 많은 것을 가르쳐 준 희성오토바이 사장님. 언제나 나를 응원해주는 멋지고 든든한 친형. 고등학생 시절 일본어 최강자가되기 위해 겨루던 라이벌 재철이. 내 실없는 헛소리에도 언제나 천사같은 웃음으로 답해준 긍정왕 민영이. 미운 정 고운 정 다 든 김시호, 박상현, 정우상, 이동연. 세모발인 나를 축구의 세계로 입문시켜준, 십자인대가 항상 아픈 상혁이. 군대에서 같이 훈련을 받으며 전우애로 똘똘 뭉쳐 살을 에는 혹한을 함께 헤쳐나간 동기 지훈. 대학생 시절 먹을 쌀이 다 떨어져 거지처럼 살고 있던 내게 일용할 양식을 건네주던 구세주, 대학교 동기 문원이. 나보다 많이 먹는 것 같은데 살이 전혀 찌지 않는 부러운 친구, 무심한 듯 주변 사람들을 잘 챙겨주는 여경이. 그 주변인 중 하나가 나였다. 본인이 하고자 하는 목표를 향해 묵묵히 앞으로 나아가고 있는 본받고 싶은 친구 승빈이. 지옥같은 불볕더위에 열정과 패기를 발산하며 포기의 기로 앞에 있던 나를 이끌어준 불지옥 왕, 인생의 리더 계열이. 자연과 더불어 살아가는 즐거움을 알게해주신 큰이모와 이모부. 함께 인생에 대해 푸념하며 술잔을 기울였지만, 정작 본인은 멋들어진 바이크와 함께 인생을 즐기며 살아가는 학군 동기 윤욱이. 앞으로의 삶에 대한 고민으로 막막해 어두운 기운을 뿜어내고 있을 때 스스럼없이 다가와 친구가 되어준 호스텔 친구들. 이타세에서 만나 잠깐이었지만 길동무가 되어주신 김남기님과 엔젤님. 다들 말렸던 여행을 끝까지 지지해주신 큰아버지와 큰어머니, 찬우형과 형수님.

보고 싶은 이들을 찾아 떠난 전국일주는 나의 불안함과 부족함을 채워주고 용기를 심어주었다.

터널

집에서 'DBS 크루즈페리'까지의 거리는 300km지만 무리하지 않기 위해 이틀에 걸쳐 도착하는 일정으로 출항 하루 전 동해로 출발했다. 시간적 여유가 있었기에 마음이 편했다. 무리하지 않고, 적당한 속도로 천천히 목적지를 향해갔다. 날씨가 더워 땀범벅이 된 것 빼고는 모든 게 무난한 출발이었다. 지금 입고 있는 겨울용 옷은 쩌죽을 듯 덥지만 분명 추운 러시아에서는 빛날 거다.

복잡한 도심을 힘들게 빠져나온 뒤 홍천부터는 차가 거의 없어 아주 평화롭게 이동했다. 가는 길에 스쿠터에 달아 놓은 깃발의 글귀(노씨의 전국일주&유라시아 횡단)를 읽어본 운전자들이 내 옆에서 경적을 울리며 엄지를 치켜세워 주곤 했다. 모든 사람이 여행을 축복해주는 기분이 들어 무척 좋았다. 모든 것이 완벽했다.

출발하기 직전
일산 집 앞에서.
짐이 생각보다 많아서
꽤 무겁다.
처음해보는 패킹이라
단단하지 않고
미숙한 점이 많다.

입가에 옅은 미소를 띠며 목적지를 향한 주행에 박차를 가하던 중 갑자기 핸들에서 덜컥거리며 쇠가 부딪치는 소리가 났다. 원인 파악을 위해 잠시 멈춰 상태를 확인했다. 달아두었던 안개등이 충격을 이기지 못하고 떨어져 나간 것이다. 본격적인 여행을 시작하기 앞서 안개등이 떨어져 나간 건 전혀 예상하지 못했던 상황이었다. 그리고 안개등이 앞으로도 여행 동안 계속 날 괴롭히게 될 것이라는 점도 이때까진 알지 못했다.

가는 날이 장날이라고 첫날부터 사건이 발생한다. 사실 공구는 겉멋이다. 할 수 있는 거라곤 조이고 푸는 것밖에 없다. 역시나 이 방향, 저 방향 돌려봤지만 헛수고였다. 더 이상 시간을 지체할 수 없었기 때문에 안개등은 그냥 떼버리기로 결정했다. 다행히 분리하기 쉽게 달려 있어서 선을 절단하지 않고 떼어 낼 수 있었다. 안개등은 잘 포장해서 트렁크에 넣어 두었다. 그래도 하나는 아직 남아 있으니까 다행이라는 생각으로 다시 항구를 향해 출발했다. 무더위 속에서 안개등과 투덜거리며 씨름하다가, 아주 잠깐 집으로 돌아갈까 하고 생각했던 순간이었다.

분명 여유가 있을 거라 생각했는데 예상보다 해가 빨리 저물어 간다. 하늘에 먹구름이 끼고 바람도 점차 거세진다. 전국일주 당시, 무모하게 야간 주행을 하다 사고가 발생했던 악몽이 떠오른다. 본능적으로 위험을 직감한 나는 조급해진 마음만큼 속도를 올리며 최대한 빨리 목적지에 도착하기 위해 노력했다.

　멀리서 터널이 보인다. 터널에 진입하고 나서부터는 매서운 바람이 막아져서 쾌적하게 이동할 수 있었다. 생각보다 길었던 터널 출구가 보이기 시작한다. 근데 뭔가 이상하다. 출구가 왜 이리 어두워 보이지? 터널에 들어오기 직전만 해도 햇빛이 쨍쨍했고 그렇게 많은 시간이 지난 것도 아닌데 말이다. 잠시 이상함을 느꼈지만 개의치 않고 출구를 향해 나아갔다. 그런데 터널을 나온 순간, 뭔가 잘못되어도 단단히 잘못되었음을 깨달았다.

　암흑이다. 한 치 앞도 보이지 않는 암흑 속에서 내리는 굵은 빗줄기와 눈앞에 펼쳐진 절벽은 등골을 오싹하게 만들었다.

　너무나도 이질적인 이 광경을 머리로는 이해했지만 몸이 거부하고 있었다. 잘못하면 큰 사고가 날 수도 있는 상황. 앞서가던 차량들이 일제히 비상등을 켰고 비상등의 불빛이 왼쪽으로 급격하게 사라지는 모습을 보고 급커브 구간임을 알 수 있었다. 어둠과 빗줄기 너머로 희미하게 비치는 앞차의 불빛을 따라 온 신경을 집중하여 재앙과도 같은 이곳을 벗어나기 위해 발버둥친 끝에 목적지에 도착하였고 나중에 그 터널이 수많은 생명을 앗아간 '미시령 터널'이라는 것을 알게 되었다.

몸도 마음도 눅눅하게 가라앉은 채 말로만 듣던 미시령 터널의 무서움을 온몸으로 체험할 수 있는 순간이었다. 숙소는 친척 형이 여행선물로 준 리조트 1일 숙박 이용권을 사용해 해결했다. 긴장이 풀리니 배가 고파져 편의점에서 라면과 빵 몇 개를 사서 방에서 먹었다. 라면에 밥까지 말아먹고도 뭔가 아쉬워 맥주 한 캔을 사와 벌컥벌컥 마시고 내일을 위해 잠자리에 들었다.

이제 정말 시작이다. 이젠 더 이상 돌아갈 수도 없다. 여기서부터 내딛는 모든 발걸음이 새롭게 개척되는 모험의 시작이다. 내가 과연 어디까지 갈 수 있을지는 모르지만 내 힘이 닿는 데까지, 끝까지 가보자.

part. 2

러시아

마니차를
손으로 돌리며 기도하면
소원이 이루어진다고 한다.

마니차를 천천히
손으로 하나하나 굴려가며
내가 이 여행을 포기하지 않게
해달라고 기도했다.

출항

동해

정말 좋은 숙소였지만 걱정과 불안함에 잠을 설쳤다. 눈만 감은 채로 누워서 밤을 지새우고 불과 몇 시간 전 설정했던 알람 소리를 듣고 일어났다. 아직 새벽이다. 전날 사둔 빵과 바나나맛 우유로 간단히 끼니를 때우고 늦지 않기 위해 새벽 5시 반에 출발했다.

동해항으로 향하기 전, 속초에 있는 군대 동기 강호를 만났다. 원래 전국일주 때 만나기로 했다가 일정 변경으로 만나지 못해 많이 아쉬웠는데 다행히 동해항까지 가는 길에 속초를 경유하게 되어 잠시나마 강호를 보고 갈 수 있었다. 강호는 사연이 많은 친구다. 속초에서 군 생활을 하고 우여곡절 끝에 전역 후 속초에서 맥주 가게를 하고 있다. 여태 만난 친구들도 그러했지만 참 사람의 앞날이라는 건 알 수가 없다. 학교를 졸업하며 진행된 조촐한 행사 자리에서 마지막으로 봤던 강호는 어엿한 가게 사장님이 되어 있었다. 오늘도 새벽 5시까지 일하다 이제 겨우 마감을 했다고 한다.

　오랜만에 만난 강호는 부쩍 피곤한 기색이었지만 두 눈만큼은 열정으로 반짝반짝 빛나고 있었다. 거친 세상과 정면으로 부닥치며 치열하게 살아가고 있는 강호를 보고 있자니 내 자신이 괜히 부끄럽게 느껴졌지만 약한 모습을 보이고 싶지 않아 내색하지는 않았다. 많은 이야기를 할 수는 없었지만 강호의 응원 덕에 다시 힘을 얻을 수 있는 시간이었다. 멈췄던 비도 다시금 추적추적 내리고 있어 아쉬움을 뒤로 한 채 동해항으로 다시 출발했다.

　신나게 달리다 만난 주유소에서 마지막이 될 한국 기름을 가득히 주유했다. 여담으로 주유를 하며 마지막으로 달려 있던 안개등도 부러졌음을 알 수 있었다.

새벽 안개와 비를 뚫고
3시간여를 쉬지 않고 달린 끝에
드디어 국제여객터미널에 도착했다.

적당한 곳에 스쿠터를 세우고 선적 사무실로 들어갔다. 스쿠터를 선적하고 다시 접견실에서 선적과 관련된 서류를 받기 위해 기다렸다. 내심 나와 같은 시기에 출발하는 다른 여행자가 나타나기길 기대했지만 아무도 나타나지 않았다. 나홀로 여행 확정이다.

스쿠터라는 물품을 해외로 반출하는 것이기 때문에 1년 동안의 수출을 허가한다는 증명서인 일시수출입신고서를 작성했다. 원칙대로라면 일시수출입증서로 반출된 물건은 명시되어 있는 기한 내에 수출되었던 항구를 통해서 다시 국내로 수입되어야 하지만, 나는 블라디보스토크이 아닌 스페인을 통해 부산항으로 스쿠터를 들여보낼 계획이었다. 직원에게 문의를 하니 사유서를 작성해서 해당 항구로 가져가서 제출하면 충분히 가능하다고 한다. 안심된 마음으로 모든 절차를 마치고 항구 안으로 들어왔다.

철저하게 짐을 분류해서 왔는데 현장에서 사용할 포크와 숟가락, 나이프가 달려 있는 다용도 칼을 혹시나 뺏기진 않을까 짐을 풀면서도 조마조마했다. 세관원이 서류심사를 한다. 검사, 검문과 같은 단

세관원의 안내에 따라
소지품을 확인받기 위해
검문소로 이동했다.

어와 함께 제복을 입은 누군가와 조우하게 되면 잘못한 것도 없는데 왠지 걱정되고 불안하다. 물품과 차량 번호 등 이것저것을 확인했고 다행히 별 문제는 없었다. 다시 짐을 단단히 스쿠터에 고정하고 있자니 스쿠터를 검사했던 세관원이 나에게 다가오며 말을 건넨다.

"앞서 출발한 다른 친구들보다 짐을 더 꼼꼼하게 묶네. 올해 몇 살이에요?"
"26살입니다."
"부럽네요. 멋진 추억 많이 만들고 오세요. 응원합니다."
"감사합니다. 살아서 돌아오겠습니다."

검사가 끝나니 겁먹어서 쳐다보지도 못했던 세관원의 부드러운 미소가 이제야 보인다. 죽으러 가는 것도 아닌데 살아서 돌아오겠단 말을 왜 했을까? 세관원의 말을 듣고 살짝 우쭐해져 짐을 더 단단하게 묶고 다시 시동을 걸었다.

꽤 큰 규모의 선박이 벌린 거대한 입안으로 통통거리는 소리를 내며 조심스럽게 들어갔다. 안내를 받아 들어온 선박 한편에서 선원이 스쿠터를 결박 끈으로 단단히 고정해주는 모습을 확인하고 화물칸을 빠져나왔다. 출국 심사 줄에 서서 절차에 따라 선박에 올랐다. 앞에 있던, 한국어를 유창하게 하는 러시아인이 귤 2박스를 들고 가려다가 직원과 마찰이 발생한 모양이다. 한국 귤을 아주 좋아하는 것 같아 보이는 러시아 아저씨는 지인에게 선물할 요량인지 억울함을 호소하며 귤을 왜 못 가져가게 하냐고 화를 내고 있었다. 과일류는 몇kg 이상으로는 해외로 반출이 어려운 모양이다.

크루즈 티켓은 가장 저렴한 이코노미로 구매했다. 가격은 100달러. 우리나라 돈으로 11만 원 정도다. 나를 제외하곤 모두 러시아인이었기 때문에 살짝 겁이 났다. 모두 덩치가 크고 인상도 매우 강했다. 나도 약해보이지 않기 위해 말을 하지 않고 괜히 인상을 쓰며 앉아있었다. 아무래도 혼자이다 보니 온갖 잡다한 생각이 다 들고 자기방어적으로 생각하게 된다.

이제는 정말 배에 몸을 실었기 때문에 다시 돌아갈 수 없다. 시작이라는 설렘과 미지의 땅을 여행한다는 두려움이 동시에 느껴졌다. 배의 고동감이 두 발을 타고 온몸으로 전해진다. 오랜만에 느껴보는 긴장감에 괜스레 가슴이 떨려왔다. 왜 여태껏 이 떨림을 느끼지 못한 걸까. 왠지 살아온 나날들을 반성하게 된다. 자기반성을 마치고

여러 명이 같이 자는 것 빼고는 매우 쾌적한 환경이었다.

현수막에는 'DBS 크루즈페리와
함께 멋진 여행되세요!'라고
적혀 있었다.

드넓은 바다를 보며 앞으로 있을 여정을 무사히 마칠 수 있도록 대
자연에 마음속으로 기도했다.

배가 출발할 때 있던 즐거운 기억이 떠오른다. 선사 직원 분들이
손에 들고 있었던 현수막을 펼쳐주며 출발을 응원해주었던 순간이
다. 처음에 직원들이 모여 있는 모습을 보고 무슨 문제가 생겼나 하
며 긴장했던 내가 바보같이 느껴졌던 순간이다. 이때부터 온몸을 감
싸던 긴장감을 조금 내려놓기로 했다.

출항하기 전 희미하게 잡히던 인터넷을 타고 문자 하나가 도착했
다. 여행 준비를 하며 알게 된 횡단 여행자 마산빵국님이었다. 하지
만 전달된 문자는 비보였다. 울란우데를 통과하던 중 현지에서 도둑
을 만나 귀중품과 여권, 여행 자금을 분실하여 어쩔 수 없이 다시 한
국으로 귀국하기 위해 왔던 길을 돌아 출발지인 블라디보스토크에
도착했다는 내용이었다. 내가 앞으로 밟게 될 길을 먼저 밟아본 마
산빵국님은 본인이 여행하며 겪은 다양한 경험과 주의해야 할 점을
꼼꼼히 전해주었다. 역시 횡단은 웬만한 정신력과 체력, 주의력 없
이는 불가능한 큰 산이라는 것을 다시 한번 되새길 수 있었다.

단절

블라디보스토크

배가 본격적으로 바다를 가로지르기 시작하고 인터넷이 끊기며 한국에서의 삶이 모두 단절된 순간, 내가 얼마나 무언가에 의지하며 살아왔는지 새삼 깨달았다. 핸드폰이 없으면 아무것도 할 수 없는 사람이었다. 너무나도 지루하다. 이럴 줄 알았으면 책이나 한 권 가지고 올 걸 그랬다.

무료한 시간을 달래기 위해 가지고 온 세계 지도를 꺼내 내가 앞으로 나아갈 루트에 대해 다시 검토하고 지역명과 국도 번호 등을 외우며 시간을 때웠다. 세계 여행하는 기분을 내기 위해 구입한 지도는 사실상 오프라인 내비게이션을 보고 달리기 때문에 딱히 필요

물론 위험한 상황이
실제로 일어났을 때 나침반이나
지도가 크게 도움이 될까 싶지만,
이 지도는 내가 여행자라는
아이덴티티를 일깨워주는
아이템이다.

가 없을 수도 있으나 혹시 모를 상황을 대비해 나침반과 함께 챙겨 왔다. 혼자서 형광펜과 볼펜으로 이것저것 지도에 끄적거리다가 끝내 지루함을 이기지 못하고 다시 배 안을 서성였다.

그러던 중 스피커를 통해 저녁식사 안내 방송이 나왔고 선사 직원의 배려 덕분에 무료로 챙겨 받은 식권을 이용해 든든히 밥을 먹었다. 식후에 배 안에서 산 맥주 한 캔을 바깥에서 까먹으며 밤바다를 바라봤다. 바다 위에 있어서 그런지 습기가 가득해 몸이 끈적끈적했다. 내가 러시아로 들어가는 것을 허락하지 않으려는지 바다에는 해무가 짙게 끼고 바람도 매섭게 몰아쳤다. 부디 블라디보스토크에 도착하는 당일에는 화창한 햇빛이 나를 반겨주길 기도했다.

거칠었던 바다 한복판에서의 밤이 지나고 아침을 맞이했다. 다행히 거센 파도가 몰아치던 바다는 언제 그랬냐는 듯 평온해졌고 내 바람대로 따사로운 햇살이 나를 반겨주었다. 하지만 아직 망망대해다. 언제쯤 러시아 땅을 볼 수 있을까.

라운지에 앉아서 멍하니 풍경을 바라보고 있었는데 갑자기 선내의 사람들이 웅성거리며 배 갑판으로 향한다. 호기심에 나도 그들을 따라 배 갑판 위로 올라갔다. 갑판으로 올라서니 멀리서 대륙이 보인다. 그리고 그 방향에서 헬기 한 대가 우리 배 쪽으로 다가왔다. 주변 사람들의 대화를 들어보니 도선사가 헬기를 타고 배로 들어온다는 내용이었다. 뭔가 설레기 시작한다. 이제 정말 러시아의 영해로 들어온 것인가. 사람들의 예상과 다르게 헬기는 배 상공을 한 바퀴 크게 선회하더니 다시 내륙을 향해 돌아갔고 이쪽으로 다가온 작은 배에서 도선사로 보이는 할아버지가 승선했다. 그리고 배는 러시아 블라디보스토크 항구에 서서히 다가가, 육중한 몸을 섬세하게 조절하며 입항했다.

이젠 다른 사람의 경험을 전해 듣는 것이 아닌 내가 직접 겪어나

드디어 다른 이들의 여행기를 통해 수도 없이 들었던,
모든 것의 시작이라 불리는 블라디보스토크 항구에 도착했다.

갈 나의 이야기가 이곳에서 시작된다. 이 광경을 내 눈으로 보게 될 줄이야. 떨림과 설렘, 비장함 등 복잡한 감정을 동반한 채 항구를 바라보았다.

사람들이 배에서 내리기 위해 벌써부터 줄을 서기 시작한다. 나도 따라 줄을 서려 몸을 일으키는데 직원 한 명이 나에게 다가왔다.

"혹시 그… 스쿠터 화물 같이 선적하신 노효석 님 맞으시죠?"
"네 맞습니다. 무슨 일이시죠?"
"아, 다른 건 아니고 식당 구역 쪽에서 잠시 기다려 주시겠어요?"

10분 정도 후에 다시 직원이 다가와 스쿠터를 하역한 뒤 인수받기 위한 각종 절차에 대해 설명했다. DBS 크루즈페리와 연계된 회사에서 해당 절차를 전부 도와줄 예정이니 출국장에서 내 이름이 적혀 있는 플랜카드를 들고 있는 러시아 분을 만나면 된다고 한다.

짙은 녹색의 제복을 말끔하게 차려입은, 큰 덩치에 날카로운 눈매를 가진 통관 직원은 나를 쳐다보며 무심하고 딱딱한 어조로 나에게 말했다. "빠쓰뽀르뜨." 나는 당당하게 여권을 제시했다. 하지만 문제는 이 다음이었다. 여권을 확인한 직원이 나에게 어떤 말들을 반복하기 시작했다.

뭐가 잘못된 걸까. 대화가 안 통하는 내가 답답했는지 본인의 부스 위쪽에 쓰여 있는 글을 가리키며 종이 한 장을 준다. 'Place of Visa Issuance'라고 쓰인 종이였다. 왜 이 생각을 못 했을까. 입국신

고서는 당연히 작성해야 하는데 완전히 까먹고 있었다. 보통 입국한 곳에서 다시 출국하기 때문에 입국신고서를 잘 보관해야 한다고 한다. 내 경우엔 한 번 통과한 길은 다시 돌아오지 않는 루트이기 때문에 크게 의미는 없다만 그래도 혹시 모르니 "임뽀르딴트"라며 신고서의 중요성을 계속 강조하던 직원의 말을 듣고 서류를 소중하게 보관했다. 보통은 직원이 알아서 작성해준다고 하여 별 생각을 안 하고 있던 나의 불찰이었다. 더 철저해야 했다. 앞으로는 모든 상황들을 생각하고 사전에 준비해야만 한다. 나는 혼자니까.

무사히 입국심사를 마치고 출구로 나오니 큰 키의 러시아인이 나를 불렀다. 안톤이라고 본인을 소개한 그는 스쿠터 인수를 위해 필요한 각종 절차를 대행해주는 GBM 로지스틱스의 직원이다. 안톤에게 본사로 향하기 전에 짐을 먼저 숙소에 두고 이동하고 싶다고 말했다. 기본적으로 스쿠터를 다시 받으려면 대략 2~4일 정도가 소요된다는 사전 정보가 있었기에 호스텔은 2박 3일 일정으로 예약했다. 안톤과 바로 헤어지면 연락 수단이 없어 다시 만나기 어렵고 예약한

1박에 500루블
(약 8,000원)에
예약한 테플로 호텔.

호스텔의 위치도 정확히 몰랐기에 그의 안내를 받아 호스텔로 걸어서 이동하기로 했다.

～～～～

숙소를 알아볼 때 몇 가지 확인하는 것들이 있는데 다음과 같다.

첫 번째는 가격.

두 번째는 위치와 편의시설 유무.(침대 바로 옆에 콘센트가 있는지, 와이파이는 강하게 잡히는지, 물품 보관이 가능한 락커가 있는지 정도.)

세 번째는 평점과 후기이다(가능하다면 만 원을 넘지 않는 가격에 평점이 8점 이상인 호스텔 혹은 게스트하우스가 좋다). 이 세 가지 내용을 확인하며 숙소를 찾으면 그래도 꽤나 만족스러운 잠자리를 보장 받을 수 있다.

～～～～

9월이라는 어정쩡한 시기의 비수기라 그런지 숙소는 전반적으로 저렴했다. 부킹닷컴에서 6인실 도미토리를 싸게 예약했다. 체크인 시간도 오후 두 시였기 때문에 블라디보스토크에 도착하는 시간과도 얼추 맞아 떨어졌다.

다인실 숙소는 침대가 1층이냐 2층이냐에 따라서 희비가 갈린다. 1층 침대는 침대 밑의 공간을 수납공간처럼 사용할 수 있고 쉴 때도 의자처럼 앉아서, 누워서 쉴 수도 있지만 저렴한 숙소는 전반적으로 침대들이 약하기 때문에 자칫 2층 침대를 이용하는 사람이 덩치가 크면 내가 자는 도중 침대가 무너져 내리진 않을까 노심초사하게 될 수도 있다.

반면 2층 침대는 1층에 비해 상대적으로 시선을 덜 받기 때문에 나만의 공간이라는 아늑함도 느낄 수 있다. 하지만 역시 사다리를 타고 올라가는 건 귀찮은 일이고 도미토리에 코를 고는 누군가가 한 명이라도 존재하면 코 고는 소리가 천장을 한 번 치고 직접적으로 전해지기 때문에 매우 고통스러울 수 있다. 여행할 땐 귀akro가 필수 아이템이다.

　개인 락커가 없었기에 짐을 침대 기둥에 자물쇠로 묶어두고 두꺼운 외투를 벗어던진 후 가벼운 복장으로 다시 안톤을 따라 나섰다. 기다려준 안톤에게 미안한 마음이 들어 한국에서 미리 챙겨온 바나나맛 초코파이를 선물해주었다. 사전에 알아본 대로 러시아에서 초코파이는 꽤나 인기였다.

　사무실로 들어가니 한 동양인이 러시아어로 누군가와 전화를 하고 있다. 그는 전화를 끊은 뒤 밝게 웃으며 한국말로 나를 맞이해주었다. 그는 이 대행회사의 사장님이었다. 러시아에 입국한 지 하루밖에 지나지 않았지만 낯선 분위기에 상당히 겁을 먹고 있었는데 낯선 땅에서 한국인을 만나니 긴장도 풀리고 참 반가웠다.
　사장님에게 스쿠터를 타고 유라시아를 횡단하기 위해 블라디보스토크으로 왔다고 하니 웃으신다. 불과 한 달 전에 6명의 오토바이 여행자가 나와 같은 여행을 먼저 시작했다고 한다. 아마 전국일주 때 블로그를 통해 알게 되어 자주 연락했던 스쿠터 여행자인 희망유희 님과 병국님, 그리고 다른 일행들이지 않을까 싶다. 잘하면 그들과

안톤의 추천을 받아
MTC의 유심칩을
사용하기로 했다.

만날 수 있다고 생각하니 벌써부터 마음이 들떴다.

사무실 의자에 앉아 하역 대행과 관련된 기본적인 설명을 듣고 서류를 작성하다가 시간이 늦어 내일 마저 하기로 하고 앞으로 러시아 여행을 하기 위해 필요한 기본적인 물품들을 구입하는 것을 안톤이 도와주기로 했다.

가장 처음 한 일은 내 생명과도 같은 스마트폰의 유심칩을 사는 것이었다. 러시아에는 크게 MTC, 메가폰, 빌라인 이렇게 3개의 통신사가 있다. 저렴하고 데이터 걱정없는 무제한 요금이 필요했고 MTC는 이 조건을 충족하는 통신사였다. 스마트폰으로 사진 촬영과 블로그 기록, 내비게이션, 숙소 예약과 같은 모든 것을 해야 하기 때문에 데이터는 나에게 매우 중요한 문제였다. 두 달간 데이터 무제한이 되는 요금제를 구매했고 러시아 전화번호를 받았다. 유심칩을 사고 도시의 마트, 맛있는 음식점, 편의시설의 위치에 대한 설명을 간단하게 해준 안톤과는 그의 다른 일정 때문에 헤어져야 했다. 안톤에게 공부한 러시아어로 "쓰바씨-바Спасибо, 감사합니다."라고 인사를 한 뒤 숙소로 발걸음을 돌렸다.

  숙소로 돌아오는 길에 시간이 남아 어디라도 가보기로 했다. 여기까지 왔는데 시간이 허투로 흘러가는 게 너무 아까웠다. 우선 마트를 가보자. 난 개인적으로 마트 구경을 참 좋아한다. 마트는 그 나라의 식품부터 그들의 삶, 넓게는 문화까지 느낄 수 있는 멋진 장소다.

  마트를 향해 발걸음을 옮기려 하는데, 숙소 쪽으로 웬 멋들어진 바이크가 굉음을 내며 들어온다. 딱 봐도 크고 강해 보이는 오토바이였다. 신기하게도 등에 '코리아 레전드'라는 한글로 된 패치가 달린 가죽 재킷을 입고 있었다. 숙소 바로 옆에 있는 수리점 사장님과 무언가 대화를 나누더니 등장할 때처럼 엄청난 속도로 순식간에 사라져 버렸다. 그와 같이 바람을 가르며 지평선을 질주할 내 모습을 상상하니 입가에 웃음이 번진다. 바이크의 소리가 멀어져 더 이상 들리지 않게 될 때쯤 정신을 차리고 원래 목적지였던 마트를 향해 다시 걸음을 옮겼다.

  어느 도시건 그렇지만 노숙자들이 간간dl 보인다. 동양인이라 그런 건지 내 착각인지 나를 향한 날카로운 시선이 느껴졌다. 가끔 내 옆으로 성큼성큼 다가와 '따박', '돌라'라고 거칠게 외치며 담배 혹은 달러를 달라는 노숙자들의 위협이 있었지만 무어라고 대답을 해봤자 좋은 꼴을 보지 못할 것 같아 그들을 피해 최대한 빠른 걸음으로 그곳을 벗어났다.

도시에는 누군가를 기리는 동상이 많았다. 거리 곳곳에 과거 공산국가였던 소련 시절의 잔재를 느낄 수 있었다. 블라디보스토크은 러시아에서도 매우 큰 도시인데, 원래는 군사도시여서 불과 몇 년 전까지만 해도 군인과 군인 가족 이외에는 들어올 수 없었다고 한다.

마침내 중앙 광장 인근에 위치한 마트에 도착했다. 마트의 상당한 규모와 다양한 식료품은 내 관심을 끌기에 차고 넘쳤다. 평소에 물처럼 즐겨 먹는 우유가 가장 먼저 눈에 들어왔다. 벼락치기로 공부해둔 러시아어를 까먹지 않기 위해 입으로 중얼거리며 열심히 글자를 읽었다. 생긴 건 우유처럼 생겼지만 신맛이 나는 요구르트가 있었는데 몇 번 사먹어 보고 난 후에야 제대로 알게 되었다. '케피르 кефир'라고 불리는 러시아인들의 대중적인 요구르트였다.

한국에서 알아봤던, 러시아인들이 사랑하는 한국 식품 중 하나인 도시락 컵라면도 있었다. 우리나라에선 큰 반응이 없지만 의외의 시장인 러시아에서 불티나게 팔리고 있었다. 왠지 모를 애국심이 들어 간단하게 끼니를 때울 겸 도시락 라면 하나와 과자를 구매했다.

상품의 이름을 읽고,
적당히 내용물을
추측해가며
저녁거리 장을 봤다.

　마트에서 30분 동안 쇼핑을 하고 밖으로 나오니 우중충한 날씨는 온데간데없고 따사로운 햇살이 나를 반긴다. 기분이 꽤나 좋다. 부디 앞으로의 여정도 오늘의 날씨와 같이 무탈하길 기원해본다.

　혼자 하는 외국여행이라 아직 긴장이 돼서 맥주는 사지 않았다. 혹시나 좋지 않은 일이 발생했을 때 취기로 인해 위험한 순간에 대처할 수 없을 것 같다는 생각이 들어서였다. 혼자 하는 여행은 이렇게 불안한 생각을 하게 만든다. 나중에 안 사실인데 블라디보스토크은 밤 10시가 넘으면 술을 팔지 않는다고 한다. 딱히 한 일도 없는데 벌써 하루가 다 가버렸다. 아쉬웠다.

　적당히 끼니를 때우고 각오를 다질 겸 세계 지도를 펼쳐보며 여기저기에서 들었던 내용을 지도에 표시한다. 몇 년 전 일본인 바이커가 캠핑 중 강도의 습격으로 목숨을 잃었던 곳, 지형이 위험한 곳, 비포장 도로 등. 펜을 굴려가며 주로 위험지역을 지도에 표시했다.

　지도를 보며 앞으로의 여정이 쉽지 않겠다는 생각을 하던 중 마산빼국님에게 카톡이 왔다. 마침 서로 시간이 비어서 공원에서 만나기로 했다. 빼국님은 한국으로 돌아가기 전 나에게 필요한 유용한 정보와 노하우들을 많이 알려주었다. 안타까운 것은 내용이 대체적으로 흉흉했다는 것이다.

캠핑을 하던 중 장대비를 맞아 텐트 안까지 물바다가 될 뻔한 일부터 시작해 텐트 옆에 세워 놓은 오토바이가 강풍에 밀려 텐트 쪽으로 쓰러진 위험했던 순간, 울란우데에서 대부분의 소지품을 도난당해 여행을 포기하게 된 이야기까지. 물론 모든 사람이 다 겪는 건 아니겠지만 이런 위험한 상황이 나에게 일어나지 말란 법도 없다. 나 또한 마산빼국님처럼 혼자 여행을 하기에 더욱 집중해서 이야기를 들었다. 메모할 수 있는 것들은 메모하고 빼국님의 조언을 새겨들으며 위험한 상황을 예방하기 위해 앞으로 어떤 방식으로 여행을 해야 할지 머리를 굴리며 고민했다.

그리고 횡단 초입에 사고와 오토바이 고장으로 리타이어를 하신 분들의 이야기도 듣게 되었다. 다행히 많이 다치진 않았다고 하지만 나라는 놈은 참으로 이기적이게도 덕분에 참고 자료가 늘어나게 되어 다행이라고 느꼈다. 겉으론 안타깝다고 말하고 있었지만 속으론 내가 아니라 다행이라는 안도감을 느낀 것이다. 낯설음에 대한 두려움으로 인해 자기방어적이고 이기적이게 생각하는 나 자신이 미워지는 순간이었다.

감사하면서도 찜찜한 마음을 가지고 마산빼국님과 헤어지려고 하는데 그가 여행 기원 선물이라며 가방에서 무언가를 꺼냈다. 내가 그렇게 찾았지만 끝내 발견하지 못했던 부탄가스다. 본인이 쓰던 건데 이젠 필요가 없어졌으니 나에게 꼭 주고 싶어서 가져왔다고 한다. 정말 미안하고 고마웠다. 그는 한국으로 돌아가지만 조만간 반드시 다시 유라시아 횡단에 도전할 거라고 한다. 그의 반짝거리는 눈을 보며 뺑국님은 참 대단한 사람이라고 생각했다. 그런 힘든 일을 겪으면 보통 다시는 오지 않을 거라 하는데, 그는 나와 달리 강한 사람이었다.

그와 작별하고 돌아온 숙소에서, 많은 생각이 들어 잠이 오지 않았다. 아주 무료한 상태였다. 라운지로 나와 쇼파에 기대 복잡한 고민과 앞으로의 여정에 대한 무수한 생각을 했다. 라운지에 울려퍼지는 알아듣지도 못하는 러시아어 방송은 내 기분과는 대조되듯, 밝고 명랑한 어조로 무언가를 이야기하고 있었다. 그러던 중, 말끔하게 차려입은 노중년의 등장으로 나의 상황은 어두움에서 조금 밝고 정적이게 전환되었다.

"혹시 한국 사람이에요?"
"네 맞습니다. 한국분이시군요! 반갑습니다!"

멋쩍게 그에게 인사를 했다. 마산뺑국님과 헤어진 후 한 마디도 안 해서 그런지 입이 근질거려 내가 여기로 온 이유, 앞으로의 여행 계획에 대해 신나게 떠들어댔다. 그도 본인에 대해 간략하게 설명해주었는데 블라디보스토크에서 스포티지 차를 타고 몽골까지 갔다왔으며 지금은 여행을 마치고 한국으로 돌아가는 배편을 기다리고 있는 중이라고 했다. 과연 그는 어떤 다양하고 재밌는 경험을 했고 그것들을 통해 어떤 느낌을 얻었을까?

마산빵국님과는 또 다른, 재미도 있었지만 다사다난하기도 했던 그의 여행기를 통해 뼈가 되고 살이 되는 경험자의 조언을 들을 수 있었다. 이야기가 대략 마무리된 후, 그는 나에게 저녁식사를 제안했고 우리는 길거리에 있는 푸드트럭으로 이동해 케밥을 먹기로 했다.

영어를 유창하게 구사하며 음식을 주문하는 그를 보니 문득 호기심이 들어 몇 개 국어를 하는지 조심스레 물어보았다. 그는 부끄러워하면서 영어와 중국어를 꽤 잘한다고 대답했다. 일전에 중국 전역

그가 들려주는
여행기를
향신료 삼아 먹는
케밥은 참으로 맛있었다.

케밥집은
항구에서 멀지 않은
길거리 음식점이었다.
동네에서 장사가 잘 되는
맛집이라고 한다.

을 배낭 하나를 메고 도보로 여행했을 정도로 수준급의 중국어 실력을 가지고 있는 그였다.

여담으로 중반쯤에 시골 마을에서 만난 마을사람들이 나귀를 선물해줘서 이후에 나귀를 타고 여행했다는 이야기도 들을 수 있었다. 마치 중국 고서에나 나올 법한 여행 방식이지 않은가. 당나귀를 타고 중국을 여행하는 그의 모습을 상상하니 백발에 긴 수염을 가진 도사가 신선이 되기 위해 수행하며 세상을 여행하는 모습이 머릿속으로 그려진다. 그는 중국 여행을 위해 여행 전 1년간 중국어를 정말 열심히 공부했다고 한다.

케밥을 먹으며 직업, 나이, 살아온 환경 등의 허울은 벗어버리고 여행이라는 공통분모를 통해 스스럼없이 즐거운 대화를 이어나갈 수 있었다.

우리는 대부분, 아니 적어도 나는 스스로에게 솔직하지 못했다. 사실 스스로에게 진실했던 적이 살면서 얼마나 있었는지 잘 모르겠다. 아마 거의 없었을 것이다. 누군가를 대면할 때 나이와 직업, 위치, 연봉과 같은 그 사람의 본질이 아닌 상대방이 가지고 있는 주변의 것들을 통해 사람을 판단하는 게 아닌, 서로를 진솔하게 대하며 서로의 공통 관심사에 대해 열띤 대화를 할 수 있어 정말 행복했다.

행복감을 가득 안고 다시 도미토리로 돌아와 잠을 청하려 하니 내 침대 바로 옆에 또 다른 한국인이 있어 새롭게 대화를 이어나갔다. 그는 혼자서 3박 4일 일정으로 블라디보스토크 여행을 왔다고 한다. 오랫동안 몸 바쳐 일했던 회사에서 정년퇴직을 빙자한 권고사직을 받고 직장을 그만둔 후, 크나큰 상실감에 안 좋은 생각까지 했지만 상실감을 극복하고 새로운 전환점을 맞이하기 위해 이곳으로 왔다고 했다. 무심한 듯 퇴직에 대한 이야기를 하는 그의 얼굴에서 여러 가지 복합적인 감정을 느낄 수 있었다. 도미토리 안에 다른 투숙객도 있었기에 대화하기가 껄끄러워 라운지로 나와 좀 더 이야기를 나눈 뒤 서로의 일정을 위해 잠자리에 들었다.

러시아는 우리나라와 다르게 상대적으로 하루를 시작하는 시간이 느리다. 오전 9시나 돼서야 정말 드물게 하나둘 사람들이 거리로 나오기 시작한다. 해도 뜨지 않는 새벽부터 정류장에서 직장으로 향하는 버스를 기다리는 우리나라 사회인들을 떠올리니 러시아인들이 부럽다는 생각이 들며 기분이 조금 울적해졌다.

간단하게 아침을 먹고 오전 9시 30분에 GBM 회사에서 안톤을 만나 스쿠터를 인수받기 위한 절차를 밟았다. 10시에 서류 등록이 끝났으나 발급까진 2시간 정도 소요되어 다른 업무가 있는 안톤과 헤어지고 12시에 다시 만나기로 했다.

길가를 배회하다 고소한 빵 냄새에 이끌려 들어간 베이커리에서 빵을 사먹었다. 먹음직스럽게 생긴 샌드위치와 크로와상을 손으로 가리키며 "렙, 스꼴까 스또잇xleb, Сколько стоит?, 빵, 얼마입니까?"이라고 물었다. 갓 입이 트인 어린아이 같은 나의 말이 제대로 전달이 될지는 미지수였다. 다행히도 직원은 내 말을 이해한 뒤 웃으며 가격을 말해주었다. 러시아어로 감사하다고 말하며 돈을 내니 "빠잘알스따

빵을 사면서
사실상 처음 제대로
공부해두었던
러시아어를 사용했다.

пожайлуста, 천만에요"라고 대답해주었다. 뭔가 해낸 것 같아 기분이 꽤 좋
았다.

기분 좋게 점심을 먹고 12시에 GBM으로 찾아갔지만 안톤이 일
때문에 아직 오지 않았다. 덕분에 사장님과 또 점심 식사를 하게 되
었다. 한국분이신 GBM 사장님, 마산빵꾹님, 그리고 철도로 러시아
를 횡단해 세계 여행을 하는 나와 동갑인 덕현이를 포함해 총 네 명
이서 함께 식사를 하게 되었다. 저녁을 먹으며 우리는 어떻게 해야
유라시아 횡단 여행을 많은 사람들이 누릴 수 있도록 보편화시킬 수
있을까? 라는 주제를 가지고 꽤나 열띤 토론을 했다.

식사를 마치고 다시 사무실로 돌아가 안톤을 만나 결제를 하고 보
험을 등록했다. 통관 대행 비용은 8,000루블이 나왔다. 우리나라 기
준으로 15만 원 정도다.

이제 하역장으로 가서 스쿠터를 인수하기만 하면 끝이다. 하역장
에 보관돼있던 스쿠터의 심장을 깨우기 위해 시동을 걸고 숙소로 향

스쿠터를 인수받고
숙소로 돌아가기 위해
시동을 걸었다.

했다. 얼마 만에 느끼는 바람인가. 기분이 좋다. 조그만 스쿠터에 한 가득 짐을 싣고 시내를 주행하고 있자니 다들 나를 신기한 듯 쳐다 본다. 동물원의 동물이 된 듯한 기분이지만 싫지 않았다. 시선을 즐기며 없어졌던 자신감이 샘솟고 내가 이 세상의 주인공이 된 것 같았다. 잔뜩 고양된 기분을 감추지 못했다. 하지만 한껏 들뜬 기분과는 반대로 도로는 아주 꽉 막혀 있는 상태였다.

가다 서다를 반복하는데 한 차가 갑자기 경적을 울리며 내 앞으로 치고 들어왔다. 한국인 3명이 타고 있는 차였는데 내 앞에서 서행하는 그들은 연신 손을 흔들며 나를 응원해주었다. 나도 기쁜 마음에 손을 흔들다 스쿠터의 무게를 이기지 못하고 도로 한복판에서 스쿠터와 함께 넘어져 창피했지만 여전히 기분은 좋았다.

블라디보스토크이 안전한 도시이긴 하지만 만약의 상황에 대비하기 위해 호스텔 뒤에 있는 유료 주차장에 돈을 지불하고 바이크를 보관하기로 했다. 숙소 바로 옆에 있는 유료 주차장에 100루블을 내고 스쿠터를 보관했는데 사람이 24시간 동안 주차장을 지킨다고 한다. 이제야 좀 안심이 된다. 상식적으로 생각해볼 때 유료 주차장이 수요가 있다는 것은 밤이 되면 차량이나 이륜차가 범죄에 노출된다는 의미일 것이다.

블디보스톡을 떠나기 하루 전, 호스텔에서 만난 노신사와 저녁을 함께한 후 방으로 돌아왔다. 내일 출발할 것을 생각하니 기분이 이상하다. 내가 과연 이 모험에 제대로 된 마침표를 찍을 수 있을까? 아니면 중간에 포기하게 될까? 이 여행은 올바른 선택인가? 살아가는 데 있어서 올바른 선택이라는 게 존재하긴 하는 건가? 지금 당장은 아무것도 알 수가 없다.

뭐든 해보지 않으면 알 수 없는 거니까.

내일 일정을 머릿속으로 그려봤다. 가는 길에 주유소를 만나면 예비 기름통에 기름을 채워 하바롭스크까지 갈 생각이다. 무리하지 않고 계획을 잘 세워서 가면 해가 떨어지기 전까지 도착할 수 있을 것이다. 한국에서 준비할 때 누군가가 말했던, 러시아는 백야라 밤이 없다는 말에 구입해서 헬멧에 장착한 어두운 스크린 덕분에 야간주행은 사실상 불가능했다. 백야는 무슨 백야. 러시아에서도 해는 잘만 떨어진다.

부적응

달네레첸스크

새벽비로 축축하게 젖은 스쿠터의 물기를 닦으며 전국일주 때 친구들이 적어준 응원을 보고 다시 한번 힘을 낸다. 이런 비 따위가 내 앞길을 막을 수는 없다. 어떤 일이 있어도 나는 멈추지 않을 것이다. 가자, 저 넓은 지평선 너머로!

어젯밤 토시 안에 물이 들어가지 않게 비닐봉지를 씌워 놓은 덕에 스쿠터는 뽀송뽀송한 상태였다. 출발하기 전 잠시 머물렀던 숙소 앞에선 조촐한 송별식이 진행되었다. 숙소 직원 2명과 같은 방에 있었던 독일인 여행자들, 그리고 빵국님에게 응원을 받으며 짧은 만남이

어젯밤, 토시에 물이 들어가지 않도록 하기위해 비닐봉지를 씌어놓았었는데 효과가 매우 좋았다.

었지만 정이 들었던 그들과 아쉬움을 뒤로한 채 헤어진 후 하바롭스크로 향했고 그렇게 3일이라는 시간이 흘러갔다.

하바롭스크까지는 대략 700㎞ 정도 남아 있었다. 좀 먼 거리라고 생각했지만 왠지 가능할 것 같다. 근거는 없었다. 그냥 가능하다는 느낌과 함께 지금 몸에 흐르는 이 열정이라면 무엇이든 할 수 있을 것 같았다. 호기로운 출발이었다. 하지만, 열정만으로는 안 되는 것도 있었다.

그렇게 정신없이 3일 동안 부담과 긴장감, 그리고 설렘을 안고 미친 듯이 달렸고 참 많은 일들이 있었다. 끝이 보이지 않는 지평선으로 뻗은 도로, 시시각각 변하는 이상한 날씨, 도무지 적응되지 않는 러시아의 교통체계, 모든 것이 다 박살날 것 만 같은 비포장 길, 알아들을 수 없는 러시아어, 한국과 다른 주유소 시스템 등. 여행을 하며 겪는 모든 일 하나하나가 도전의 연속이었다. 살아오며 한 번도 경험해본 적 없는 순간을 마주했을 때 스스로가 무언가를 결정해 나가야 하는 삶이 이렇게 힘들고 어려울 줄이야. 등 떠밀려 흘러가듯 살아온 게 전부인 나에게는 하나하나가 높은 장벽과도 같았다.

3일 동안 느꼈던 현실적인 문제점들은 크게 두 가지 정도다.

첫 번째는 하바롭스크까지 가는 구간에서 적당한 가격의 숙소를 찾기가 매우 어렵다는 것이다. 호텔에 대한 정보는 나오지만 저렴한 호스텔이나 게스트하우스에 대한 정보가 거의 전무했다. 한 푼이라도 아껴야 하는 시점에서 호텔이라는 사치스러운 곳을 갈 수는 없었고 그렇다고 길에서 노숙을 하자니 마땅히 노숙을 할 곳도 없다는 것이 주변인들의 설명이었다.

전국일주를 하며 한국에서 캠핑을 할 때도 사실 무서웠는데 타지로 나오니 공포감은 몇 배나 올라간다. 구글 지도를 보니 하바롭스크까지 대부분의 길은 허허벌판이었고 현지인에게 물어봐도 매우 위험하다는 말뿐, 캠핑을 추천하는 이는 없었다.

사실 출발하기 전에 숙소에서 문짝을 수리하며 병째로 보드카를 마시던, 큰 덩치의 파란색 스트라이프 나시티를 입은 아저씨에게 조심스럽게 바나나맛 초코파이를 건네며 하바롭스크로 가는 길에 텐트를 치고 길바닥에서 자려고 하는데 어떻게 생각하느냐고 물어봤었다. 그는 어수룩한 영어로 우문에 현답을 해주었다. "이봐 작은 친구. 돈이 중요해 목숨이 중요해? 이건 그런 문제라고."

살짝 취기가 묻어있는 아저씨의 눈동자에서 진심이 느껴졌다. 거친 말투였지만 바보인 나도 100% 이해할 수 있는 대답이었다.

물론 이동하면서 숙소가 아예 없었던 것도 아니었다. 검색은 안 되지만 기본적으로 도로 옆의 휴게소와 함께 있는 로컬 모텔, 숙소라는 뜻의 가스띠니짜гостиница 등 구간마다 숙소들이 있었다. 하지만 가격이 만만치 않았다. 조금이라도 돈을 아끼며 하바롭스크까지 한 번에 가겠다는 욕심은 결국 내게 새로운 시련을 안겨주었다.
저렴한 숙소를 찾기 위해 마을로도 들어갔지만 마을에서 숙소를 찾는 것도 쉬운 일이 아니었다. 우리나라처럼 간판이 화려해서 건물이 '나 식당입니다', '나 숙소입니다'라고 외치고 있는 형태가 아니었다. 러시아의 건물에는 간판이 거의 없다. 외관상으로는 그냥 다 비슷해 보이기에 들어가 보지 않으면 도대체 뭘 하는 곳인지 알 수가 없다. 그냥 건물의 외관, 출입하는 사람들의 모양새 등의 느낌으로 추측을 해야 한다. 그나마 읽을 수 있는 건 '숙소'와 '카페'뿐인데 모든 가게가 그렇게 표시를 해두는 것도 아니다.

두 번째 문제점은 목적지까지 가는 데 걸리는 시간을 제대로 산출하지 못했다는 것이다. 125cc의 내 스쿠터로는 대도시 간 이동이 어렵기 때문에 구간 설정을 잘 했어야 했는데 러시아는 마을이건 도심이건 한번 벗어나면 구간이 너무 멀어져서 어느 정도 계획을 세우지 못하면 해가 떨어진 후 암흑 속에 고립될 수도 있는 상황에 봉착하게 된다는 걸 전혀 예상하지 못했다. 1~2시간의 오차가 생기더라도 밤이 되기 전까진 적어도 설정해둔 목적지에는 도착해야 한다. 야간 주행은 매우 위험하기 때문이다. 전국일주를 할 당시 야간 주행 연습을 한답시고 시골길을 달리다가 인적 없는 곳에서 들개를 들이박고 고통과 쇼크로 인해 30분이나 길바닥에서 신음했던 적이 있었다. 끔찍한 기억이 반쯤 트라우마가 되어버려서 다시는 그런 경험을 하고 싶지 않았었는데도 이런 문제점에 대한 주의를 전혀 기울이지 않았다. 그놈의 열정으로 극복하겠다는 생각 때문에 말이다.

"열정만 있으면 어떻게든 되겠지!"
"이 세상에 안 되는 건 없다!"
"뜨거운 마음만 있으면 다 극복할 수 있어!"

인간은 처음에 모두 새하얀 백지지만 성장하며 겪어가는 '경험'이란 것을 통해 자신만의 색깔을 칠해간다. 나 역시 횡단이 여행이 아니라 도전이라는 것을, 마음만 먹는다고 쉽게 되는 일이 아니라는 것을 우중충한 색으로 도화지의 첫 장을 물들이며 알아갈 수 있었다.

하바롭스크로 가는 길에 있는 스포츠마르껫Спортивный маркетинг에서 캠핑장비들을 판다고 하길래 눈을 부릅뜨고 간판을 찾기 위해 노력했지만 결국 찾지 못해 마트에 들려서 간단한 물품을 구매했다.
러시아에 와서 처음으로 주유도 했다. 이제부턴 러시아산 기름을 수혈 받아야 한다. 혹시 우리나라에서 기름의 품질이 좋지 않아 차가 고장났다는 이야기를 들어본 적이 있는가? 아마 거의 없을 것이다. 기본적으로 우리나라는 정유 기술이 매우 우수한 편이다. 하지만 인근 국가인 러시아는 그렇지 못하다. 기름값은 매우 저렴하지만 정유가 잘 되어 있지 않아 기름에 불순물이 많은 편이기 때문이다.

그래서 '옥탄가' 라는 것으로 기름의 등급을 나누는데, 쉽게 말하면 숫자가 높으면 좋은 기름이다. 예전에 러시아를 오토바이로 여행하다가 저품질의 기름을 넣고 엔진 자체가 망가져 버렸다는 여행자의 이야기를 들은 적도 있어서 기름만큼은 최대한 좋은 것으로 넣으려 노력했다. 나중에는 돈이 없어서 제일 저렴한 기름을 넣긴 했지만.

러시아에서
처음 만난 주유소.

용품점 대신
주유소 옆에 붙어있던
마트에서
혹시 필요할지 모를
니퍼와 초록 테이프를 구매했다

러시아의 주유 방식은 조금 특이하다. 먼저 몇 리터짜리 옥탄가 기름을 몇 리터 넣을 건지 말하고 주유소 건물 안으로 들어가서 금액을 '적당히' 지불하는 선결제 시스템이다. 만약 기름이 다 들어가지 않는다면 다시 건물로 들어가 잔돈을 받으면 된다. 사람이 직접 기름을 넣어주는 곳은 거의 없다. 대부분 셀프 주유소다.

엄청난 모험과 아름다운 경치를 기대했지만 실제로 마주한 풍경은 꽤나 칙칙하고 어두웠다. 처음 들어간 마을의 아파트를 보고 "와 진짜 흉흉하다. 이래서 러시아가 위험하다고 하는 거구나."라는 생각을 시작으로, 더 달리면서 다 무너져 가는 흉흉한 목재 건물들을 보며 선입견은 더욱 깊어졌다. 이 생각은 결과적으로 '나는 러시아에 대해 전혀 모르고 있다.'라는 깨달음으로 나를 안내했다.

도시를 벗어나서 도로를 달리다 보면 가끔 저 멀리로 초원의 작은 마을이 보이는데 뭐랄까 세상과 단절되어 있는 공간이라는 느낌이

나중에 더 이동하며
알게 된 사실이지만
이 정도 아파트는
매우 훌륭한 축에 속한다.

든다. 도시에서는 서울에 비견되는 엄청난 교통 정체에 깜짝 놀랐지만 외각으로 나오니 정말 아무것도 없는 허허벌판이 펼쳐진다. 끝없이 펼쳐지는 도로를 보며 달리고 있으니 아무 생각도 나지 않는다. 그간 가지고 있던 근심, 불안, 걱정, 설렘, 즐거움까지도 생각나지 않는다. 눈앞에 펼쳐진 풍경과 지평선을 가로지르며 달릴 뿐이다. 들려오는 소리라곤 그저 귀에 꽂은 이어폰에서 흘러나오는 팝송뿐. 노래를 많이 다운받아서 참 다행이라고 생각했다.

시내를 벗어나면
거의 이런
풍경을
끊임없이 보게 된다.

문득 기름이 얼마나 남아 있나 계기판을 확인해보니 벌써 1칸밖에
안 남았다. 대략 계산해보면 앞으로 40㎞ 정도만 갈 수 있는 양이다.
조금이라도 연비를 올려보기 위해 60㎞ 정속 주행을 시도했지만 짐
이 너무 많이 실려서 그런지 별다른 효과가 없었다. 주유소는 보이
지 않고 속도는 느리고. 답답한 마음에 될 대로 되라는 식으로 최고
속도로 달렸다. 우려했던 것과는 다르게 다행히 기름이 떨어지기 전
에 주유소를 만날 수 있었다. 이번에는 예비 기름통에도 기름을 채
웠다.

도로는 거미줄처럼 여기저기 갈라져 균열이 나 있고 이를 메우기
위해 검정색 접착제 같은 것이 도로 여기저기 칠해져 있었다. 생각
보다 더운 여름과 엄청나게 추운 겨울을 보내며 허술하게 포장된 도
로가 수축과 팽창을 반복하며 갈라진 것이다. 거친 노면에서 전해지
는 잦은 충격에 온몸이 아파왔다. 몸이 피로하니 눈꺼풀이 무거워진
다. 잠을 떨치기 위해 양팔에 힘을 꽉 주고 이어폰에서 흘러나오는
노래를 있는 힘껏 따라 불렀다.

가급적이면 무거워서
하바롭스크에 도착했을 때
예비 기름통을
사용하려 했지만
예상했던 것보다
주유소가 너무 없었다.

　이때까지만 해도 더 이상 나빠질 일은 없는 줄 알았는데 러시아는 내 빈약한 상상력을 비웃기라도 하듯 더 높은 수준의 시련을 선물해 주었다.

　한참 달리고 있는데 저 멀리서 꽤 많은 차들이 천천히 서행하는 모습이 보인다. 길 색깔이 회색이 아니라 갈색이다. 말로만 듣던 흙 길인 것이다. 멀리서 볼 땐 나쁘지 않아 보였는데 갈색 길 안으로 진입한 순간 얼굴이 일그러지고 말았다. 정말 싫은 흙길이었다. 그냥 흙이면 그나마 다행인데 뾰족한 돌멩이들이 수없이 박혀있다. 시속 10㎞로 거의 기어가듯 주행을 해도 여기저기서 뭔가 부서지는 듯한 소리가 난다. 큰 돌이라도 한번 밟아서 크게 덜컹거리면 빈약하게 고정돼 있는 예비 기름통이 날아가서 스쿠터를 세우고 다시 주워오며 가다 멈추다를 반복했다. 정말 힘들었다.

　얼마를 더 가야 끝나는 걸까? 이 오르막길이 끝나면 다시 도로가 나와 줄까? 긴장된 상태에서 온몸에 힘을 주고 있었던 터라 땀을 뻘뻘 흘렸다. 다행히 오르막 끝에서 바라본 내리막길은 흙길이 아니었다. 큰 충격이 몇 번이나 반복되었기에 결박이 풀려 물건도 몇 가지 잃어버리고 말았다. 이 정도 난이도는 생각지도 못했는데, 이런 식이면 하루 만에 하바롭스크까지 가는 것은 절대로 무리다.

결국 목적지를 하바롭스크가 아닌, 지금 위치에서 훨씬 가까운 달네레첸스크라는 도시로 수정하기로 했다. 사전에 알아봐둔 숙소도 없었고 마을에 대한 정보도 없다. 사실상 자포자기의 마음으로 마을에 들어가면 숙소 하나 정도는 있지 않을까 하고 안일한 생각을 했다. 사진이나 영상으로 볼 때는 좋아 보이기만 했던 해외여행을 실제로 겪어나가다 보니 현실은 아름답기만 하지는 않았다.

흙길에서 강한 충격을 경험한 이후라 그런지 포장길의 덜컹거림은 이제 안락하게 느껴진다. 입가에 미소까지 번진다. 불과 몇 시간 전까지만 해도 도로에 대한 불만으로 가득했는데 최악의 길을 한번 겪고 나니 이런 도로라도 너무 고맙게 느껴졌다. 다시는 도로가 별로라는 불평은 하지 않기로 했다. 흙길을 통과한 후 100㎞ 정도를 이동하니까 보이는 갈림길에서 적혀 있는 달네레첸스크 라는 표지판이 가리키는 방향으로 한참을 들어가서 마을에 도착할 수 있었다. 꽤 작은 마을이었다. 마을을 몇 바퀴 돌며 숙소를 찾아봤고 왠지 숙소처럼 보이는 곳이 있어 일단 들어가 보기로 했다. 정답이었다. 숙소 발견이다.

가격은 예상보다 비쌌지만 대책 없이 출발한 내가 세상에 지불하는 인생 수업료라 생각하기로 했다. 돈을 아끼며 여행하자는 다짐이 하루 만에 산산조각났다. 투덜대서 무엇하랴. 룸룸 플리즈 룸만을 꽤 좋은 모텔이었다.
숙박비와 주차장 이용료를 포함해
총 2500루블을 지불했다.
굉장히 비싼 가격이었지만
선택권은 없었다.

외친 나를 탓해야지. 짐을 아무렇게나 내팽개친 후 푹신한 침대에 몸을 던지고 누워서 처음 출발할 때를 생각했다. 캠핑을 하며 어떻게든 돈을 아끼자고 생각했던 나 자신이 어이가 없어서 헛웃음이 나왔다. 난 생각보다 그렇게 강한 사람이 아니었다. 이렇게 힘들 줄이야. 이 피곤한 상태로 캠핑 장소를 찾고 야밤에 텐트를 치고 밥까지 해먹을 생각을 하다니. 어쨌든 지금은 안전한 숙소에 있으니 다행이다. 역시 돈이 최고구나.

배가 너무 고파서 나가서 식사를 하고 싶은 마음에 커튼을 살짝 들춰 길거리를 확인했는데 아직 늦은 시간이 아님에도 불구하고 사람 한 명 없었다. 밖으로 나가는 것을 포기하고 헬멧에 묻은 벌레들을 열심히 닦아내다가 적막함을 참지 못하고 알아먹지도 못하는 러시아 방송이 나오는 텔레비전을 틀어놓고 비상식량으로 챙겨온 신라면으로 끼니를 때웠다. 처량하게 바닥에 앉아 라면을 먹던 중 밖에서 강한 파열음이 4번 연속으로 울렸다. 펑! 펑! 펑! 펑! 이 강한 소리는 내재되어 있던 두려움에 상상의 날개를 더해주었고 나는 방의 불을 끈 후, 불안함에 다시 커튼을 조금 열어 밖을 살펴보았다. 거리에는 여전히 아무것도 없었다. 난 잔뜩 겁을 먹어 내일 당장 이곳을 빠져나가자고 다짐하고 TV를 끄지 않은 채 오늘 밤이 빨리 지나가길 바라며 이불 속으로 도망쳤다.

빨리 이곳을 벗어나기 위해, 그리고 이동 시간을 확보하기 위해 새벽에 일어나 출발했다. 하바롭스크까지 가던 중 기름이 부족해 발견한 주유소에서 사용방법이 조금 달라 고생했다. 기름을 넣고 잔돈을 받으러 갔는데 의사소통이 안 되어 잔돈을 못 받은 것이다. 하지만 옆에 있던 트럭 운전자 아저씨에게 도움을 받아 겨우 잔돈을 돌려받고 "자례이쩨 뿔늬 박Залейте полный бак, 가득 채워 주세요"이라는 러시아어도 배울 수 있었다. 그리고 주유소 옆의 지저분한 유료 화장실을 사용했다. 나중에 알았지만 공공화장실은 유료건 무료건 지저분하기는 매한가지였다.

전날 밤 비가 꽤 많이 온 모양이었는지 지나가다 마주친 탁한 색의 강물이 빠른 속도로 흐르고 있었다. 꽤나 긴 거리를 이동해 허기가 진다. 저 멀리 큰 트럭 몇 대가 주차되어 있는 모습이 보여서 스쿠터를 멈춰 세우고 아무것도 표시되어 있지 않은 건물에서 흘러나

덜덜 떨리는
몸을 비벼가며
테이블에 앉아
따뜻한 음식을 부탁했다.

오는 맛있는 냄새를 따라 음식이 있기를 기대하며 힘차게 문을 열었다. 작지만 아늑하고 따뜻한 식당이었다. 내부는 꼭 고향 할아버지 집과 같은 따뜻한 분위기. 그런 정겨움이 있었다.

전통 스프라고 소개해준 소금 간이 된 스프와 빵을 나오자마자 허겁지겁 위장 속으로 욱여넣었다. 몸에 열기가 도는 것이 느껴진다. 식사를 하며 틈틈이 러시아어를 공부했다. 소통이 안되는 게 너무 답답했기 때문이다. 식당 직원에게 손짓 발짓으로 모르는 단어를 물어보며 발음도 배울 수 있었다. 여행자라고 말하니 초코바를 한 개 선물해주는 푸근한 인상의 직원 아주머니 덕분에 많은 단어를 배울 수 있었다.

오랜 이동으로 인해 딱딱하게 굳어버린 몸을 풀어주고자 길가에 잠시 멈춰 초코바를 먹으며 스트레칭을 했다. 근처에서 나를 유심히 쳐다보던 동네 소년이 무언가 결심한 듯한 표정으로 나에게 다가온다. 소매치기인가 싶어 조금 경계했지만 어색한 영어와 핸드폰 번역기를 사용해 내게 건넨 소년의 말을 듣고 바로 경계를 풀었다. "같이 사진을 찍어도 될까요?" 그저 내가 신기하여 같이 사진을 찍고 싶었던 것뿐이었다. 소년의 카메라 안에 담긴 나는 어떤 모습일까. 내가 오토바이 사진을 보고 여행의 영감을 얻었듯, 그에게도 내 존재가 앞으로 그의 인생에 있어 긍정적인 영향을 미치길 기원했다.

지도를 보니 목적지까지 분명 얼마 남지 않았는데 아직까지 하바롭스크의 'ㅎ' 자도 보이지 않는다. 끝이 보이지 않으니 슬슬 조바심이 나려던 찰나, 저 멀리서 파란색 표지판을 발견했다. 나바스뜨로이카 9㎞, 호르 13㎞, 그리고 하바롭스크 73㎞. 앞으로 73㎞ 남았다. 그리고 마침내 도시의 입구를 나타내는 조형물 앞에 도착할 수 있었다. 드디어 첫 번째 구간에 도착한 것이다. 사실 최종 목적지인 포르투갈 호카곶까지는 아직 끝도 없이 멀지만 여기까지 온 것만으로도 포기하지 않고 해냈다는 기분이 들어 감개무량했다.

하바롭스크로 들어가는 입구는 갈림길로 나뉘어져 있었는데, 하나는 외각의 마을로 들어가는 길이었고 하나는 도시로 들어가는 길이었다. 그렇게 큰 도시라고 생각하지 않았던 하바롭스크 시내의 교통 사정은 헛웃음이 나올 정도로 혼잡했다. 역시나 여기저기 헤매다가 겨우 미리 찾아두었던 숙소에 도착했다. 외각에 있는 작고 저렴한 숙소였다. 처음 문을 열고 들어갔을 때 TV를 보며 깔깔대던 직원이 화들짝 놀라던 게 생각난다. 투숙객이 올 거라고 생각하지 못한 모양이다. 숙소는 투숙객이 나뿐이어서 매우 한적했다.

적어온
키릴리짜кириллица를
보며 표지판을 천천히 읽었다.

하.바.롭.스.크 라고 또박또박 써 있다.
스쿠터에서 내려 한동안 조형물을 쳐다봤다. 내가 해냈다는 사실에 마음이 울컥했다.

동행

하바롭스크

간략하게 체크인을 마치고 바로 옆의 숙소에서 같이 운영하는 식당에서 밥을 먹기로 했다. 역시나 메뉴판은 그림 하나 없이 온통 러시아어였고 나는 뭐가 뭔지 몰라 적잖이 당황했다. 발음도 조금은 좋아졌다고 생각했는데 전혀 알아듣지 못하는 식당 직원은 나를 상대하기 지쳤는지 메뉴판만 두고 가버렸다. 조금 화가 났지만 누굴 원망하랴. 다 말을 모르는 내 탓이다.

　혼자 덩그러니 남아 메뉴판을 뚫어질 듯 쳐다보며 사전과 핸드폰으로 번역을 위해 씨름했다. 하지만 다행스럽게도 나중에 들어온 현지인 할머니가 신기한 눈빛으로 나를 바라보더니 음식 주문하는 것을 도와주었다. 그리곤 내 테이블에 펼쳐져 있던 러시아어 사전과 메모장을 쳐다보다 잠시 뒤, 큰소리로 직원이 있는 방향으로 호통을 쳤다. 그러자 직원이 허겁지겁 뛰어나와 식당의 불을 켰다. 그렇다. 왠지 어둡게 느껴졌던 식당이 현지의 문화라고 생각했는데 그냥 불을 안 켠 거였다. 글씨가 잘 안 보일까 봐 배려를 해주신 걸까. 도와주신 할머니에게 꾸벅거리며 감사 인사를 했고 할머니는 푸근한 인상으로 웃으며 어떤 말을 해줬는데 아마 좋은 말이었으리라 생각된다.

대화가 안 되면 무지하게 답답할 것이라는 것을 예상했기에 책까지 사서 공부했는데 발음이 좋지 않아 무용지물이 되어버렸다. 앞으로는 단어를 물어본 뒤 현지인의 발음을 듣고 입으로 따라하며 몸으로 익히기로 결심했다. 식당에서 잡아낸 희미한 신호의 와이파이로 다시 문명인이 될 수 있었다. 카톡을 통해 여행 멘토인 희망유희님과 서로 그간 있었던 일을 이야기하며 그의 근황을 들을 수 있었다.

희망유희님은 여행을 하던 내게 정신적 지주 같은 존재다. 나보다 더 작은 스쿠터로 내가 갈 길을 먼저 거쳐 간 한국인 여행자. 나와 가장 비슷한 형태로 여행중인 그의 이야기 하나하나가 정말 큰 힘이

러시아어 발음을
한국어로 바꿔 읽은 것이
문제일 수도 있을 것 같다.

되었다. 그는 실수로 러시아 재활용 엔진오일을 넣고 주행하였는데 좋지 않은 기름으로 인해 엔진이 고장 나 옴스크라는 도시에서 머물며 한국에서 주문한 부품의 배송을 기다리고 있다고 했다. 대략 2주 정도 걸릴 예정이라고 한다. 조금 무리해서 열심히 이동하면 그를 만날지도 모른다는 생각에 갑자기 기분이 좋아졌다.

할머니가 대신 주문해준 음식은 취향저격이었다. 음식만 먹기에 뭔가 아쉬워 맥주도 한 병 시켜 먹었다. 음식은 맛있었지만 러시아어를 못하는 나를 무시하는 직원들의 태도에 기분이 좋지 않았던 것이 기억에 남는 식당이었다.

돼지고기
스테이크와
감자요리.
맥주는
아사히와 카스를
섞은 맛이었다.

카샤는
죽에 설탕을
듬뿍 넣은 맛이었다.

어차피 혼자뿐인 숙소라 혼잣말을 중얼거리며 들어간 방 안에는 뜬금없이 사람이 있었다. 그것도 한국인이. 혼잣말을 한 것이 머쓱해 일단 말을 건네며 간단하게 통성명을 했다. 그 또한 혼자 온 여행자였고 우리는 둘 다 매우 적적한 상태였기 때문에 자연스럽게 시내 구경을 함께 하기로 했다. 하루나 이틀 정도 머물 예정이었던 하바롭스크에서 신기하게도 동행을 만나 일정에 없던 시내투어를 하게 되었다.

여행할 때의 시간은 더욱더 금이기에 아침 일찍 일어나 미리 신청했던 조식을 먹었다. 조식은 러시아 전통 죽인 '카샤Kawa, 곡물로 만든 죽'와 빵, 햄 조각 몇 개였다. 카샤는 러시아에서 주로 아침에 먹는 전통 음식이라고 한다. 입에 맞지는 않았지만 꾸역꾸역 먹어가며 온몸으로 러시아를 느껴보고자 노력했다. 동행은 한 숟가락만 먹고 바로 가지고 온 컵라면을 끓였다.

조식을 먹고 바로 출발하려 했는데 날씨가 너무 추워서 조금 포근해질 때까지 기다리기로 했다. 자투리 시간을 이용해 세워 놓은 스쿠터의 토시 부분을 청 테이프로 칭칭 감아 조금이라도 따뜻하게 만들고 볼트 풀린 것이 없는지 확인했다.

동행인은 블라디보스토크과 하바롭스크에 3박 4일 일정으로 여행을 온 것이라서 날짜별로 여행 계획을 철저하게 짜왔다. 염치가 없지만 그 일정에 나는 숟가락만 얹기로 했다. 첫 번째로 우스펜스키 성당Uspenski Cathedral에 갔다. 이색적인 분위기를 풍기는 성당의 선명한 파란색이 인상적이었다. 성당 주변에서 신혼부부와 하객들을 많이 볼 수 있었다. 아마도 지금이 결혼 시즌인 모양이다. 드레스를 입은 커플을 열 쌍 정도 봤다. 어차피 하고 싶어도 못 하다 보니 관심마저 없어져 '사람은 원래 이렇게 사는 거구나' 라고 자기합리화까지 해서 도망쳐버린 그 단어, 결혼. N포 세대인 나지만 행복하게 웃는 그들에게서 흘러나오는 기쁨의 에너지를 간접적으로 느껴볼 수 있는 시간이었다. 가질 수 없는 것을 바라보고 있자니 갑자기 우울했지만 금방 털어버리고 다시 이동했다.

이곳에선 수많은
비둘기 떼와
사람들을 구경하는
재미가 있었다.

끄라예보이 뮤즈예.
슬슬 글씨가 읽힌다.
공부한 보람이 있나 보다.

인도가 따로 없어 임시로 지은 듯한 나무로 만든 보도를 건너 하바롭스크 향토박물관Khabarovsk Regional Lore Museum으로 향했다. 박물관은 어떤 관을 입장하느냐에 따라 금액이 달라지는데 우린 러시아 역사박물관을 관람하기로 했다. 내부는 굉장히 한산했다. 아니 한산하다기 보다는 우리 둘 뿐이었다. 그냥 우리끼리 둘러보다 나오는 것인 줄 알았는데 박물관을 설명해주기 위해 가이드가 동행했다.

가이드 아주머니는 눈을 반짝이며 러시아의 올림픽 역사에 대해 열심히 설명했다. 물론 러시아어였지만 뭔가 이해가 되는 듯해서 연신 고개를 끄덕거렸다. 가이드의 모습을 통해 모국이 이뤄 낸 업적에 크나큰 자부심을 느끼고 있음을 알 수 있었는데 정말 좋아하는 일을 하는 사람의 모습은 이런 모습이겠구나 하고 조심스럽게 추측해 보았다. 가이드 아주머니는 정말 행복해보였다.

아주 유명한 메달리스트 사진도 있었는데 이름은 기억이 안 나지만 그가 남긴 어떤 업적보다는 많은 이들에게 기억된다는 것 자체가 인상 깊었다. 과연 나도 죽어서 누군가의 기억에 간직될 수 있을까?

역사박물관은
150루블로,
가장 저렴한 입장료였다.

우리와 동행하며
친절히 안내를 해주신
가이드 아주머니.

아주 예전에
러시아에서 올림픽을
개최했을 때
제작된 기념 성냥.

사람들에게
길이길이 기억될
이름 모를 러시아의
스포츠 영웅이
내심 부러웠다.

짧지만 많은 생각을 하게 만들었던 박물관 투어를 마치고 밖으로 나와 바로 앞에 있는 역사공원에서 산책을 했다. 공원 앞, 실제로 전쟁에 사용된 대포들은 전쟁이 만연하던 그 시절의 시간을 간직한 채 그 자리에 도태되어 멈춰 있었다. 결국 나 역시 세월 속으로 사라져 흙으로 돌아갈 것이라 생각하게 되니 쓸쓸한 웃음이 지어졌다.

대포를 뒤로하고 산책로를 따라 러시아와 중국을 나누는 아무르강Amur River으로 향했다. 강이라는 말이 무색하게 모래사장과 낚시를 하는 사람도 있었다. 아무르강에서는 중국이 보인다. 러시아에선 아무르강이라고 불리고 중국에선 흑룡강이라고 불리는, 이름이 2개인 강이다. 강가에서 딱히 무언가를 하진 않았다. 단지 공원 벤치에 앉아 강을 바라보며 사람들을 구경할 뿐. 이 여유로움이 좋았다.

공원을 나와 설렁설렁 길가를 돌아다니다가 뭘 파는지 궁금해서 기념품 가게에 들어갔다. 말로만 듣던 마트료시카матрёшка를 볼 수 있었다. 거대함과 정교함이 돋보이는, 가게에서 가장 비싼 마트료시카

인간에 의해
땅과 강이 나눠지고
각기 다른 이름으로
불리어지는 모습을 보니
우리나라의 동해가 떠올랐다.

는 40,000루블이다. 우리나라 돈으로 80만 원쯤 되는 가격이다. 이런 걸 누가 살까 생각하다가 사는 사람이 있으니 진열되어 있는 것이라 고쳐 생각했다. 꿈같은 이야기겠지만 만약 내 집이 생긴다면 인테리어로 집에 하나 두면 멋질 것 같다는 생각을 하며 구경을 마치고 조심스럽게 가게 밖으로 나왔다.

이곳저곳 기웃거리다가 진짜 관광은 역시 시장 구경이다 싶어 중앙시장으로 향했다. 오랜만에 오래 걸어 다니려니까 다리가 조금 쑤셨지만 대수롭지 않게 여겼다. 숙소에서의 인연이 없었다면 오늘 눈에 담았던 볼거리와 추억들은 존재할 수 없었을 테니까 말이다.

상인들이 물건을 파는 모습은 생기가 넘쳤다. 꿀, 열매 엑기스, 약용 버섯 등을 판매하는 상점도 있었다. 좋은 품질인 것 같아 탐이 나서 꿀을 사가면 좋겠다는 생각이 들었지만 앞으로 갈 길이 멀고 짐을 더 늘릴 수 없어 구매를 포기할 수 밖에 없었다. 재밌게도 우리나라 제품 또한 판매되고 있었다. 동양권의 나라들처럼 약재용 식물을 사고파는 모습이 참 이색적이었다.

나처럼 물욕이 심한 사람에게 시장은 무서운 곳이었다. 호시탐탐 내 지갑을 유혹하는 다양하고 신기한 물건들 천지였다. 스쿠터를 정비하는 데에 쓸모 있을 만한 연장들이 다 모인 매대도 정말 많았지만 꾹 참았다. 낚싯대를 판매하는 좌판이 생각보다 상당히 많았는데 아마 최대 수요자는 노인들이 아닐까 싶었다. 아무르강에서 노인들이 낚시하는 모습을 많이 봤기 때문이다.

좌판을 지나 건물로 들어오니 식료품점이 펼쳐진다. 매대 안 직원들이 큰 목소리로 사람들에게 호객행위를 하는 게 외국이라는 느낌이 안 들 정도로 매우 친숙하다. 매대 앞에서 어물쩍거리고 있으니까 중국어, 한국어, 몽골어까지 써가며 호객을 한다. 강렬한 불꽃처럼 타오르는 삶의 의지가 이곳에 있었다. 나도 먹고 살려면 뭐든 해야겠다고 생각했다.

마치 만화에서 튀어나온 듯한 모양새의 소시지들은 먹어본 적이 없기에 머릿속 상상력에 조미료를 있는 대로 뿌려 측정할 수 없을

중앙시장에는
많은 사람과
다양한 물건들,
활력으로 가득했다.

정도의 맛의 깊이를 그려봤다. 그런데 반갑게도 시식용으로 잘라져 있는 소시지가 있어서 먹어보니 엄청나게 짰다! 시식용 소시지를 먹기 전으로 되돌아가고 싶다고 생각했다. 가끔은 모르고 상상만 하는 게 더 좋을 때도 있다.

중앙시장에서 식사를 할까도 생각했지만 동행이 하바롭스크에서 꼭 가야 하는 맛집이 있다고 해서 그곳으로 향했다. 무려 이탈리안 레스토랑이다. 전날 한 번 방문했는데 두 번째로 가는 거라는 동행에게 왜 그런지 이유를 물었다. 처음에는 본인도 아무 기대 없이 그저 배를 채우기 위해서 들어간 곳이었다고 한다. 하지만 식당 내부에서 갑작스럽게 펼쳐지는 뮤지컬 같은 쇼가 인상에 강렬히 남아 나에게도 보여주고 싶었다는 것이다.

식당에서 뜬금없이 뮤지컬? 전혀 상상이 안 된다. 백문이 불여

따듯함이
느껴지는 내부에선
직원들이
빨간색 전통복에
화관을 쓰고
가게 안을
돌아다니고 있었다.

일견이라고 직접 보지 않으면 아무것도 알 수 없겠다 생각했다. 처음에 입구로 들어오자마자 엄청난 피에로 분장의 여성 두 명이 놀랄 만큼 과장된 동작과 큰 목소리로 이탈리아어를 하며 반겼다. 어릴 적에 생긴 피에로 트라우마가 있어 깜짝 놀라 뒤로 나자빠질 뻔했다. 그들은 손을 올리고 생글생글 웃으며 입구를 지키고 있었는데 하이파이브를 해야 들어갈 수 있단다. 나는 어색하게 한 손으로 하이파이브를 하고 식당에 입장할 수 있었다. 분위기를 즐기지 못한 내가 싫었다. 조금 더 신나게 받아주었으면 좋았을걸.

직원을 부를 땐 큰 목소리로 '맘마미아~!'라고 불러야 한다. 아주 큰소리로 말이다. 도저히 자신이 없어서 결국 경험이 있었던 동행이 "마음마미아~!!"라고 외친 후에야 비로소 음식을 주문할 수 있었다.

그리고 이어진 입구에서 만난 피에로들의 공연타임. 와인 잔을 들고 과장된 동작으로 식당 내부를 종횡무진하며 큰 목소리로 무언가를 이야기한다. 듣도 보도 못한 이색 경험이었다. 퍼포먼스가 끝난 후 와인 잔을 들고 우리 테이블로 온 피에로들은 건배를 제의했다.

영어로 된 메뉴판을 보고 에피타이저와 피자, 스파게티를 주문했다.

이 건배는 피할 수 없다. 최대한 어색하지 않게 잔을 부딪쳤다. 소심한 성격이라 나에게 있어 굉장한 도전이었지만 분명 좋은 경험이었다. 다행히 나를 제외한 다른 손님들은 맘 편히 분위기를 즐기고 있었다. 옆 테이블에서 가족과 함께 식사를 하던 아이들의 표정이 매우 밝다.

식사를 끝낸 후 마트에서 밤에 먹을 양식을 구매하기로 했다. 역시 마트는 재미있다. 현지인들이 물건을 사는 모습을 기억해두었다가 똑같은 것을 사서 먹어보거나 사용해보는 것은 직접적으로 그들의 생활을 느낄 수 있는 좋은 방법이다.

일정에 없던 하바롭스크 여행은 좋은 추억이 되었다. 내일부터 본격적인 이동이다. 서쪽으로 이동할수록 도로 사정이 좋아진다는 경험자들의 정보를 되내이며 앞으로 마주할 도로의 사정이 좋길 기대했다. 이르츠쿠츠까지의 이동 거리와 경로에 대한 계획은 좀 더 신중히 설정하기로 했다. 마산빵국님이 소매치기를 당해 여행이 좌절되고 몇 년 전 오토바이 여행자가 목숨을 잃은, 내가 지도에 'DANGER'이라고 써 놓은 구간을 드디어 통과해야 하기 때문이다.

하바롭스크에서 이르쿠츠까지에 이르는 구간의 치안은 상대적으로 좋지 않다 들었기에 피하고 싶은 위험이었지만 길은 하나고 차선책이 없었기에 정면 돌파할 수 밖에 없었다. 출발을 준비하며 부디 목적지까지 무사히 도착할 수 있길 기도했다.

속에 다양한 것들을 채워서 먹는 블린(blini).
차갑고 내용물이 부실해서 맛있지는 않았다.

러시아 맥주인 발티카.
캔 중앙에 있는 숫자는 도수를 나타낸다.

동행 덕분에 알게 된 아주 유명한 러시아 초콜릿 알룐까.
현지인의 말을 빌리자면 없으면 살아갈 수 없을 정도라고 한다.
왠지 아껴 먹어야겠다는 생각이 들어 가방에 챙겨 두었다.

우유인줄 알았던 팩음료는 복숭아 주스였다.
아주 진하고 깊은 맛이었다.

단돈 90루블밖에 안하는 티라미수도
달달한 간식을 좋아하는 사람이라면 강력 추천이다.

서쪽으로

비로비잔

광활한 대지를 작디작은 스쿠터가 질주한다. 출발하고 130㎞ 정도 이동하니 갈림길에 도착했다. 비로비잔은 들릴 이유가 없었다. 하지만 숙소를 못 찾을 혹시 모를 상황에 대비하기 위해 비로비잔으로 들어가 답사를 했다. 비로비잔은 작은 마을이었기에 숙소를 찾는 것은 어렵지 않았다. 마침 찾아낸 숙소는 식당도 겸하고 있었다. 출발할 때부터 느낌이 좋더라니 한방에 숙소를 찾아낼 줄이야. 운이 좋다. 식사를 하는 사람들이 꽤 있다. 사람이 많은 곳은 항상 맛집인 법이다. 온 김에 점심을 해결해야겠다.

테이블 한편에 자리를 잡으니 종업원이 다가온다. 최근에 하바롭

좌측으로 가면
비로비잔,
우측은 가샤쁘흐?
잘 못 읽겠다.

스크에서 음식을 주문하며 고생했던 게 생각난다. 하지만 이제 요령이 좀 생겼다. 뭐가 뭔지 잘 모르겠고 소통도 안 된다면 다른 테이블의 현지인이 먹는 음식들을 유심히 봤다가 같은 걸로 달라고 하면 된다. 처음에는 현지인이 먹는 음식을 먹어보려는 취지였지만 어느 상황에서나 가장 좋은 방법이다.

그럼에도 최대한 러시아어를 쓰기 위해 노력했다. 물론 발음이 별로여서 창피했지만 아무것도 안 하고 바보처럼 있는 게 더 창피한 일이다. 내가 어디까지 할 수 있을지에 대한 궁금함과 나 자신을 시험하기 위한 마음도 있었기 때문에 최선을 다해 언어로 인한 불편함과 시련을 극복하고 싶었다.

이젠 러시아 사람들이 차를 좋아한다는 것과 코스별로 요리를 먹는다는 것을 안다. 단품의 개념은 없는 걸까? 물론 코스대로 먹는 것도 좋지만 혼자선 도저히 다 먹을 수 없는 양이었다.

옆 테이블을 빠르게 관찰해서 얻은 정보로 먼저 차와 보르쉬borscht

보르쉬는
토마토와 고기로
국물을 우린
맑고 맵지 않은
육개장과
비슷한 맛이었다.

를 주문했다. 보르쉬 가운데 희끗한 뭔가가 있다. 마요네즈다. 조금
충격적이지만 분명 이유가 있을 거라 생각하고 과감하게 숟가락으
로 저어서 국물과 섞어버렸다. 이젠 더 이상 돌이킬 수 없다. 현지에
선 현지 입맛대로 먹어줘야지. 여행은 자고로 자기합리화를 해줘야
즐겁다. 보르쉬는 합격이었다. 이후에 나온 올리비에라는 음식은 샌
드위치를 만들 때 들어가는 계란과 마요네즈 등의 속 재료가 이것저
것 섞인 맛이다. 맛이 보장되는 조합이다. 러시아인에 빙의해 빵을
보르쉬에 찍어 먹었다. 전에 덩치 큰 러시아 아저씨가 먹는 걸 보고
따라해 본 것이다.

계란 지단 밑에 으깬 감자와 소스를 버무린 요리 또한 괜찮았다.
밥과 김치가 있었다면 더 맛있었겠다는 생각을 잠시 해보았다. 나는
어쩔 수 없는 한국인인가 보다.

숙소를 보장해 두니 나아감에 있어 망설임이 없어졌다. 언제 또
끔찍한 비포장 길이 나올지 알 수 없지만 미리 고민한다고 있는 비
포장도로가 뿅 하고 없어지는 것은 아니기 때문에 지금을 최대한 즐

기기로 했다. 끝없이 한 방향으로 펼쳐지는 도로를 따라가는데 도로의 상태와 풍경들이 불안할 정도로 너무나 좋았다. 이 순간을 위해서 여행을 시작한 건가! 그동안 불안했던 마음속의 고민과 응어리들이 한방에 날아가는 멋진 경치였다.

불어오는 바람을 느끼며 펼쳐진 지평선을 향해 여유롭게 달리던 중 언덕 하나를 넘어 내려오는데, 저 멀리 전통가옥들이 모여 있는 마을 위에만 마치 하늘의 축복을 받은 듯 눈부신 햇살이 비춰지고 있는 모습이 보였다. 말로 표현할 수 없는 장면이었다.

홀린 듯 스쿠터를 멈춰 세우고 헬멧을 벗었다. 여태껏 볼 수 없었던 자연이 만들어 낸 장엄한 아름다움을 몸으로 느끼기 위해 도로 펜스에 걸터앉아 한동안 풍경을 음미했다. 뒤로는 큰 산맥이 있고 드넓은 초원에 아기자기한 마을이 하나 있다. 염소와 소들도 여유롭게 거닐며 풀을 뜯고 있다. 사진으로 이 모습을 담아내기 위해 핸드폰 카메라의 셔터를 수없이 눌렀지만 역부족이었다. 내 눈에 담겨 영원히 잊히지 않을 이 장면을 다른 사람들과 공유할 수 없다는 점

한동안 멈춰서서
눈앞에 펼쳐진
풍경을 바라보았다.

이 안타깝게 느껴졌다. 아쉬웠지만 갈 길이 아직 멀기 때문에 다시 이동했다. 행복할수록 시간은 언제나 빠르게 흘러간다.

주변 풍경을 바라보며 바람을 느끼던 중 뒤로 하얀색 차량이 꽤 바짝 붙어서 따라온다. 양방향 1차선인 고속도로이기에 여느 때처럼 깜빡이를 켜고 우측으로 붙어 비켜주며 양보를 해주었다. 그러더니 엄청난 속도를 내며 앞으로 사라진다. 차량이 지나간 뒤 남긴 풍압으로 휘청였지만 다시 중심을 잡고 계속해서 달렸다.

한 3분쯤 달렸을까. 저 멀리 앞서가던 하얀색 차량이 정차해 있는 것이 보인다. 자세히 보니 하얀색 막대기 같은 걸로 나를 조준하고 있었다. 초… 총인가? 점점 거리는 가까워지고 피할 곳은 없다. 이렇게 뜬금없이 죽는 건 아니겠지 싶던 순간 거리가 가까워져 실루엣만 보이던 하얀 막대기의 정체를 알아낼 수 있었다.

대포처럼 생긴 카메라였다. 나를 향해 손을 흔들며 엄치를 치켜세워주는 그를 향해 나도 손을 흔들며 엄지를 세웠다. 그와 마주친 그 짧은 순간에 만감이 교차했다. 모든 두려움은 스스로가 만들어 낸 허상일 뿐이었던 것이다.

지금까지 느낀 러시아는 숙소를 잘 잡고 현지인의 규칙만 잘 따르면 전혀 위험한 나라가 아니다. 사람들은 대부분 친절하고 호의적이었다. 여러 겹의 껍데기 속에 감춰진, 과거 공산국가라는 타이틀을 가진 러시아. 주변의 말과 미디어에서만 보고 느낀 일방적인 선입견을 가지고 러시아라는 나라를 오해하고 있었던 건 아닐지 모르겠다.

역시 인생은 실전이다. 직접 보고, 느끼고, 경험하지 않으면 아무 것도 알 수 없다. 나중에 알게 된 사실인데 여행 당시 블라디보스토크에서 열렸던 한·러 정상회담의 영향 때문인지 도로 곳곳에서 경찰들이 자주 보였다. 또한 새로운 도로를 만들기 위한 공사 작업 차량과 인부들이 비일비재하게 보였다. 스쿠터를 타고 편안하게 여행을 할 수 있게 해주는 인부들에게 고마움의 표시를 하기 위해 그들을 만날 때 마다 열심히 손을 흔들었다.

비로비잔을 지나 목표했던 숙소가 그리 멀지 않았기에 상당히 여유를 부리며 주행했다. 다행히 달네레첸스크로 가는 길에 겪었던 끔찍한 비포장길보다 더 최악의 길은 만나지 않았다.

여유를 부린 벌일까. 숙소로 보이는 건물의 문은 굳게 닫혀 있었다. 아침부터 느낌이 좋더라니 결국 이런 일이 생기는 건가. 아무리 봐도 이 숙소는 운영을 안 하는 것 같다. 여기서 다시 비로비잔으로 돌아가야 하나 라는 생각을 했지만 역시 왔던 길을 다시 돌아가는 건 괴롭다.

자세히 살펴보니
폐쇄된 지
꽤 오래 되었다는
사실을 알 수 있었다.

무작정 앞으로 계속 달릴지 아니면 눈 딱 감고 왔던 길로 다시 돌아갈지 도로 앞에 서서 왔던 길과 앞으로 나아가야 할 길을 번갈아 바라보며 한숨을 쉬었다. 앞으로 가야 할 미지의 길에 대한 불안감, 왔던 길을 다시 돌아가야 함에 대한 허무함. 어떤 길이 올바른 선택일까? 그렇게 고민하고 있던 와중에 건물에서 나를 봤는지 덩치 큰 할아버지가 커다란 곡괭이를 들고 다가온다. 처음엔 겁을 먹었지만 다행히 할아버지는 숙소의 주인이었다.

그의 손짓과 발짓으로 대략적인 내용을 알 수 있었다. 원래 숙박을 운영했던 숙소가 맞는데 리모델링을 위해 건물을 헐고 다시 짓는다는 친절한 설명이었다. 할아버지에게 다음 숙소는 어디쯤 있냐고 물어봤다. 앞으로 나아갈지, 돌아갈지를 결정해야 하는 중요한 순간이었기에 부디 긍정적인 대답이 돌아오길 기대했다. 심각한 얼굴을 한 나에게 웃는 얼굴로 손가락 열 개를 펼쳐 보이는 할아버지. 숫자 10이라는 뜻인 것 같다. 10㎞ 혹은 10분 거리라는 의미인 듯하여 안심할 수 있었다.

모텔 보스톡에
오후 3시30분경
도착했다.

할아버지의 말대로 정말 얼마 되지 않아 숙소에 도착했다. 조금 더 가볼까 잠깐 고민했지만 더 이상의 돌발상황을 겪고 싶지 않아 여기서 멈추기로 했다.

스쿠터를 세우고 잠시 앉아서 왔던 길을 바라보고 있었는데 숙소 안에서 남녀 둘이 자전거를 끌고 나왔다. 구릿빛 피부의 건강한 외형을 보니 여행자의 포스가 물씬 풍긴다. 독일인 부부 여행자였다. 사실 나는 내가 특별하고 대단한 무언가를 하는 사람이라 생각했다. 하지만 이 사람들은 차원이 다르다. 그들에 비하면 내 여행은 안락한 크루즈 여행과도 같다. 모스크바에서 출발해 이르쿠츠크에서 여기까지 자전거를 타고 왔다며 자신들을 소개한 그들은 블라디보스토크까지 반 정도 남아서 기분이 좋다고 한다. 이런 긍정적인 힘과 뜨거운 에너지는 어디에서 오는 것일까. 블라디보스토크까지 약 1,000㎞를 자전거를 타고 이동해야 하는데 말이다. 세상은 넓고 대단한 사람들은 많다. 그들의 여정에 조금이라도 도움이 되고 싶어, 가지고 있던 자유시간 2개를 선물하니 그들의 해맑은 미소를 얻을 수 있었다. Good luck!

그들은 숙박이 아닌 식사만 하고 다시 자전거를 타고 길을 떠났다.

자전거 일행과 작별하고 숙소로 들어갔다. 아직 해가 중천이다. 하릴없이 시간을 보내기 보단 무언가를 해야 할 것 같아 타이어에 공기를 채워주기로 했다. 이것저것 연장을 꺼내니 뭔가 거창하다고 생각하고 있었는데 저 멀리 서쪽 방향에서 중후한 배기음을 내며 커다란 오토바이가 다가왔다. 블라디보스토크까지 가는 여행자인 듯해서 그를 응원하기 위해 열심히 손을 흔들어 주었다.

그런데 소리가 줄어들지 않고 다시 가까워진다. 순식간에 사라진 줄 알았던 여행자가 유턴을 해서 이쪽으로 오고 있었다! 예상치 못한 반가운 만남. 그는 모스크바에서 블라디보스토크까지 여행중인 프랑스인이었다. 모스크바에서 블라디보스토크까지 가는 루트가 꽤나 인기인 모양이다.

그의 오토바이에 실린 짐들의 양은 어마어마했다. 액션캠, 전문 GPS, 노트북, 대포카메라까지. 그는 본인의 유튜브 채널에 자신의 여행을 기록하고 공유한다고 한다. 직업을 물어보지는 않았지만 그

엄청난 장비와
많은 양의 옷가지 등
짐이 한가득이다.

그는 러시아의 아름다운 명소와 도로가 정말 안 좋은 구간, 조심해야 할 곳에 대해 알려주며 손수 지도에 위치도 그려주었다.

가 준 스티커의 카메라를 보고 방송 분야 종사자라는 것을 짐작할 수 있었다. 그와 나는 아무 데나 일단 앉아서 짧은 시간 동안 많은 이야기를 나누었는데 나중에 알고 보니 오폐수 처리장치, 쉽게 말해 똥간 위에 앉아있었다. 나중에 알고 둘 다 크게 웃었다.

그에게는 원래 항공 촬영용 드론이 있었는데 근처에서 항공 촬영을 하던 도중 신호가 끊어져 추락한 드론을 찾기 위해 이 지역을 몇 번씩 왕복하던 와중에 나와 만나게 된 것이라고 했다.

이야기를 듣다보니 한가지 궁금한 것이 생겼다. 어떻게 운전과 동시에 드론을 동시에 조종하는 것일까? 정답은 자동비행기능을 이용하는 것이었다. 드론을 자동모드로 두고 본인을 따라오게 할 수 있다고 한다. 그가 드론으로 촬영한 영상들을 보여주었는데 위에서 내려다보는 드넓은 자연과 한 방향으로 쭉 뻗은 도로를 질주하는 한 대의 오토바이는 정말 예술 그 자체였다.

드론의 가격은 대략 천만 원 정도라고 한다. 천만 원짜리 드론을 잃어버리다니. 나였다면 피를 토하는 상실감에 여행을 포기했을지

도 모른다. 내 돈도 아니면서 금전적인 타격에 대해 고뇌하는 그는
태연하게 정말 좋은 이야기를 해주었다.

"드론이 없어진 건 아쉬워. 하지만 내가 아쉬운 건 '천만 원짜리'
드이 없어져서가 아니야. 사람들에게 더 좋은 영상을 제공할 수 없
는 것이 아쉬울 뿐이지. 고민한다고 없어진 것이 돌아오는 것은 아
니잖아? 비용을 한번 생각하게 되면 아무것도 할 수 없다고 친구. 그
냥 지금을 즐기는 거야!"

편협한 생각의 틀에 갇혀 있는 내 머리를 강하게 때려맞은 기분
이었다. 나는 충격에 빠져 잠시 말을 잊지 못했다. 내가 얼마나 작은
사고를 가진 사람인지 깨달은 순간이었다. 그의 말이 거짓이 아니었
기 때문에 더욱 멋있었다. 프랑스에서 온 여행자, 로로와 스티커를
교환하면서 내겐 나만의 스티커가 없었기에 저번에 이타세(이륜차
타고 세계 여행) 캠프 때 샀던 이타세 스티커를 하나 주고 그에게 받은
스티커는 사이드박스에 붙였다. 이야기 도중 그의 어깨 너머로 해가

이렇게 훈장처럼
또 하나의
스티커가 늘어났다.

차고의 강아지에게
육포를 조금 나눠주며
스쿠터를 잘
지켜달라고 말했다.

많이 떨어져 있는 것을 보고 더 늦어지기 전에 프랑스 여행자를 보내야 할 것 같아 슬슬 출발하는 게 좋을 것 같다고 말해주었다.

그에게 여기서 하바롭스크까지의 거리와 달네레첸스크 이후의 비포장길에 대해 설명해주고 서로 행운을 빌었다. 그는 유럽에 도착하면 꼭 자기 집에 들르라고 당부하며 집주소를 핸드폰에 적어주었다.

그와 아쉬운 작별을 하고 스쿠터의 타이어에 공기를 채워 넣은 후 안전을 위해 숙소의 차고지에 보관했다. 다행히 추가요금은 없었다. 차고의 커다란 철문이 열리고 남자의 안내를 받아 스쿠터를 주차했다. 덩치 큰 강아지가 4마리나 있었는데 이방인인 나를 향해 짖어대는 게 굉장히 무서웠지만 그래도 스쿠터에 가장 가까이 있던 강아지 1번에게 육포를 나눠줬다.

묵었던 숙소는 하바롭스크와 비로비잔의 중간 즈음에 위치한 곳이었다. 이르쿠츠크까지 거리가 멀지 않을까 걱정을 많이 했는데 해 볼 만했다. 이 정도 피로라면 마음을 독하게 먹고 달리면 하루에 600~700㎞ 정도 이동할 수 있지 않을까.

숙소에서 같이 운영되는 식당에서 식사를 했다. 노란색 밥은 쁠롭, 묽은 국은 샬란카다. 쁠롭은 고기만 맛있었다. 우리나라의 고슬고슬하고 쫄깃쫄깃한 밥알의 식감을 기대했지만 생감자를 먹는 듯한 진한 녹말 맛에 얼굴에 번지는 실망감을 감출 수 없었다. 샬란카는 보르쉬와는 조금 다른 스프인데 보르쉬와 같이 마요네즈가 첨가되어 있다. 보르쉬와는 또 다른 독특한 향과 맛을 느낄 수 있었다. 러시아 스프가 꽤 체질에 맞는 것 같다.

저녁을 먹고 오늘의 여행기를 블로그에 적으려 했지만 인터넷이 끊기는 지역이라 아쉬운 대로 메모장에 오늘 겪은 일들을 최대한 생각나는 대로 자세하게 적었다.

식사를 마치고 찌뿌둥한 몸을 풀기 위해 밖으로 나왔는데 밝았던 하늘엔 어느새 짙은 어둠이 깔려있었고 달빛과 별빛만이 희미한 빛으로 대지를 비추고 있었다. 아무 소리도 존재하지 않는 적막한 도로는 내가 달려왔던 길과는 완벽하게 다른 풍경같았다. 생각해보니 그동안 살아오며 이런 적막을 경험해 본 적이 없는 것 같았다. 그동안 내 삶은 항상 각종 소음에 노출되어 있었기 때문에 내 앞에 펼쳐진 이 적막함이 무서우면서도 신비롭게 다가왔다.

하지만 이내 밀려온 고립감에 겁이 나 다시 숙소로 들어왔다. 이르쿠츠크에서 호준님과 만나게 될 때까지, 꽤 험난한 여정이 될지도 모르겠지만 힘내서 가보기로 했다.

오늘은 전날 계획했던 대로 저번보다 100㎞를 더 이동해보기로 한다. 이렇게 조금씩 거리를 늘려가며 스스로의 한계치를 측정해보는 것도 좋을 거란 생각에서였다. 상쾌한 출발을 알리는 눈부신 날씨. 내륙으로 들어갈수록 추울 줄 알았는데 오히려 덥다. 너무 더워서 입고 온 두꺼운 겨울용 옷 때문에 쉴새없이 땀이 흘렀다. 역시 직접 몸으로 겪어봐야 하는구나.

그래도 다행인 것은 펼쳐진 풍경이 여전히 아름다웠다는 점이다. 어디서 이런 걸 볼 수 있을까. 모든 것이 크고 넓은 러시아다. 광활

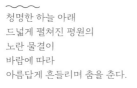

청명한 하늘 아래
드넓게 펼쳐진 평원의
노란 물결이
바람에 따라
아름답게 흔들리며 춤을 춘다.

한 대자연은 내가 얼마나 작은 존재인지 느끼게 해준다. 마음 같아
선 저 자연 속으로 방향을 틀고 싶었지만 겨울이 오기 전까지 러시
아를 벗어나야 하기 때문에 언젠가는 도전하고 싶다는 마음만 간직
한 채 미지의 북쪽 세계를 뒤로 하고 서쪽으로 향했다.

개통기념비가 나타났다. 여태 지나온, 앞으로 지나갈 도로를 건설
한 기념비이다. 기념비 주변에서는 나뿐만 아니라 다른 이들도 차를
세우고 기념비를 배경으로 사진을 찍고 있었다. 이 거대하고 긴 도
로를 만들기까지 얼마나 많은 시간과 노력이 필요했을까?

개통기념비 앞에 스쿠터를 세우고 찍은 기념사진.

인상 깊었던 건 기념비에 대한 이야기를 본인의 아들에게 설명해 주는 듯한 아버지의 모습이었다. 반짝거리는 눈으로 이야기를 들으며 기념비를 바라보는 아이를 보면서 내가 얼마나 상징적인 장소에 서 있는지를 실감할 수 있는 시간이었다.

대략 200㎞ 정도 달렸을까. 온몸이 쑤시고 특히나 엉덩이가 너무 아팠다. 과거엔 그냥 멋 부리는 줄로만 알았는데 이제는 왜 오토바이 여행자들의 사진에 서있는 모습이 많은지 알 수 있었다. 어디서 쉽게 말하지도 못할 이 고통을 최대한 참아내며 더 힘을 내보기로 했다. 피곤해서였을까. 자꾸만 눈이 감긴다. 졸지 않기 위해 이어폰의 음량을 최대로 올리고 노래를 따라 불렀다. 그래도 잠이 쏟아질 때는 나약한 몸뚱이를 탓하기도 했다. 무슨 수도 안 통할 때는 별수 없이 어딘가에 멈춰서 휴식을 취하는 것 외엔 방법이 없다. 가장 효율적인 방법은 주유소에서 잠시 쉬는 것이다. 그냥 길가에서 멈추면 수십 초 이내로 엄청난 양의 날벌레 떼들이 다가오기 때문에 쉬는 것 자체가 불가능한데 기름 냄새 때문인지 주유소에는 벌레가 없었기 때문이다.

비로비잔 진입로에
들어온 후 허기가 저
조그만 동네 슈퍼에서
사 먹은 피자빵.

한참을 이동하다 휴게소에서 멈춰 식사를 하기로 했다. 휴게소에는 이완 맥그리거Ewan Gordon McGregor가 타고 세계여행을 해서 유명해진 BMW사의 오토바이가 서 있었다. 값비싼 오토바이를 보고 있자니 내 스쿠터와 조금 비교가 됐지만 바로 바보 같은 생각임을 깨닫고 비교를 그만두기로 했다. 그는 그대로, 나는 나대로 스스로의 이야기를 만들어가는 것이 중요하지 않겠는가. 비교는 나에게 아무런 도움이 되지 않는다.

음식을 대충 주문하고 밖으로 나왔다. 음식보단 오토바이 구경이 먼저다. 가까이서 볼 자신이 없어 먼발치에서 구경을 하고 있던 와중에 오토바이의 주인이 나타났다. 본인을 코코라고 소개한 이탈리아 남성은 페이스북에 〈Coco On the Road〉라는 자신의 여행기를 적고 있다고 한다. 어디가 종착지냐고 물어보니 세계여행이기에 갈 수 있는 끝까지 가는 것이 목표라고 밝힌 그는 힘겹게 스스로의 한계를 시험하고 있는 나와 달리 순간순간의 즐거움 그 자체를 느끼고 있는 것 같아 보였다.

아쉬운 대로
서로 사진을 찍어주고
악수를 나눈 후
각자의 여행을 응원했다.

맛은 평범했다.
빨리 출발하고 싶어서
대충 허겁지겁 먹고
길을 재촉했다.

그는 오늘 중으로 하바롭스크까지 서둘러서 가야 했기에 짧은 시간 동안만 이야기를 나눈 후 서로의 여행을 응원하며 헤어졌다. 그는 해가 떨어지는 방향으로 우렁찬 소리를 내며 사라졌다.

오늘의 식사는 간단한 러시아식이다. 흘렙, 리스, 꾸릿쨔, 차이를 주문했다. 이름만 들어보면 엄청 이국적이지만 실상은 빵, 쌀밥, 닭고기, 홍차를 의미한다. 간단한 단어만 알고 있으면 된다. 물론 몰라도 크게 상관은 없다. 조금 답답하지만 손짓 발짓은 어느 나라에서든 통한다.

입고 있던 옷가지들을 허물처럼 벗어 던지고 침대에 세상에서 가장 편한 자세로 누웠다. 아무것도 하고 싶지 않다. 400㎞를 땡볕에 주행하는 게 이렇게 힘들 줄 몰랐다. 힘든 과정이었지만 그래도 해냈다. 난 이제 400㎞를 하루 만에 주파할 수 있는 녀석이 된 것이다. 예정대로 다음에는 주행거리를 100㎞ 더 늘려보기로 했다. 과연 내가 어디까지 해낼 수 있을지 기대도 조금 된다.

앞으로의 이동거리를 대략적으로 파악하기 위해 지도를 꺼내 남은 길을 계산했다. 펜으로 거리를 대충 쪼개본다. 내일은 여기까지, 그 다음엔 저기까지. 이 페이스로 가면 울란우데까지 4,5일이면 도착할 수 있겠지? 분명 첫날만 해도 풍경을 즐기며 천천히 유랑하면서 가려는 콘셉트였는데 어느 순간 극한의 도전으로 바뀌어버렸다. 하지만 뭐 나쁘진 않다.

그리고는 의미가 있는지는 모르겠지만, 시행착오를 겪었던 문장 위주로 틈틈이 러시아어를 중얼거렸다. 요새 계속 혼자 다니다 보니 부쩍 혼잣말이 늘었다. 스스로에게 질문을 던진 후 대답하기도 하고 노래도 부른다. 바보 같은 짓을 했을 때 자신을 비난하거나 멋진 풍경을 보면 혼자 감상을 읊조리기도 했다. 아무것도 없는 도로를 하루 종일 혼자서 달리기 때문에 이렇게 말을 토해내지 않으면 미처버릴지도 모른다는 생각이 들어서였다. 쌓여가는 감정들의 배출구가 필요했던 것일지도 모르겠다.

요즘 들어 감정 기복이 심해졌다. 가끔 생각 속으로 너무 깊게 빠져 그 안에 잠겨 다시 수면 위로 올라오지 못할 뻔 하기도 했다. 함께 여행하는 친구가 있으면 얼마나 좋을까. 분명 재미있겠지? 울란우데에 있는 호준님을 빨리 만나고 싶다. 혼자 하는 여행은 내 마음대로 할 수 있다는 장점도 있지만 극히 고독하다는 단점도 있다.

내일은 또 어떤 일이 펼쳐질지, 설레기도 하고 두렵기도 하다. 뒤

섞이는 상반된 감정 속에서 스스로를 다잡아본다. 나를 지탱하는 건 나밖에 없기 때문에 내가 무너져서야 되겠는가. 그저 모든 길이 다 평탄하기만을 바랄 뿐이다.

오는 길에 만난
일방통행 다리.
반대편에서 차가 오고 있어
잠시 멈추었다.

위험지역

치타

열심히 달리다보니 치타가 점점 가까워지고 있다. 조금씩 거리를 늘려가며 최대한 무리하지 않는 선에서 장거리 이동을 감행했지만 몸은 엉망진창이었다. 그래도 중간에 포기하지 않는 것을 보면 나는 하면 할 수 있는 놈인가 보다.

매일매일 똑같은 일상의 반복이었다. 새벽에 일어나 먼 거리를 쉼없이 달리고, 밥을 먹고, 내일을 걱정하며 잠이 든다. 이런 것이 정말 내가 원했던 환상적인 여행인가? 분명 아닐 텐데. 하지만 이것 또한 내가 처한 현실이기에 벗어날 순 없었다. 그저 멈추지 않고 서쪽으로 달려 나갈 뿐이다.

거리를 대략 확인해보니 이틀 안에는 치타에 도착할 수 있다는 계산이 나온다. 물론 중간에 비포장이라든지 스쿠터 고장, 기타 변수들이 없었을 때 가능한 이야기지만 어쨌든 불가능은 아니다. 하루 600㎞의 이동거리가 나의 최대치다. 치타는 위험구역으로 분류되고 있었기 때문에 가능하면 단기간 내에 주파를 하기로 했다. 실제 치타로 향하는 길은 주유소도 거의 없고 일교차로 인해 발생하는 짙은 안개와 끝없이 펼쳐지는 오르막 내리막과 벌레, 그리고 소떼만이 있을 뿐이었다.

러시아는 차들이 무시무시한 속도로 달린다. 느낌상 시속 150㎞에서 180㎞의 어마어마한 속도로 마치 총알처럼 옆을 스쳐 지나간다. 속도만 보면 교통법이 완벽하게 무시되는 것처럼 보이지만 총알 같던 차량들은 시내나 마을 안으로 들어가면 귀신처럼 지정 속도를 유지하며 달린다. 벌금 때문인지, 질서를 지키는 것인지는 잘 모르겠다만 도심에는 언제나 제압봉을 들고 있는 경찰들이 있었다. 길가에는 트럭 운전자들이나 다른 사람들이 쉴 수 있는 휴게소가 있다. 이젠 완벽하게 학습을 한 러시아어를 기세등등하게 사용했다.

휴게소에서는
숙박과 식사뿐만 아니라
샤워 전용 부스도
따로 마련되어 있어
매우 편리하다.

음식을 주문할 때 '슈-또 에따?Что это?, 저건 뭐예요?' 라고 물어본다.
이름을 확인하고 기억한다. 맛있으면 나중에 또 써먹어야 되니까.

러시아 발음 중에 '아르르르' 와 같은 것이 있는데 그중에서 쌀을 의미
하는 '리-쓰рис'라는 발음은 아직까지도 애를 먹는 것 중 하나이다.

경험을 통해 알게 된 가장 중요한 단어는 바로 '물'이다.
물은 '봐-다вода'라고 말한다. 물론 그냥 '봐-다'를 달라고 하면 기본적으
로 탄산수를 주는데 개인적으로 탄산수는 아무리 마셔도 갈증 해소가 안
되기에, 꼭! '미니랄나야 봐-다Минеральная вода, 일반 생수'혹은 '니예가지로
봐-다негазированная вода, 탄산이 없는 생수'를 달라고 해야 그냥 물을 얻는다. 발
음이 꽤나 어렵기 때문에 뜻이 제대로 전달되지 않을 때가 많다. 그럴 때
면 그냥 'NO GAS'를 외치면 된다.

또 흙길이 나타났다. 흙길만 보면 경기가 난다. 어금니를 꽉 깨물
고 어떻게든 빠져나가기 위해 노력했다. 기름은 간당간당하고 주유
소는 보이지 않았다. 결국 흙길 한복판에서 아껴두었던 예비 기름통
의 기름 5L를 주유구 안으로 쏟아부었다. 저번 비로비잔의 흙길에서
주유 호스가 날아가는 바람에 마시던 물병을 칼로 잘라 만든 깔때기
를 이용해 기름을 넣었다.
예로빼이라는 이름의 숙소에 도착해서 차고를 이용할 수 있는지

할아버지가
원하는 금액은 500루블.
도시 유료 주차장도
200루블을 넘지 않는다.

를 물었다. 'free'라는 말을 듣고 차고의 문 앞에 스쿠터를 세웠다. 문
이 안 열려 경적을 울렸더니 거친 얼굴의 할아버지가 나와서 거센
억양으로 계속 뭔가를 말한다. 어차피 알아들을 수 없었기에 스쿠터
를 끌고 들어가려 하니 앞을 막는다. 뭐지? 살짝 짜증이 났다. 이유
는 단순했다. 여행자를 상대로 한 금전 요구였다. 확실한 바가지 요
금이었다. 말도 안 된다는 제스처를 취하며 카운터에서 설명을 듣지
못했다는 이야기를 하며 "프리 개러지"를 연신 외쳤지만 돈을 받지
않으면 절대로 문을 열어주지 않을 기세다. 완고하다.

　여기서 더 이상 실갱이를 벌여 봤자 나만 힘이 빠진다는 결론에
도달하고 진로를 틀어서 흥정에 들어가기로 했다. 항상 하루 일정
을 마무리 하는 건 스쿠터를 안전하게 보관하는 것까지인데, 언제

나 보관 문제 때문에 골치가 아프다. 난 200루블을 외쳤고 할아버지는 400루블을 외친다. 여기서 물러설 수 없다. 250루블!! 잠깐의 저울질 끝에 300루블에 합의를 보기로 했다. 300루블이라는 비싼 값을 지불했지만 문을 열고 창고 구석 한편에 아주 조그만 공간을 내어줄 뿐이었다.

거우 울타리 안에 집어넣는 걸로 300루블이라니. 하지만 밤이 되면 무슨 일이 일어날지 알 수 없는 외국이기에 방법도 없고 앞으로의 여행을 계속하기 위해 저렴하게 안전을 보장받는 거라 자신을 위로했다. 이럴 때마다 느끼는 거지만 한국은 정말 안전한 나라다. 한국에 있을 땐 너무나도 당연했던 인터넷과 안전 문제는 마치 공기가 있어서 숨 쉬는 게 당연한 것처럼, 없어지고 나야 그 소중함을 알게 되는 것 같다.

인터넷이 없는 곳에서 내가 할 수 있는 것은 아무것도 없었다. 기대와는 달리 지루하게 반복되는 일상같은 여행의 변화를 꾀하기 위해 여태껏 실패할까 봐 도전해보지 못했던 로컬 푸드에 도전해보기로 했다.

결론은
밥과 치킨만
맛있었다.

아니나 다를까. 기대와는 달리 맛은 처참했다. 왼쪽의 보기만 하면 매우 맛있어 보이는 돼지고기 비계는 사실상 고체소금이었고 우측에 빈대떡처럼 생긴 음식은 고체설탕이었다.

아직은 다닐 만하지만, 점점 다가오는 추위는 확실하게 체감할 수 있었다. 일교차가 커서 그런지 스쿠터에 서리가 끼기 시작했다. 9월 말 새벽 6시의 러시아는 어둡고 추웠다.

다음 날은 시간을 동해항에서 러시아로 출발하기 전으로 되돌리고 싶을 만큼 힘거운 하루였다. 어차피 일직선으로 계속 달리는 길이라 목적지만 설정해 놓고 이동하면 된다고 생각했다. 처음 봤던 내비게이션의 600㎞라고 알고있던 것이 사실은 772㎞였다. 오지였던 탓에 gps로 수신된 거리의 오차범위가 200㎞나 발생했던 것이다. 이 사실을 알게 된 것은 이날 모든 여정이 끝나고 나서였다.

출발은 처음부터 순탄치 않았다. 긴 구간의 오르막과 내리막이 반복되는 길이 끊임없이 펼쳐지는, 끝이 보이지 않는 일직선의 도로. 저 멀리 보이는 안개의 바다로 들어가야만 나아갈 수 있고 짙은 안개 속을 헤치고 나와야만 빛나는 태양을 만날 수 있다. 내리막을 내려갈 때는 마치 심연의 바다 속으로 죽기 위해 다이빙을 하는 느낌이 들어 공포스러웠다. 심지어 안개 속에선 헬멧 실드에 물기가 다닥다닥 달라붙어 앞을 가렸고 그것을 손으로 필사적으로 닦아낼 수밖에 없었다. 자칫하면 사고로 인해 죽을지도 모르겠다는 생각이 들어 희미하게 보이는 정면을 부릅뜬 눈으로 응시하며 정신을 똑바로 차리기 위해 노력했다. 하지만 안개 너머 미지의 세계에서 무엇이 나타날지 알 수 없으니 안 좋은 생각들이 불쑥불쑥 튀어나오기 시작했다.

'반대편에서 오는 차가 역주행을 하면?', '급격하게 굴절 구간이 나와서 도로를 이탈하면 어떡하지?', '앞쪽에서 사고가 난 건 아닐까?', '뒤에서 자동차가 빠른 속도로 달리다가 날 못 보고 박으면?'
안 좋은 일은 생각할수록 한도 끝도 없이 샘솟고 이 모든 일은 충분히 일어날 수 있는 상황이었다. 그렇게 공포에 떨다가 오르막을 타고 가장 위로 올라오게 되니 빨갛게 타오르는 따사로운 햇살을 만날 수 있었다.
오르막길 정상에서 잠시 손과 발을 녹이기 위해 멈추었다. 하늘에서 내려오는 따사로운 빛을 두 팔을 벌려 온몸으로 받아냈다. 딱딱하게 얼어붙은 몸을 따사롭게 감싸주는 햇빛에 경외심까지 느껴졌다. 자연은 그 속에 한없이 작은 존재인 나의 고군분투하는 모습을 즐기기라도 하는 것 같다.

한동안 주유소를 만나지 못했다. 기름이 떨어져 시동이 꺼져버렸고 별 수 없이 예비기름을 사용하고 이동을 계속했다. 중간에 주유소 비슷한 곳에 들렀지만 기름이 나오지 않았고 확인 결과 주유소도 기름이 다 떨어져서 유조차가 오길 기다리는 중이라고 했다. 별 소득 없이 해를 등지고 서쪽으로 계속 이동했다.

천국과 지옥을 맛보기로 체험할 수 있다면
아마 이런 느낌이지 않을까 싶었다.

가다 기름이 떨어지면
두 손으로 스쿠터를
끌고 가는 한이 있어도
여기서 시간을 더 지체하면
안 된다고 생각했다.

　앞으로 얼마나 남은 걸까. 분명히 600㎞인왜 제자리걸음만 하는 기분이 드는 걸까. 정신이 점점 혼미해져 가고 정신력이 약해져 간다. 하지만 이 광야 한복판에서 포기하면 어디로 간단 말인가.

　방법은 없다. 그저 나아갈 수 밖에. 오로지 치타에 도착하고 말겠다는 일념으로 모든 걸 참아내면서 달렸다. 기름조차 얼마 안 남은 상황에 아직도 주유소는커녕 비슷한 것조차도 보이지 않았다. 시동이 꺼진, 짐이 한가득 실린 스쿠터를 손으로 끌고 가는 상황만큼은 피하고 싶어 주유소가 나타나주길 간절히 기도했다.

　"제발, 제발, 제발."

　메마른 흙색 대지를 긴 시간 동안 달리던 중 갑작스럽게 주변의 색채가 변화했다. 푸르른 초록의 대초원. 그리고 그 초원 속에 보이는 초록색의 지붕. 주유소였다.

위험지역이라고 상정한 고지대인 모고차 구간을 통과하고 만난 초록의 평원. 큰 고비를 하나 넘겼다는 생각에 잠시 쉴 겸, 바닥에 주 저앉아서 돌아온 방향을 쳐다봤다.

"멀리도 왔다."

긴장이 좀 풀려서인지 반쯤 정신이 날아간 상태로 이동했다. 이젠 여행이라기보단 거의 오기로 이동하는 것 같다. 짜증을 내거나, 노 래를 부르기도, 소리를 지르며 욕지거리를 하기도 하다가 마지막엔 허탈해져 바보처럼 웃기도 했다.

10시간을 달리니 나와 끝까지 함께 해줄 거라 믿었던 노래마저도 배터리가 다 되어 더 이상 들리지 않게 되었다. 음악의 빈자리는 거 칠게 찢어지는 바람 소리가 대신해줄 뿐이었다. 해가 떨어지며 발생 한 일교차로 거센 바람이 몰아쳤고 도시 진입 마지막에 마주한 가파 른 경사길을 힘겹게 오른 후 마침내 도시 '치타'에 도착할 수 있었다.

만남

치타

하바롭스크부터 치타까지 오며 무리했던 탓일까. 결국 체력이 바닥나 버렸다. 여기까지 오느라 온 힘을 다한 나에게 포상을 줄 겸 3일이라는 기간을 체류하기로 결정했다. 짐을 집어던지고 모처럼 느끼는 1인실의 쾌적함을 만끽했다. 변두리에 있는 저렴한 호텔이었다.

주변에서는 건물 공사가 한창 진행 중이다. 피로에 찌든 인부들이 거친 얼굴로 시멘트와 벽돌을 나르고 있다. 프런트로 내려와 '개러지garage' 와 '모토moto' 라는 단어를 사용하여 주차할 곳을 찾았고 호텔 뒤의 아주 작은 창고 쪽으로 안내를 받아 스쿠터를 보관할 수 있었다. 공사 현장 바로 옆에 있던 창고는 스쿠터 하나가 겨우 들어갈 수

창문 너머로
아름다운 자연이 아닌
낮은 목조 주택들이
을씨년스럽게 늘어져 있었다.

있는 비좁은 공간이었다. 그 옆에 건설 인부들이 숙식하는 간이 숙
직실도 있었다.

인부들의 시선이 느껴졌다. 주변의 동양인 두 명이 나를 쳐다보고
있었다. 스쿠터에 붙어있는 태극기를 쳐다본 것인지 정확히는 알 수
없었지만 확실히 이쪽을 보고 있었다. 그들은 손에는 커다란 곡괭
이와 삽이 들려져 있었고 먼지가 잔뜩 묻은 러닝셔츠와 헤진 작업복
바지를 입고 있었다. 시커먼 얼굴과 깊게 패인 주름에 눈빛은 강렬
하고 날카로웠다.

"남조선에서 왔습네까?" 살면서 직접 들을 일이 없을 줄 알았던 북
한 말이었다. 조금은 겁이 났지만 어찌되었던 반가운 한국어였다.
조심스러우면서도 조금은 기쁜 마음에 그들과 대화를 이어나갔다.
그들도 러시아에서 한국인을 보게 될 줄은 몰랐는지 내심 신기해하
는 눈치로 이것저것 물어보았다. 대화를 통해 알게 된 사실은 그들
이 돈을 벌기 위해 이곳에 왔다는 것과 원래는 여기에서 아주 멀리

있는 러시아의 어딘가에서 벌목을 하며 돈을 벌다가 지금은 누군가를 기다리면서 그동안 알선 받은 이곳에서 노동을 하고 있다는 것이었다.

궁금한 건 많았지만 더 이상 물어볼 수 없었고 그들도 자세한 내용은 말할 수 없다고 했다. 이후 둘이서 어떤 말을 나누더니 다른 작업이 있어 더 이상 대화를 하기는 어렵겠다고 했다. 아쉽지만 또 작별의 시간인 것이다. 둘 중, 좀 더 덩치가 큰 사내가 나에게 다가오더니 선뜻 손을 건넸다. 강렬한 악수와 함께 마지막으로 남긴 그의 한마디가 사진처럼 뇌리에 깊게 새겨졌다.

숙소 2층은 중식당이었다. 숙소 곳곳에 중국과 러시아의 우호적인 관계를 상징하는 사진들이 걸려 있었다. 배가 고팠지만 여기까지 와서 중식을 먹고 싶진 않았기에 밖으로 나와 식당을 찾아 돌아다녔다. 하지만 길을 잃을까 두려워 멀리 가지 못하고 다시 숙소로 돌아오게 되었다. 결국 비상식량이었던 라면을 꺼내서 끓여 먹었다. 한

봉지를 다 먹는 데 5분도 채 걸리지 않았다. 프런트에서 무료로 제공된다고 했던 냉장고의 음식들도 꺼내 먹었다. 그중 특히 인스턴트 감자 스프는 짜고 맛이 없었다. 다시는 먹지 말아야겠다. 그리고 다시는 800km의 주행계획을 세우지 말자.

다음날 스쿠터를 타고 시내를 돌아보기 위해 창고로 향했다. 하지만 창고의 모습은 사라진 채 주변 벽들이 철거된 흔적과 시멘트 가루가 자욱하게 내려앉은 스쿠터만이 덩그러니 놓여 있었다. 잠시 보관 문제에 대한 걱정이 밀려왔지만 이제는 걱정하는 것도 지쳐버려 아무런 조치도 취하지 않기로 했다. 스쿠터를 타고 도시를 구경했

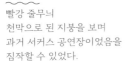

무너져가는 건물과
마구 버려져 있는
쓰레기 더미들을 보며
복잡한 감정이 들었다.

빨강 줄무늬
천막으로 된 지붕을 보며
과거 서커스 공연장이었음을
짐작할 수 있었다.

다. 어딜 정하고 가는 게 아니었기에 무작정 관광 명소로 표시된 곳을 목적지로 정했다. 내비게이션이 길 안내를 이상하게 하는 바람에 전날 봤던 목조 주택가를 통과하게 되었다. 마침내 도착한 관광명소는 풀만 무성할 뿐 관리가 되지 않은 채 방치된 지 오래인 듯했다. 왔던 길을 다시 돌아 점점 마을 깊숙한 곳으로 향했다. 사람이 살기는 하는 건지 인기척조차 느껴지지 않는다. 조용한 마을의 거리에서 스쿠터의 배기음만이 고요하게 울려 퍼졌다.

한동안 길을 따라가다 보니 큰 도로와 공원이 나타났다. 알고 보니 돌아서 오는 길이 아닌 마을을 가로질러 오는 최단 거리를 안내해준 모양이다. 역사 박물관으로 안내된 공원의 기념비를 구경하고 싶었으나 입구의 철문은 닫혀 있었다. 쌀쌀한 바람만이 거리에 불어 올 뿐 아무것도 할 수 없었다. 10여 분을 기웃거리다 결국 다시 스쿠터에 올라탔다. 이제 어디로 가지? 갈 만한 곳을 찾지 못하고 도시 여기저기를 내 마음대로 아무 생각 없이, 그저 핸들이 이끄는 대로 돌아다녔다.

산유국이라 그런지
거대한 송유관이 도로 중앙을
아무렇지도 않게 지나간다.
나에겐 낯설지만
그들에겐 익숙할 광경이
흥미로웠다.

처음 보는
러시아 반찬들이
도전 욕구를
자극했지만
모험을 하지는 않았다.

식사 이외에 떠오르는 재미있는 일이 없어 밥을 먹기로 했다. 늘 그렇듯 식당을 찾는 건 어려운 일이었고 얼마 못 가 포기하고 말았다. 이상하게 마트만 확실하게 한눈에 알아볼 수 있는 건 왜인지 모르겠다. 결국 마트로 들어가서 음식을 샀다. 러시아 반찬은 경험상 소금 덩어리들이었기 때문에 안정적으로 치킨을 선택했다. 치킨은 어떤 수를 써도 맛있으니까. 점심은 치킨 두 조각과 컵라면이다.

다시 숙소로 들어와 내일 이동할 거리를 측정해본다. 울란우데까지 400㎞라고 측정된다. 몇 번 실수를 한 경험이 있기에 400㎞일 리가 없는데 하며 길 안내 시작 버튼을 누르니 비로소 실거리가 나왔다. 772㎞다.

잠깐, 여태 거리 측정을 시작 화면으로 진행했는데 그러면 계속 플러스 100㎞씩 이동한 건가? 물론 서쪽으로 이동하다 보니 계속 시차가 발생한 것도 한몫하겠지만 말로만 듣던 플라세보 효과를 직접 체험하게 되었으니 긍정적으로 생각하기로 했다.

오랜만에 희망유희님에게 카톡이 왔다. 지금 치타에 있다고 알리니 바이커들이 자주 모이는 광장을 추천받았다. 새로운 만남을 기대하며 광장으로 향하기 위해 밖으로 나왔지만 불길하게 들려오는 물방울 떨어지는 소리. 하나, 둘, 수가 많아지더니 점점 거세지기 시작한다. 쉼 없이 달려오며 따돌렸다고 생각했던 먹구름이 벌써 여기까지 왔다. 잠시 계단에 앉아 기다려 봤지만 비는 더 격렬하게 쏟아졌고 결국 방으로 돌아왔다.

침대에 누워 비스듬하게 열린 창문 사이로 들려오는 빗방울 소리를 감상했다. 잠깐 눈을 감았다 뜨니 시간이 훌쩍 지나 5시 언저리로 시침이 다가서고 있었다. 내리던 비는 그쳤고 맑게 갠 하늘을 보며 이 여행을 결심했던 때를 돌이켜봤다.

별다른 준비 없이, 과거의 막연한 꿈을 실현하기 위해, 취업이라는 눈앞에 직면한 현실에서 도피하기 위해 무작정 떠나왔지만 어떤 일이 생겨도 분명 낭만적이고 즐거울 것만 같았다.

하지만 횡단은 외로움과 매 순간 스스로에게 강제되는 선택의 연속, 시시각각 예측할 수도 없이 변하는 기상현상과의 지독한 싸움이

응급처치로 씌운 비닐.
레인커버를 버린 게
후회되는 순간이었다.

여기 근처
어딘가라고 하는데
도무지 바이커들은
보이지 않는다.

었다. 아직까지는. 부디 바이칼 호수에서부턴 즐거운 여행이 시작되
길 바라며 애써 희망을 가졌다.

　비가 그쳤기에 다시 희망유희님이 알려준 좌표의 광장으로 이동
했지만 비가 내렸던 탓인지 러시아 바이커들은 만나지 못했다. 여기
까지 왔는데 다시 숙소로 돌아가기엔 아쉬워 근처의 광장 벤치에 앉
아 사람들을 구경하며 시간을 때웠다. 무료하게 시간을 낭비하며 앉
아 있는데 꾀죄죄한 옷에 목에는 피켓을 매고 지저분한 깡통을 든
어린소녀가 와서 구걸을 했다. 나 또한 가난하기 때문에 쉽게 돈을
줄 순 없었다. 하지만 돈을 줄 때까지 내 앞에서 구걸 멘트를 멈추지
않을 모양이다. 주머니의 동전을 모두 꺼내어 주니 무언가 의미심장
한 말을 하고 사라졌는데 고맙다는 뜻이 아니란 것은 분명히 알 수
있었다. 돈을 주었음에도 기분이 찝찝한 순간이었다.
　광장 중심지로 나왔다. 좋은 날씨와 광장에 만연한 여유로움에 편
승하여 나 또한 여유로운 척을 하며 광장을 누볐다. 보드를 타거나

기타와 같은 거리 공연 등의 볼거리들로 가득했다. 그들과 같은 공간에 있지만 불투명한 미래에 대한 걱정으로 가득한 나는 마치 주변인처럼 그곳에 제대로 섞이지 못했다. 여유로운 척 스스로를 위장하고 있었지만 그리 오래 흉내를 내지는 못했다.

이상한 일이지만 해가 쨍쨍함에도 간혹 세찬 비가 내렸다. 눈부신 햇살 사이로 빗방울이 비집고 들어와 땅을 어두운 색으로 적시지만 따사로운 햇살의 온기가 다시 땅을 밝은 색으로 바꿔 놓는다.

별다른 소득 없이 숙소로 돌아오는 길에 그토록 찾아 헤맸던 러시아 바이커를 7명이나 만났다. 어디선가 모임을 하고 집으로 돌아가는 듯 보였다. 짧은 만남이었지만 덕분에 치타까지 달려오며 쌓인 피로를 떨쳐내고 다시 움직일 수 있는 에너지를 얻었다. 같은 바이커를 만나 인사를 하면 나는 혼자가 아니라는 생각에 가슴이 뜨거워진다.

만나는 바이커들마다
반갑게 손을 흔들어준다.
물론 나도 힘차게 흔들었다.

광장의 사람들은
남녀노소 할 것 없이
모두 평화로워 보였다.

건물을 드나드는
젊은 사람들이 많이 보였다.
아마 대학교 건물로 짐작된다.

부랴트족의 자치구라 불리는 울란우데까지는 약 600㎞ 정도다. 울란우데에선 고대했던 호준님과의 만남이 예정되어 있어서 꽤나 흥분된 기분으로 울란우데를 향해 출발했다. 감사하게도 호준님은 약 100㎞정도 마중을 나와 준다고 한다. 그는 또 치타에서 울란우데까지 30㎞ 정도의 비포장 구간이 있으니 조심하라고 알려주었다.

호기롭게 출발했던 처음, 달리다 해가 떨어지면 그곳이 나의 숙소요 캠핑지다! 라고 호기롭게 외치던 그때의 나는 없다. 무시무시한 대자연과 낯선 땅에 대한 두려움으로 흔적도 없이 사라져버렸다. 쓰디쓴 교훈을 얻고 이동 거리를 대폭 수정했지만 600㎞는 아주 먼 길임에 틀림없다. 그래도 다행인 점은 초반의 감정이 두려움 100이었다면 지금은 두려움 50에 설렘 50으로 바뀌었다는 정도일까. 고통을 어느 정도는 즐길 수 있게 되었다. 힘들긴 해도 목표를 완수할 때 얻는 고양감은 이루 말할 수 없을 정도로 짜릿하다.

치타에서의 마지막 밤. 문득 숙소 2층의 중식당에 대해 호기심이 생겼다. '러시아에서 먹는 중식은 어떤 맛일까?' 호기심에 약간의 기대를 가지고 2층의 식당으로 향했다. 경쾌한 아코디언 연주와 함께 취기가 묻은 목소리로 다 같이 부르는 노랫소리가 문 밖으로 울려퍼진다. 안에선 생일파티가 한창이었다. 주인공인 할머니는 사람들 한가운데에서 행복한 웃음을 짓고 있었다. 그들에게 방해가 되지 않기 위해 식당의 구석에 자리를 잡았다.

자신 있게 러시아어로 주문을 시도했다. 현지인 억양과 비슷하게 발음하기 위해 얼마나 많이 노력했던가. 노력한 보람이 있었는지 종업원이 주문을 받아주었다. 직원은 양이 꽤 많은데 괜찮겠냐는 제스처를 취했다. 남으면 포장도 가능하다고 하였기에 "나르말나 нормáльно, 괜찮습니다."라고 대답했다.

    식사에 술이 빠지면 예의가 아니기 때문에 맥주도 한 잔 주문했다. 맛있는 식사 덕분에 잠시 고단함을 잊을 수 있었다. 맛있는 식사와 맥주, 즐거운 노랫소리와 함께 밤은 아득히 깊어간다.

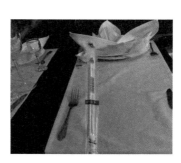

오랜만에 만나는 젓가락.
더 달라고 부탁하여
3개 정도 챙겨 두었다.
언젠가 요긴하게 쓰일 것이다.

소고기 볶음요리를
제외하고는
모두 익숙한
맛이었다.

호준님

울란우데 & 이르쿠츠크

새벽 5시. 오늘은 600㎞ 정도를 이동할 계획이다. 피로감은 그대로 지만 힘내서 몸을 일으켰다. 키를 반납하고 떠나려 했는데 직원이 잠시 기다리라고 하더니 계산기를 보여주며 1,000루블을 지불하라 고 한다. 이해가 되질 않아 분명히 숙박비를 다 지불했음을 어필했 다. 하지만 직원은 계속해서 "리프리저레이터, 푸드"라며 냉장고에 서 꺼내 먹은 음식값을 내라고 말했다. 처음 냉장고의 음식들은 분 명 'free'라고 했는데. 연신 "프리"를 외쳤지만 직원은 단호했다.

대치가 계속되자 여직원은 갑자기 어디론가 전화를 걸었다. 이후 무섭게 생긴 남자 직원이 나타나 앞으로 가까이 다가왔다. 그는 팔짱을 끼고 날 내려다보며 강한 어조로 말했다. "1,000루블레이."

더 이상 방법이 없어 결국 1,000루블을 지불하고 말았다. 냉장고 안의 음식을 3번은 살 수 있는 돈이었다. 값비싼 인생 교육비를 지불하고 숙소를 나오며 소심하게 "젠장"이라 중얼거리고는 다신 구비되어 있는 음식을 먹지 않으리라 다짐했다.

다시 시작된 여정. 끝없이 펼쳐진 도로와 지평선. 고통스러운 고민거리도 캄캄한 앞으로의 미래도 스쿠터를 타고 달리는 이 순간만큼은 그 무엇에도 구속받지 않는다. 비 때문에 눅눅하게 젖어 있던 가슴이 다시 생기를 되찾으며 심장의 고동감이 전해져 온다. 참 이상하다. 분명히 몸은 힘든데, 마음은 개운하다. 조금은 쌀쌀하지만 시원한 바람을 가르며 힘차게 달렸다. 걱정과는 다르게 출발 후 300km까지는 깨끗하게 포장된 검정색 도로가 나를 반겼고, 오랜만에 만난 좋은 도로와 날씨는 기분을 한층 들뜨게 만들어 주었다.

그간의 여정을 토대로 간단하게 러시아의 도로 사정에 대해서 짚고 넘어가자면, 우선 러시아의 도로는 크게 3종류로 분류된다. 진한 검은색 도로는 포장한 지 얼마 되지 않아 있는 힘껏 달릴 수 있는 구간과, 보기만 해도 포장된 지 오래되어 보이는 황토색의 여기저기 갈라져 있는 도로. 그리고 흙과 자갈로 구성된, 보기만 해도 온몸이 쑤시는 비포장 흙길. 곡선 없는 무조건적인 일직선 구간이라 멀리서 도로의 사정이 훤히 보인다. 실질적으로 대비할 수 있는 건 아무것도 없기 때문에 그때그때의 상황에 맞게 마음의 준비만 하면 된다.

울란우데에 있는 사원에서 밑을 내려다보면 도시의 전경이 한눈에 들어온다.
끝도없이 펼쳐진 광활한 대지. 자연은 놀라움의 연속이다.

거친 길을 통과하면
의식처럼 멈춰서
왔던 길을
돌아보게 된다.

　신나게 달렸으니 이제 시련이 올 차례인가 보다. 저 멀리 흙길이
보이기 시작한다. 그간의 교훈을 통해 페트병 2개에 추가로 기름을
가지고 왔기 때문에 이번에는 주유 없이 한 번에 흙길을 주파했다.
몇 번이나 거쳤던 흙길이지만 언제나 적응이 되지 않는다. 그나마
다행인건 비가 오지 않아 진흙탕이 아니라는 것이다. 자세를 잡으며
넘어지지 않기 위해 정신을 집중했다. 긴 흙길이었다. 막바지에 이
르러서 얼굴은 땀으로 범벅되고 옷은 흙먼지로 누렇게 변해버렸다.

　긴장된 몸을 풀어주기 위한 스트레칭을 한다. 그리고 혹시나 없어
진 물건이 있는지 짐칸을 확인한다. 숨은 그림 찾기와 비슷하다. 처
음과 달라진 점을 찾아내기만 하면 된다. 그런데 빨간색 기름통이
없다! 심장이 덜컹해서 주위를 둘러보니 단단하게 동여맸다고 생각
한 기름통의 결박 끈이 충격으로 인해 풀려서 바닥에 끌리고 있었
다. 들어 올린 기름통은 속이 텅 비어있다. 돌멩이에 찍혔는지 커다
란 두 개의 구멍이 앞뒤로 뻥 뚫려있다. 머리를 망치로 때려 맞은 듯

이 한순간 머리가 멍했다. 기름 탱크 안에는 100㎞를 이동할 수 있는 양의 기름밖에 남아 있지 않았고 앞으로 얼마나 더 가야 주유소가 나올지 알 수 없었기 때문이다. 응급처치로 500ml 패트병 2개에 넣어둔 기름을 마지막 한 방울까지 탈탈 털어 넣고 주유소가 빨리 나타나길 빌며 다시 앞으로 나아갔다.

70㎞를 더 이동한 끝에 새로 지은 듯 보이는 주유소에 도착했다. 하지만 거의 코앞에서 시동이 꺼져버려서 40m정도 스쿠터를 끌고 이동했다. 마트도 병행하고 있는 큰 규모의 주유소였다. 기름을 넣으면서 스쿠터를 막연히 쳐다보는데 뭔가 이상하다. 또 뭐가… 없네?

침낭이 없어졌다. 단단히 동여맬 수 없는 구조라 항상 걱정이었는데 결국 침낭이 자연속으로 사라져버렸다. 어디서 잃어버렸는지 알 수도 없다. 휘발유 5리터와 예비 기름통, 침낭까지. 몇 번 통과해봤다고 만만하게 본 흙길의 통행료는 생각보다 값비쌌다. 준비한 물건들이 하나둘 없어지다 결국 큰 물건 2개를 잃었다. 물건의 가격들을

5L의 기름이
길바닥에서
증발해버렸다.

생각하니 마음이 시렸지만 길에서 만난 프랑스 바이커는 그 비싼 드론도 잃어버렸었는데 그에 비하면 이 정도는 다행이다 싶었다. 이렇게라도 정신승리를 해야 스스로에게 분하지 않을 터이다. 잊어버리자. 이미 엎은 물은 주워 담을 수 없다. 그래도 다행히 주유소 마트에서 튼튼한 기름통을 저렴하게 구입할 수 있었다.

감옥같은 산림구간을 벗어났다. 그리고 펼쳐진 대초원. 거대한 대륙의 이미지를 떠올릴 때 딱 이런 느낌이라고 자신 있게 말할 수 있다. 갈 길이 멀지만 놓칠 수 없는 풍경이었다. 다른 사람들도 차량을 세워놓고 사진을 찍는다. 여기가 바로 포토존이다.

이후에도 4차례의 비포장 흙길을 달달거리며 통과했다. 러시아의 도로는 예산 부족으로 도로 포장을 두껍게 하지 못해 극심하게 추운 겨울날엔 도로가 다 갈라지고 날이 따뜻할 때 보수 공사와 재포장을 끊임없이 반복한다고 한다. 어디까지나 들은 이야기이다.

약속했던 접선장소에서 200㎞나 마중 나와 준 호준님을 드디어 만났다. 반가움 마음에 뜨거운 악수를 나눈 뒤 해가 떨어지기 전 울란우데에 도착하려 했지만 큰 산을 돌아서 가야 했던 탓에 결국 캄캄한 밤이 돼서야 도시에 들어올 수 있었다.

호스텔은 생각보다 사람이 많았다. 어제까지만 해도 자신을 포함해 두 명 밖에 사람이 없었는데 오늘 갑자기 많아졌다고 호준님이 말했다. 방으로 들어가는 길에 있는 부엌에서 덩치 큰 러시아 아저씨 4명이 보드카를 마시고 있었다. 우리를 향해 반갑게 인사를 해주

해가 떨어지기 전에
목적지에 도착할 것을 생각하니
여유를 부릴 틈이 없었지만
그래도 놓칠 수 없는 풍경이었다.

지긋지긋한 흙길의
도로는 끊임없이
곳곳마다 공사 중이다.

었지만 왠지 겁이 나서 후다닥 방으로 들어왔다. 한국에서의 나는 사나운 인상으로 인해 사람들의 오해를 사거나 거리를 두는 경우가 다반사였는데 여기서는 그저 왜소한 동양인 꼬맹이다.

울란우데는 부랴트족 거주 지역이라 분위기가 독특한데 동양인들과 몽골계 사람들이 주를 이루는 도시다. 지금은 러시아의 영토이지만, 부랴트족은 공화국이라는 형태로 그들의 문화를 이어가고 있다. 러시아는 국토가 거대한 만큼 다양한 인종들이 곳곳에서 살아가고 있다. 지역이 달라질 때마다 풍경도, 사람도, 문화도 바뀌는 재미있는 나라다.

울란우데에 입성한 것을 기념하게 위해 호준님이 알고 있는 부랴트족 전통 식당에서 저녁식사를 하기로 했다. 꽤 늦은 시간이라 혼자였다면 절대 밖으로 돌아다니지 않았겠지만 둘이 되니 용기가 생긴다. 도착한 식당에서는 부랴트족 전통 의상을 입은 종업원이 우리를 반갑게 맞이해주었다. 비록 지금은 러시아에 통합되어 있지만 전통 의상을 입음으로써 자신들의 역사를 잊지 않으려 하는 그들의 마음이 느껴졌다.

비슷한 처지의 호준님과 많은 이야기를 하며 공감대를 얻었다. 그의 이야기를 경청하며 나만 힘든 게 아니란 걸 알았다. 살아간다는 건 누구에게나 힘겹고 외로운 싸움이다. 무거운 주제로 대화를 이어나가다 보니 시간이 새벽을 향하고 있었다. 더 늦어지면 정말 위험할 수 있다는 생각에 우리는 온 길을 거슬러 숙소로 빠르게 돌아왔다.

다음날 아침, 함께 도시 투어를 하기 위해 스쿠터에 시동을 걸려 하는데 내 스쿠터만 유리 파편으로 범벅이 되어 있었다. 오밤중에 취객이 병으로 스쿠터를 내려쳤나보다. 별 문제는 없었지만 기분이 좋진 않았다. 유리 조각을 탈탈 털어내고 도시 투어를 시작했다.

울란우데의 볼거리는 '레닌헤드'와 티베트 불교 사원인 '린포체 바그샤 사원' 정도밖에 없다며 이곳에서 3일 머무른 호준님이 알려주었다. 두 곳을 방문하고 바로 이르쿠츠크로 출발할 일정으로 모든 짐을 스쿠터에 실었다.

레닌헤드는 말 그대로 레닌의 머리 동상이다. 어떤 이들에겐 불편한 존재일 수도 있겠지만 러시아인에겐 영웅과도 같은 인물이다. 사원은 도시의 가장 높은 곳에 있다. 꼬불꼬불 비좁은 도로를 올라 정상의 사원에 도착했다.

개인적인 감상으론
그냥 큰 머리
그 이상도
이하도 아니었다.

많은 이들이
각각의 희망과
바람을 적은 천이
즐비하다.

처음엔 넓은 꽃밭이라
착각할 정도로
많은 묘비가 있었다.

사원 부지 안에 위치한 종을 치니 생각보다 큰 소리가 울려 조금 당황했다. 하지만 아무도 나를 의식하진 않았다. 종 뒤로 색색깔의 수많은 천이 바람에 휘날리고 있다. 모든 사람들이 자신이 바라는 대로 살아갈 수 있는 세상이 오면 참 좋겠다는 생각을 해본다. 사원 뒤 공터에 있는 형형색색으로 칠해진 묘비가 인상적이었다. 묘지를 보고 있으려니 새삼 모두 언젠간 죽어 흙으로 돌아갈 것이라는 당연한 순리가 떠오르면서 인생의 허무함이 느껴졌다.

세계테마기행에서 본 마니차도 있었다. 마니차를 손으로 돌리며 기도하면 소원이 이루어진다고 한다. 마니차를 천천히 손으로 하나하나 굴려가며 내가 이 여행을 포기하지 않게 해달라고 기도했다.

마니차를
굴리고 있는
호준님.

가파른 산맥이었지만
산맥 중반에서 바라본 풍경은
잊을 수 없을 정도로 아름다웠다.

사원 투어를 끝으로 울란우데를 벗어나 교외지에서 간단하게 식사를 하고 이르쿠츠크로 향했다. 두 도시 사이에는 북쪽으로 바이칼 호수가, 남쪽으로 큰 산맥 하나가 있다. 목적지로 향하기 위해서는 큰 산맥을 꼭 통과해야만 한다. 한동안 호수를 옆에 끼고 말없이 달렸다. 거대한 호수는 가도 가도 끝없이 펼쳐졌다.

26년 동안 우물 안에서만 살아온 개구리는 우물 밖 세상의 거대함을 깨달았다. 세상은 너무나도 넓고 인간은 한없이 작다. 꼬불꼬불 산맥을 통과하는 길을 오르고 내리며 도로에 뿌려진 모래 때문에 몇 번 위험한 상황도 있었지만 다행히 사고로 이어지진 않았다.

상당히 큰 규모의 도시이기 때문에 이틀 정도 머무르며 잃어버렸던 침낭과 여행을 하면서 필요성을 느낀 물건들을 구해보기로 했다. 인터넷만 있으면 뭐든 살 수 있는 우리나라가 얼마나 살기 좋은 나라인지 새삼 느낀다. 러시아의 인터넷은 거의 불통이고 문화와 체계 등 많은 게 다르기에 물건을 사는 것도 보통 일이 아니다.

호준님은 이르쿠츠크로 오는 도중 잃어버린 카메라를 찾기 위해 왔던 길을 다시 갔다와 보겠다고 한다. 무모했지만 그럴 만한 이유가 있었다. 여행하며 찍은 사진과 영상들이 카메라 안에 전부 담겨있기에 포기할 수 없었던 것이다. 그가 카메라를 찾을 수 있길 기도해주며 각자의 일정을 위해 움직였다. 알혼섬에서 반드시 캠핑을 하기로 마음먹었기에 지금 당장 필요한 물품은 당연히 침낭이다. 도시에서 가장 큰 마켓 3곳의 좌표를 미리 확인하고 하나씩 방문하는 것이 오늘의 일정이다.

첫 번째로 도착한 큰 마켓은 꽝이었다. 공구와 건축 자재 취급 전문점이었다. 빠르게 다음 마켓으로 이동했다. 두 번째 마켓도 식료품 전문점이었기에 꽝. 마지막으로 도착한 마켓에 희망을 걸었다. 두꺼운 털장화, 부츠 등 다양한 방한용품을 취급하는 가게들이 즐비한 걸 보니 느낌이 좋다. 동물 의류를 취급하는 작은 가게에서 마침내 침낭을 찾았다. 하지만 기대했던 것과는 달리 너무 얇아서 고민이었다. 더 두꺼운 침낭은 없냐고 물으니 지금 날씨는 러시아인 기준으로 춥지 않기 때문에 동계용 침낭은 사실상 찾기 어렵다는 답변이 돌아왔다. 일단 침낭 구매를 보류하고 가까운 곳에 위치한 오토바이 용품점에서 2,200루블에 방한 장갑을 구매했다.

용품점 바로 옆에 수리점도 있어서 그동안 사용하지 못한 안개등도 재장착할 수 있었다. 수리를 마친 사장님에게 침낭을 살 수 있는 곳이 있는지 물어봤다. 사장님은 흔쾌히 함께 동행해 주셨다. 모든 통역을 수리점 사장님이 해주어서 아주 쉽게 침낭이 있는 곳까지 안내를 받았지만 여기도 얇은 침낭밖에 없다는 직원의 설명을 들었다.

핸드폰 터치도
가능한 장갑이었지만
이상하게 내 핸드폰은
터치가 안됐다.

수리점 사장님과 함께
3분 정도의
거리를 걸어
창고형 매장에
도착했다.

더 이상의 선택지가 없어 얇은 침낭을 구매하고 호준님이 부탁했던 방수 기능이 있을 것 같은 단단한 비닐 소재의 가방을 구매했다. 덤으로 내 것도 하나 구매했다. 이 가방에 물건을 집어넣고 끈으로 단단히 묶으면 더 이상 물건을 잃어버릴 일은 없을 것이다.

도움을 받은 스쿠터 정비소 사장님에게 식사를 대접하겠다고 하였으나 사장님은 일이 있다며 정중히 거절했다. 아쉽지만 내가 더 이상 식사를 권유하는 것도 예의가 아닌 것 같아 "발쇼예 스바시바 Спаси́бо большо́е, 대단히 감사합니다."라고 말하고 사장님이 추천해준 주변의 식당에서 끼니를 때웠다.

핸드폰으로 엔진오일 판매처를 찾고 있던 중 길을 가던 청년이 말을 건넸다. 오토바이를 타는 바이커라고 본인을 소개한 청년 안드레이에게 특정 상호의 엔진오일 판매처와 바이칼 호수 인근의 볼거리를 추천해 달라고 부탁했다. 그는 멋진 경치를 볼 수 있는 곳이 있다며 구글 지도와 번역기를 써가며 위치를 설명해주었고 나는 열심히 메모를 했다. 그리고는 엔진오일 판매 용품점을 알려주겠다며 차를 따라오라고 한다. 그렇게 10여 분을 따라가 큰 규모의 종합 쇼핑몰 같은 오토바이 용품점에 도착했다. 본인이 추천한 장소에 꼭 가보라며 여행을 응원해준 안드레이와 더 많은 이야기를 하고 싶었지만 업무 중이었기에 그를 보내줄 수밖에 없었다.

가게에는 다양한 종류의 엔진오일이 있었다. 추가로 오토바이 덮개도 구매했다. 인기 있는 가게였는지 현지인 바이커들을 많이 만날 수 있었다.

계획했던 대로 되진 않았지만 나름의 결과를 가지고 숙소로 돌아왔다. 이대로 하루를 끝내기에는 아쉬운 마음에 밤거리를 돌아다니려고 나왔다. 하지만 얼마 못가 눈매가 무서운 취객을 만난 후 덜컥 겁이나 다시 숙소로 후다닥 돌아왔다. 침대에 누웠지만 잠이 오질 않

느리기 때문에
천천히 가달라고 하니
걱정 말라고 하며
친절히 길을 안내해준
고마운 안드레이.

러시아 말을
잘 이해하지 못하자
사진을 보여주고
번역기를 써가며
열심히 설명을 해준
숙소 사장님.

아 누군가 말을 걸어주길 기대하며 라운지로 나왔다. 호준님은 아직 카메라를 찾는 중이었고 라운지에는 나 혼자였다.

30분 정도를 멍청하게 앉아 있었는데 문을 열고 누군가가 들어왔다. 숙소의 사장님이었다. 바람이 닿았는지 사장님은 내게 말을 건네주었다. 사장님에게 알혼섬에서 꼭 먹어야 할 음식이 무엇인지 물었다. 사장님은 오물*이라는 음식을 꼭 먹어야 한다고 말했다. 오물은 바이칼 호수에서만 잡히는 민물 생선으로 보통은 훈연을 해서 먹는다고 한다. 메모장에 '오물'을 적어두고 꼭 먹기로 다짐했다.

---

* 오물(Omul)은 한때 북극해를 오가다가 호수에 고립돼 진화한 연어의 일종으로 바이칼 호수의 고유종이다.

바이칼 호수와 알혼섬

울란우데

결국 카메라를 찾지 못하고 밤늦게 들어온 호준님. 조금 우울해 보이는 그에게 심심한 위로와 함께 부탁받았던 방수가방을 건넸다. 혹시 교체가 필요한 부품이 있는지 물었는데 마침 그도 뒤 타이어를 교체해야 했기에 함께 안드레이에게 소개받은 용품점으로 향했다.

다시 들른 용품점에는 새로운 얼굴이 있었다. 프랑스에서 온 바이커인 그는 오래된 오토바이로 전 세계를 여행 중이라고 본인을 소개했다. 오랜 세월동안 그의 오토바이에 새겨진 상처들이 마치 훈장처럼 빛나고 있었다.

그의 진짜 직업은 만화작가다. 만화를 소개하는 그는 무척 순수하고 빛나 보였다. 자신이 세상에서 가장 사랑하는 여행과 오토바이. 이를 만화로 직접 기록하는 그가 이 세상에서 가장 행복한 사람 같았다. 그의 러시아 방문은 이번이 처음은 아니었다. 몇 년 전 한겨울에 얼어붙은 바이칼 호수를 횡단했던 사진을 보니 커스텀으로 장착된 스키와 바퀴에는 체인이 장착되어 있다. 오랜 시간 오토바이로 여행한 만큼, 거의 모든 상황에 대응할 수 있도록 오토바이를 개조했다고 한다.

홍미진진한 그의 모험담을 듣고 슬슬 출발하기 위해 호준님을 찾았다. 그는 이곳에서 좀 더 정비를 해야 한다고 한다. 시베리아 대륙을 횡단하는 길은 하나뿐이니 인연이 닿으면 또 만날 수 있다 믿으며 아쉽지만 그의 여정을 응원하며 작별을 고했다.

그의 만화에는 과거 아프리카 여행 당시
늪지에 빠져 있던 자신의 바이크를 자동소총으로 무장한
반군의 도움으로 꺼낸 이야기부터 시작해 수많은 모험담들이 빼곡히 담겨 있었다.

알혼섬으로 들어가는 방법은 2가지가 있다. 바이칼 호수 위쪽으로 들어가서 남쪽으로 내려와 섬으로 들어가는 방법과 호수를 옆에 끼고 들어가는 방법이 있었는데 전날 만났던 현지인의 추천으로 2번째 루트인 니콜라 지방으로 향했다. 평화롭고 활기찬 거리였다. 많은 배낭여행자, 관광객들이 거리에 넘쳐흘렀다.

이어진 도로의 끝에는 절경이 펼쳐져 있었다. 직접 보지 않으면 믿지 않는 성격이지만 눈앞의 호수는 직접 봐도 믿겨지지 않았다. 충분히 경치를 감상하고 오면서 미리 봐둔 페리 선착장으로 가 알혼섬으로 향하는 티켓을 달라고 했다.

"여기는 사람만 탈 수 있는 선착장이다. 스쿠터를 선적하려면 반대편 선착장을 이용해라."

처음에 진입하려 했던 길로 가려면 지금까지 들어왔던 길을 다시 거슬러 올라가 위쪽으로 한 바퀴 삥 돌아 다시 호수로 남하해야 한다. 230㎞ 정도의 거리다. 이제 2시간 정도 지나면 해가 떨어질 텐데, 절망적이다. 숙박업소는 많지만 그림의 떡이다. 관광지라 숙박료가 턱없이 비쌌기 때문이다.

밤거리를 오들오들 떨며 달린 끝에 도착한 작은 마을은 인적도, 불빛도 없다. 구석에 텐트라도 치고 오늘 하루를 보내야 하나 생각했지만 다시 생각을 다잡고 마지막이라 생각하며 희미하게 불빛이 새어나오는 건물의 문을 열었다. 슈퍼였다.

물맛을 보면 그때야 비로소 이것이 호수임을 알 수 있다.
소금기가 전혀 없는 맑고 깨끗한 물의 맛이다.

'가스치니짜(숙소)', '텔레폰(전화)'을 내뱉으며 어디라도 좋으니 운영하고 있는 숙소에 연락해 달라고 부탁했다. 간절한 마음은 통하는 법, 슈퍼 아주머니는 운영 중인 숙소에 연락해 대략적인 사정을 숙소 주인에게 설명해주고 나에게 전화를 바꿔주었다. "지금은 시즌이 끝나서 문을 연 숙소는 여기에서 살고 있는 우리밖에 없다."라는 내용이었다. 한줄기 빛과 같았다.

안내를 받아 숙소에 도착 한 후, 주인에게 만약 이 시도가 불발되었다면 나무로 만든 구조물에서 텐트를 치고 잤을 거라고 이야기하니 그곳은 마을 주민이 이용하는 버스정류장이라고 나에게 알려준다. 자칫하면 온 마을 사람의 구경거리가 될 뻔했다. 스스로 강한 사람이라 생각하며 살아온 날들이 오늘을 계기로 부정되었다. 낯선 환경 속에 혼자 던져진 인간은 나약하다. 언제나 뜻밖의 상황이 펼쳐지기에 여행이 즐거운 거지만 함께 동반되는 피로감은 정말 사양하고 싶다. 원래 120㎞만 가면 되는 걸 충분히 사전조사를 하지 못한 탓에 370㎞나 더 이동해버렸다. 지금까지의 여정 중 가장 단시간에 많은 거리를 이동한 하루였다.

따뜻한 숙소에서 하루를 보내고 아침이 찾아왔다.
불과 몇 시간 전만 해도 공포와 불안함을 유발하던
그 무서운 어둠은 어디에도 없었다 .

러시아식으로 아침식사를 하며
속을 든든하게 채웠다.

섬의 끝까지 들어갈 생각이었기에 일찍 출발했다. 나뿐인 줄 알았던 숙소에는 한 명의 여행자가 더 있었다. 해도 뜨지 않은 푸르스름한 새벽에 자전거를 타고 먼저 섬으로 향했다고 한다. 길은 하나이기에 언젠간 그와 만날 수 있으리라. 보통 페리에서 다른 나홀로 여행자를 만나기도 한다는데, 아쉽게도 모두 가족 단위였다. 쓸쓸한 감정과 함께 전날 헤어진 호준님이 보고 싶어졌다.

페리를 타고 20분을 이동해 알혼섬 선착장에 도착했다. 여행객들은 일사분란하게 각자의 길로 뿔뿔이 흩어졌고 목적지가 없는 나만이 선착장에 홀로 남겨졌다. 잠시 마음의 준비를 마친 뒤 길이 끝나는 곳을 목적지로 정하고 출발했다. 기대와 달리, 섬에 도로는 없었다. 차량이 많이 지나다닌 곳이 길이 된 느낌이다. 흙으로 된 길은 빨래판처럼 울퉁불퉁했고, 섬으로 들어갈수록 스쿠터에서 플라스틱이 부딪치는 소리, 쇠가 삐걱대는 소리가 온몸으로 전해진다.

얼마 지나지 않아 같은 숙소에 있었다던 자전거 여행자가 저 멀리 보이기 시작했다. 지속된 충격으로 지쳐있었지만 자전거 여행자에게 쿨한 모습을 보여주고 싶어 그를 추월했다. 하지만 얼마 못 가서, 몸이 아파 잠시 이동을 멈추고 스트레칭을 하는데 추월했던 자전거 여행자가 옆 언덕의 샛길로 나를 추월해 가면서 씨익 웃어준다. 쿨한 모습으로 기억되고 싶었는데 실패로 끝나버렸다. 자전거 여행자가 나를 지나 매끄럽게 나아가는 모습을 보며 샛길의 상태를 확인하러 걸어 올라갔다. 여기가 정답이었다. 돌이 조금 박혀있었지만 튼튼하고 매끄러운 길이었다.

　샛길의 내리막에 가끔 모래구덩이가 나타났는데 급 자신감이 생겨 속도를 올려 모래구덩이로 돌진했다. 구덩이를 멋지게 통과할 거라 상상했지만 현실은 달랐다. 스쿠터는 모래구덩이에 처박히고 말았다. 어떻게든 스쿠터를 꺼내보려 안간힘을 썼지만 어림도 없었다. 한 순간의 잘못된 판단으로 구덩이에 꼼짝없이 갇혀버렸다.

　"아. 망했다" 자포자기한 심정으로 바닥에 드러누워 하늘을 바라봤다. 거친 숨을 몰아쉬는 나와 달리 하늘은 눈이 시릴 정도로 푸르고 아름다웠다. 여기서 텐트를 펼칠까 생각하던 중, 멀리서 트럭 한 대가 먼지를 일으키며 마을로 향하고 있었다. 엉덩이를 털고 잽싸게 일어나 손을 흔들었다. 이내 멈춘 트럭에서 내린 건장한 아저씨 둘과 짧게 악수를 하고, 모래구덩이에 처박힌 스쿠터를 보여주었다. 상황을 살펴보는 아저씨들. 말은 필요하지 않았다. 웃으며 우람

길 끝에 있는
후지르 마을까지는
50km밖에 안 되는 거리인데
속도가 자전거와 비슷하여
끝이 보이지 않았다.

한 팔뚝으로 스쿠터 뒤쪽을 잡더니 한 손으로 너무나도 간단히 스쿠터를 들어 올려서 옆으로 옮겨주었다. 한 손으로! 몇 번이나 스바시바를 연발하며 감사한 마음을 전하고 뭔가 보답할 게 없냐고 물었지만 아저씨는 사진이나 한 장 같이 찍자며 멋진 미소로 화답해주었다. 누워 있는 나를 보고 사람 한 명 죽은 줄 알았다며 농담을 건넨 아저씨는 가기 전, "우다취!(성공을 바란다.)"라는 말과 함께 창문으로 엄지를 내밀어 주고는 섬 안 쪽으로 사라졌다.

현지인의 도움으로 무사히 길의 종착지인 후지르 마을에 도착했다. 마을은 쥐죽은 듯 조용했고, 거리를 걸어도 사람 하나 만나지 못했다. 조금 을씨년스럽긴 했지만 오히려 섬을 통째로 빌린 것 같아 좋았다. 그 많던 사람들은 다 어디로 간 걸까. 의문이 들었지만 그보다 더 중요한 일이 있다. 바로 '오물' 요리이다. 마을을 몇 바퀴 돌아 어렵사리 식당 하나를 발견했다. 꽤나 예상되었던 맛이었지만 오물을 맛있게 해치우고 전통음료인 크바스를 마셨다. 오물은 꽁치와, 크바스는 맥콜과 비슷한 맛이었다.

드디어 만난 오물은
특이한 훈제향이 나는
쫄깃쫄깃한 식감이었다.
어떤 나무로 훈연했는지
궁금할 정도로
향이 매우 독특했다.

문지기처럼 섬을 지키고 있던
토템 주변 돌에 동전을
몇 개 던지며
앞으로의 여정이 순탄하길 기도했다.

　　본격적으로 캠핑장소를 찾아 나섰다. 섬의 안쪽으로 더 들어가니 해수욕장이 나왔다. 해수욕장에서 캠핑을 하고 싶었지만 온통 모래라 진입을 포기했다. 이미 한번 모래구덩이에 당했으니 모래는 이제 사양이다. 계속 스쿠터를 타며 이곳저곳을 누비다 좋은 장소를 발견했지만 신성해 보이는 토템이 울타리처럼 길을 가로막고 있었다.

　　현대문명의 기계장치가 이곳에 들어서는 것은 불경스러운 일이라 생각되어 스쿠터에서 내려 걸어서 토템을 넘어갔다. 토템이 지키고 있는 것은 전날 숙소의 액자에서 봤던 바위섬이었다. 가족으로 보이는 여행자들이 섬 안으로 들어가기 위해 가파른 절벽을 내려가고 있다. 가파른 절벽을 서로 의지하며 내려가는 가족의 모습이 부럽고 아름답게 느껴졌다.

잠시 바위섬으로 들어갈까 고민했지만
혼자 섬으로 들어가도 즐겁지 않을 것 같아 멀리서 바라보기만 했다.

고독하지만 아름다운 자연이 있어
다행이라고 스스로를 위로했다.
노을이 저물어가는 모습이 참 아름답다.

오스트리아까지
갈 수 있을지
장담할 수 없지만
도착하게 되면
페이스북으로
연락하겠다며
기약 없는 약속을 했다.

조금 더 돌아다니다 바위섬 옆의 넓은 절벽 부지에 텐트를 펼쳤다. 굳이 소나무 앞에 자리를 잡은 이유는 나무라도 없으면 왠지 낭떠러지로 떨어지는 기분이 들어서였다. 바람이 불어 날아간 물건을 주워오기를 반복하며 내용물들을 텐트로 넣으니 30분이나 걸렸다. 숲속에서의 캠핑하면 보통 낭만을 떠올린다. 하지만 캠핑 준비과정은 영 낭만적이지가 않다. 문명의 편리함에 찌든 나의 한계일 수도 있다. 그럼에도 불구하고 눈앞에 펼쳐진 풍경은 압도적으로 아름다웠다.

캠핑의자에 앉아 잠시 눈을 감았다 뜨니 2시간이 흘렀다. 쨍쨍하던 태양도 붉은 선을 그리며 저 멀리 사라져가고 있었다. 노을이 지기 시작하면서 어디선가 나타난 수많은 관광객들이 멋진 풍경을 보며 서로의 사진을 찍어주고 있었다. 멍하니 앉아 그 모습을 바라보고 있자니 두 명의 관광객이 이쪽으로 다가왔다.

오스트리아에서 온 둘은 신혼여행으로 5개월간 이곳저곳을 여행 중이라고 한다. 한국에서였다면 처음 만나는 사람과 대화한다는 것 자체가 매우 어색한 상황이지만 사람과의 소통이 간절했기에 신나서 혼자 열심히 떠들었다. 그들의 나이는 나보다 한 살 더 많았고 작은 마을의 같은 학교에서 선생님을 하다 인연이 되어 결혼하게 되었다고 했다. 12월 말에 여행을 마치고 오스트리아로 돌아갈 예정이라 만약 오스트리아를 방문하게 된다면 집에 방문해 자고 가라는 제안도 해주었다. 실례가 안 되겠냐고 물어보니 그런 걱정은 할 필요가 없으니 오기만 하면 된다고 한다.

슬슬 돌아가야 하지 않냐 물으니 이 또한 본인들 여행의 일환이고 자신들의 선택이기 때문에 전혀 문제가 안 된다고 한다. 스스로 선택하고 결정하는 그들의 사고방식이 멋있었다. 알혼섬으로 오며 많은 사람들을 만났다. 트럭 아저씨들, 그루지야 아저씨, 러시아 노부부, 그리고 오스트리아 부부. 소통은 원활하지 못했지만 덕분에 외롭지 않았다. 해가 떨어지면서 기온도 점점 낮아진다. 그들을 보내고 난 뒤 다시 혼자가 되었다. 뜨거웠던 마음도 함께 쌀쌀해졌다.

지금 할 수 있는 가장 생산적인 일은 밥을 먹는것이다. 가지고 온 재료로 요리를 해서 먹었다. 밥이 없어서 조금 아쉬웠지만 비주얼과 맛은 기대 이상이었다. 마셔야 할 물을 설거지용으로 쓸 순 없어 물티슈로 냄비를 깨끗이 닦아냈다.

트렁크에 넣어둔
훈연 삼겹살에
토마토 소스를 넣고
푹 끓였다.

완전한 어둠과 함께 찾아온 추위를 피해 텐트 안으로 들어왔지만 고독감은 심해져 갔다. 정신이 선명해지고 생각이 깊어져 이대로는 안되겠다 싶었다. 잡념을 떨치기 위해 텐트 밖으로 나왔다.

그리고 마주친 밤하늘은 머릿속의 잡생각을 한방에 날려주었다. 신이 가지고 놀던 반짝이 가루를 실수로 엎지르면 이런 장면이 나오는 걸까. 헤아릴 수 없을 정도의 많은 별들이 하늘을 빈틈없이 채우고 있었다. 살면서 보았던 그 어떤 밤하늘과도 비교할 수 없는 선명하게 반짝이는 별들을 홀린 듯 하염없이 바라봤다. 멈춰있는 줄 알았던 별의 무리는 천천히 나를 중심으로 원을 그리며 빙글빙글 돌아갔다. 마치 이 세상의 중심이 된 것 같았다.

살면서 본 가장 아름다운 밤하늘이었다. 하늘만 보고 있으면 우주에 떠있다고 착각할 정도다. 비현실적인 밤하늘에 추위를 잊고 들판에 누워 얼마나 시간이 흘렀는지 모를 정도로 밤하늘을 쳐다보았다. 영원히 이렇게 아름다운 것들만 보면서 살 수 있다면 얼마나 좋을까. 무중력에 몸을 맡긴 듯 자연과 하나가 되어본다.

휴식을 즐기기 완벽하게 모든 게 준비되어 있었지만 이내 현실로 돌아왔다. 이 여행도 결국 어딘가에서 마침표를 찍게 될 텐데 여행이 끝나고 난 뒤의 나는 어떻게 될까. 현실에서 해방되고자 도망쳐온 여행이지만 이 또한 영원함도, 기약도 없는 임시방편이기에 이먼 땅까지 와서도 그 무게를 떨쳐낼 수 없는 것이다. 도망친 겁쟁이는 갑자기 서글퍼졌다.

텐트로 기어들어와 잠을 자려 했지만 강풍을 동반한 추위 탓에 잠도 오질 않았다. 조금이라도 따뜻해지기 위해 차갑게 식은 매연 투성이 겉옷들을 다시 껴입은 후 해가 다시 뜨길 기다리며 잠을 청했다.

얼마나 잤을까, 텐트 비닐을 때리는 요란한 소리에 잠에서 깼다. "따… 따닥… 따다다다닥….'' 하나, 둘, 들리는 짧막한 소음이 점점 커지면서 정적의 빈자리를 채우기 시작했다. 비였다. 아름다운 자연의 선율을 감상하기보단 빗물로 진흙탕이 될 길이 더 걱정됐다. 거세지는 빗줄기에 오늘 일정을 취소하고 바로 철수를 결정했다.

새벽 5시, 땅을 차갑게 적시는 비와 함께 남색 하늘의 대지를 가로질러 섬 밖으로 향했다. 한동안 신나게 바람을 가르지 못한 탓인지 섬을 나와 도로를 달릴 때 조금 많이 흥분한 상태로 문명이 만들어낸 평탄한 도로를 거침없이 질주했다. "어… 어어어…!" 오만일지, 과신일지, 아니면 둘 다일지, 곡선 구간을 과속하다 사고가 나고 말았다. 스쿠터는 통제를 잃고 길 밖으로 튕겨져 나갔다. 1미터 정도의 비탈길로 쓸려 내려가 흙바닥에 머리를 처박고 말았다. 불행 중 다행으로 흙이 많이 푹신푹신해서 다리가 스쿠터에 깔렸음에도 약간 시큰거릴 뿐, 큰 상처는 없었다. 내 몸보단 스쿠터가 걱정이었다.

"제발! 일어나라!" 스쿠터를 한 손으로 들었던 러시아 아저씨처럼 있는 힘을 다 써가며 스쿠터를 밀었다. 어디서 그런 힘이 나왔는지 모르겠지만, 기적적으로 스쿠터를 도로 위로 올려놓을 수 있었다. 바로 시동을 걸면 고장날지도 모르겠다는 생각에 스쿠터를 세운 후

5분 정도 아무것도 하지 않고 기다렸다. 우려와는 달리 스쿠터는 씩씩하게 엔진을 돌리며 건재함을 과시했다. 다행이다. 몸상태는 비교적 좋았다. 보호장비 덕분에 바지가 찢어진 걸 제외하면 큰 문제는 없었다. 아직 여행을 더 할 수 있다. 이번 사고를 계기로 스스로를 과신하고 충동에 휩쓸리면 큰 사고가 날 수도 있다는 사실을 뼈저리게 깨달았다. 다른 사람들은 사고가 나도 나는 절대 아닐 줄 알았는데. 세상에 절대는 없다.

분기점인 이르쿠츠크를 지나 대륙의 절반을 넘어왔다. 계절은 점점 겨울로 바뀌어 가고 새빨갛게 물든 단풍들도 하나둘 떨어져 나무엔 앙상한 가지만 남았다. 적어도 11월 전에는 모스크바에 도착해야 눈이 오기 전에 러시아를 빠져나갈 수 있는데 지금 이동속도로 가능할지 알 수 없어 불안감이 더해진다. 날씨를 확인해보니 다음 주부터는 낮에도 영하로 기온이 떨어지는 것을 확인할 수 있었다. 서둘러야 한다.

버리다

크라스노야르스크

이르쿠츠크를 떠난 지 이틀이 지났다. 생선 훈제 연기가 자욱해 숨 쉬는 것도 힘들었던 숙소에서 하루를 머물며 많은 고민을 했다. 그동안 가지고 온 많은 짐들이 나에게 정말 필요한지 의문이 들었기 때문이다. 앞선 사고 이후 신경이 예민해졌고 내 실수를 인정하기 싫어 불필요한 짐 때문에 일어난 불행한 사고라고 변명하고 싶기도 했다.

첫째로 어설프게 뒤로 묶어 가지고 온 예비 타이어를 버렸다. 타이어를 뒤에 달고 다니며 후미등을 가린 탓에 뒤따라오던 차와 사고가 날 뻔한 적이 있기에 내린 결정이었다.

숙소 주인에게
타이어를 버려도 되는지
묻고 허락을 받아
쓰레기통 옆에
타이어를 두었다.

둘째로 깃대를 버렸다. 깃발을 만들기 위해 고생했었는데, 여행의 상징인 깃발을 휘날려줄 깃대를 버리는 결정을 하는 데에 많은 시간이 필요했다. 바람에 깃발이 휘날리는 건 멋있지만 사이드 미러로 뒤 차량 확인이 안 되기에 어쩔 수 없었다. 그간 왼쪽으로 넘어지는 사고가 상당히 많아서 더 이상의 사고가 없기를 기도하며 깃발을 부적 삼아 왼쪽 철제 구조물에 꽉 묶었다.

세 번째로 보온병을 버렸다. 매서운 추위에 바들바들 떨 때마다 따듯한 커피를 마시게 해준 보온병은 가족의 추억이 묻어 있는, 10년도 넘은 물건이다. 세월이 흘러 부엌 한편에 먼지만 쌓여 있던 걸 가져온 것인데 거친 주행으로 인해 많은 충격을 받아 결국 고장이 나버렸다. 추억이 깃든 물건을 내 실수로 고장 내고 머나먼 타국 땅에 버리고 가려 하니 미안한 마음이 들었다.

여행을 준비하며 많은 물건을 가지고 왔지만 한국에서 멀어질수록 잃어버리기도, 버리기도 하며 짐의 무게가 점점 줄어들었다. 무언가를 버리는 건 물욕이 심하고 물건에 감정을 이입하는 내게 어려운 결정이었다. 동료가, 살점이 떨어져나가는 심정이었다. 횡단은 손에 한번 쥐면 놓치지 않기 위해 주먹을 꽉 쥐었던 욕심쟁이인 내가 조금씩 변할 수 있도록 도와주었다.

본격적으로 추워지기 시작했다. 발이 너무 시려 아팠기에 추위를 막아줄 양말 두 개, 덧신, 그리고 신발 비닐까지 착용했다. 숙소에 도착해선 알혼섬에서 비를 맞아 젖은 채 그대로 가져온 텐트를 말렸다. 축축한 채로 가지고 와서 그런지 텐트에서 곰팡이 냄새가 조금 풍겼다. 섬에서 나온 뒤로는 잦은 비가 내리는 흐린 상태가 지속됐고 숙소에서 머물 때마다 화장실에서 속옷과 양말을 빨아 난로 위 혹은 TV 뒷면에 널어 말렸다. 구형 TV라 발열이 굉장해 빨래를 말리기에는 제격이었다.

우중충한 날씨가 인간의 감정에 영향을 미친다는 연구결과를 어디서 본 기억이 있다. 당시에는 억지라고 생각하고 웃어넘겼는데 막상 이런 상황에 처하니 연구결과를 신뢰할 수 밖에 없었다. 삐걱거리는 침대에 누워 낡은 창문 너머 잿빛 하늘에서 떨어지는 비를

발이 너무 시려워
내가 할 수 있는
모든 방한용품을
사용하였다.

바라봤다. 태양을 못 본 지 며칠이 지났는지 모르겠다. 그동안 비를 뚫고 달려오며 과거의 일을 많이 떠올렸다. '그때 조금 더 열심히 했어야 했는데, 포기하지 말았어야 했는데, 그 친구한텐 왜 그렇게 상처주는 이야기를 했을까, 왜 그렇게 이기적으로 굴었을까.' 현실에서 탈출하고 낭만을 찾아 떠나온 여행임에도 과거에 옥죄이며 그간 저지른 실수와 잘못된 선택들을 반성했다. 하지만 지난 일은 돌이킬 수 없고 반성해도 다시 그 시절로 돌아갈 수 없다는 것도 알고 있었기에 어서 빨리 태양을 만나 이 우울에서 벗어나고 싶다고 생각했다.

온도가 떨어지니 달릴 때의 체감온도가 거의 영하 10도에 가깝다. 핸들을 잡은 두 손이 고장 난 기계처럼 덜덜덜 떨렸다. 낮과 밤의 기온 차이로 인해 새벽에는 항상 안개가 끼고 낮에는 비가 내린다. 안개 속에서 온갖 망상에 시달리다 앞에 나타난 큰 트럭의 희미한 불빛에 의지해 앞으로 나아갔다.

오랜만에 비가 그쳐 맑은 하늘을 기대했지만 앞에 펼쳐진 광경은 우울하기 그지없는 자욱한 회색 연기의 바다였다. 도로 양옆의 밭은 새빨간 화염에 불타오르며 자욱한 연기를 쉼 없이 뿜어내고 있다.

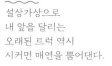
설상가상으로
내 앞을 달리는
오래된 트럭 역시
시커먼 매연을 뿜어댄다.

사방에서 매연이 나를 덮친다. 시커멓게 타버린 대지를 달리며 세기말 풍경이 이런 모습일까 하고 생각했다. 이런 세상에서 살아가라고 하면 아마 얼마 못 가 정신병으로 미치지 않을까. 매슥거리는 매연의 향을 몇 시간 동안 맡아서 그런지 의식이 점점 몽롱해졌다. 의식의 끈을 놓지 않기 위해 고래고래 소리를 지르며 노래를 불렀다. 이젠 더 이상 여행이라기보다는 트럭 운전수처럼 '나'라는 짐을 싣고 짐을 운송하고 있는 기분이 들었다.

드디어 불타버린 대지의 종착점에서 아직 불타지 않은 갈색 땅을 만나게 되었다. 축축 처지는 기분을 전환하기 위한 무언가가 필요함을 느껴 애초의 계획을 무시하고 잠시 들른 낡은 휴게소에서 근사해 보이는 주변의 숙소를 거금을 주고 예약했다. 숙소 외벽은 곰으로 장식되어 있었다. 아직 실제 곰을 만나보진 못했지만(만나서도 안 되지만) 러시아를 상징하는 불곰을 보니 반가웠다. 러시아를 횡단하며 처음으로 샤슬릭Shashlik을 먹었다. 언제나 머릿속에 있었지만 비싼 가격에 먹는 것을 단념하게 만들었던 요리다.

가격은 하룻밤에
우리나라 돈으로
대략 6만 원.
조금 사치를 부렸다.

　　기분을 전환하고자 과감하게 큰돈을 지불한 숙소임에도 기쁘지
않다. 공허했다. 혼자 사용하기에 너무 넓은 방은 오히려 싸늘하게
다가왔고 정적이 싫어 TV를 틀었다. 결국 이 사치스런 숙소에서 할
수 있는 거라곤 잠을 자는 것뿐이라는 걸 깨닫고 굉장히 울적해졌다.
　　몸이 빨려 들어가는 라텍스 침대에 누워 다음날 일정을 되뇌었다.
내일 노보시비르스크까지 754㎞를 이동하고 그 다음날 644㎞ 정도
를 이동하면 옴스크에서 잠시 체류 중인 희망유회님을 만날 수 있을
거다. 옴스크까진 대략 1400㎞정도이니 하루에 700㎞씩 이동해야
한다. 무모하단 건 알고 있었지만 이 울적함을 떨쳐내려면 새로운
만남밖에는 방법이 없었다.

　　TV를 끄지 않고 잠이 든 후 일찍 깨어나 새벽부터 출발을 서둘렀
다. 순조로웠던 출발과 달리 길이 대부분 산길이라 생각했던 것보다
험난했다. 지나오면서 사고 차량을 2대 목격했다. 길옆으로 쓰러져
오랫동안 방치된 트럭 한 대와 전부 불타버린 트럭 앞에서 모든 것
을 잃은 표정으로 주저앉은 젊은 트럭 운전수를 스쳐지나 가면서 10
시간을 힘겹게 이동한 끝에 노보시비르스크에 도착할 수 있었다.

절망

～～～

노보시비르스크

노보시비르스크는 크고 복잡한 도시였다. 기존에 예약한 숙소를 찾아 1시간 정도 도시를 종횡무진했지만 결국 숙소를 찾을 수 없었다. 오늘 하루 머물 숙소를 찾기 위해 근처의 화장품 가게에 들어가 근처에 숙소가 있는지 물었다. 그리고는 직원이 소개해준 5분 거리의 호텔로 향했다. 또 큰돈을 사용해야 한다는 생각에 착잡했지만 방법이 없어 딱 한 번만 더 큰돈을 쓰기로 했다. 로비 직원은 당연한 절차로 여권을 요구했다. "빠스뽀르뜨 플리즈"

자연스럽게 여권을 넣어두는 가방의 지퍼를 열고 여권을 찾아봤지만 손에 잡히는 게 없었다. 잠시만 기다려 달라고 직원에게 양해를 구한 뒤, 가방의 내용물을 바닥에 쏟았지만 여권은 없다. 등에선 식은땀이 나고 있었다. 쏟은 물건을 주워 담고 스쿠터로 뛰어가 모든 곳을 샅샅이 뒤졌다. 혹시나 해서 입었던 옷의 주머니에 손을 넣어봤지만 가장 중요한 여권은 어디에도 없었다. 생각하고 싶지 않은 상황에 공포가 밀려왔다. 심장이 쿵쾅거리고 두 눈은 지진이 난 듯 흔들리기 시작한다. 불안함에 떨리는 두 손을 억지로 멈추기 위해 양 손을 움켜쥐며 심호흡을 했다. 분명 방법이 있을 것이다. 이런 상황이 발생할 경우를 생각해 보기도 했으니까.

혹시나 하는 마음에 3장이나 컬러로 복사해 곳곳에 숨겨두었던 여권 복사본과 신분을 증명할 수 있는 서류를 들고 로비로 돌아가 밤이 늦어 다른 곳을 가기 어려우니 하루만 숙박을 할 수 없냐고 사정했다. 하지만 돌아온 로비직원의 답변은 단호했다. "NO."
모든 숙소가 그랬듯 실물 여권이 없으면 어떠한 이유라도 숙박은 불가능하다. 불법이기 때문이다. 눈물이 핑 돌았다. 간신히 유지하던 이성의 끈이 끊어지고 말았다. 초점을 잃은 눈으로 터덜터덜 호텔 앞에 아무렇게 세워둔 스쿠터 앞으로 돌아왔다.

"이런 병신새끼!!!!!!"

감정을 주체하지 못하고 미친 사람처럼 허공에 소리를 질렀다. 절망적인 상황에서도 손에 꽉 움켜쥐고 있던, 마지막 희망이라 믿었지만 이젠 쓸모없어진 사본 뭉치를 바닥에 있는 힘껏 집어던졌다. 이렇게 어이없게 끝나는구나. 자기혐오는 이내 냉소로 바뀌며 입 밖으로 실소가 터져 나왔다. 그간의 여정이 스쳐 지나갔다. 솟아나는 감정의 소용돌이에 나를 던져버리니 그동안 참아왔던 모든 게 연쇄하듯 터져 나간다. 한동안 감정을 허공에 터트리고 나니 마지막에는 개운해졌다. 홀가분하다. 이제 돌아가면 되나? 세계여행을 하겠다고 여기저기 떠벌리고 다녔던 이들에게 왜 이렇게 금방 돌아왔냐는 질문을 받는다면 내 그릇이 이것밖에 안 되어서 그런 것 같다고 대답해줘야겠다고 생각했다.

그나저나 돌아가는 건 그렇다고 치고 오늘 밤은 어디서 자야할지 고민이다. 이젠 어떻게 되도 좋다. 근처 주차장에서 텐트라도 칠 요량으로 주섬주섬 캠핑 장비를 꺼내는 모습을 처음부터 지켜보고 있던 호텔 경비가 성큼성큼 내 앞으로 다가와 나를 제지한다. 제정신은 아니었지만 그렇다고 행패를 부리는 건 아닌 것 같아 미안하다고 말하고 바닥에 내동댕이친 장비들을 초라하게 주워 담았다.

아무것도 할 수 없다는 생각에 눈물이 났다. 하지만 감정을 추스르고 하다못해 노숙이라도 가능한 곳을 물어보기 위해 절망이 시작된 호텔 로비의 문을 다시금 힘없이 밀어냈다.

"소란을 피워서 죄송합니다. 다시 확인해보니 여권을 잃어버렸습니다. 어떤 곳이라도 좋습니다. 인근에 노숙을 할 수 있는 장소라도 알려주시면 감사하겠습니다."

냉정하게 'NO.'를 외쳤던 로비 직원은 노숙은 위험하고 경찰에게 체포당할 수도 있다는 이야기를 하며 혹시 돈이 없는 것이 아니라면 예외로 숙박이 가능한 숙소를 알아봐 줄테니 잠시만 기다려달라는 이야기와 함께 어딘가로 전화를 걸었다. 이 늦은 시간에 운영하는 숙소가 있을거란 생각은 안 했기에 사실 별 기대는 하지 않았다.

그런데 전화를 마친 직원이 좋은 소식을 들려주었다. 바로 옆의 호텔에서 해당 상황을 케어할 수 있다는 이야기였다. 직원은 아까와 달리 환하게 웃는 얼굴로 데스크에서 나와 친절하게 호텔의 위치를 알려줬다. 우선 호텔이 하나 더 있다는 사실에 놀랐고, 다행히 오늘 텐트 안에서 덜덜 떨며 뜬눈으로 밤을 지새울 걱정은 안 해도 된다는 생각에 조금 안심이 됐다.

숙소를 해결하니 포기했던 여권을 어떻게든 찾고픈 강한 집착이 생겼다. 안내 받은 호텔의 프런트에서 영어, 어눌한 러시아어, 손짓발짓 등 동원할 수 있는 모든 수단을 이용해서 여권을 잃어버린 상황과 찾을 수 있는 방법에 자문을 구했지만 내 의사가 명확하게 전달되지는 못했다. 러시아어를 유창하게 할 수만 있었다면 이렇게까지 되진 않았을 텐데.

불현듯 한국어와 러시아어를 유창하게 구사할 수 있는 한 사람이 떠올랐다. 선적과 하역을 도와주신 GBM 사장님이다. 서류 뭉치 속에 섞여있는 사장님의 전화번호를 찾아 늦은 시간이라 큰 결례인 줄 알면서도 지푸라기를 잡는 심정으로 전화를 걸었다.

횡설수설하지 않기 위해 최대한 침착하게 오늘 일어난 일에 대해 빠짐없이 설명했다. 감추려 노력했지만 전해지는 다급함과 초조함을 눈치챈 사장님은 차분한 목소리로 나를 진정시킨 후, 로비 직원과 꽤 긴 시간을 통화했다. 상황을 정확하게 파악한 직원은 내가 펼쳐 놓은 수많은 서류를 돌려주고 여권 복사본 한 장만을 달라며 미소로 나를 진정시켜주었다.

"No problem. We will help you."

절망적인 상황에서 무엇보다도 따뜻했던 그 한 마디에 눈시울이 붉어졌고 창피하여 코를 훔치는 척 하며 얼굴을 닦아냈다. GBM 사장님은 우선 당황하지 말고 영사관이나 대사관에 최대한 빨리 전화해서 상황을 설명하라고 조언해주었다. 검색을 통해 러시아에 있는 모든 영사관과 대사관에 전화를 해보았지만 밤 10시가 넘은 시간에 전화를 받을 리가 없었다. 짜증이 밀려와 핸드폰을 침대에 집어던지고 조금이라도 빠른 인터넷을 사용하기 위해 라운지로 갔다.

라운지의 공용 PC로
상황을 해결하기 위한
방법을 찾아봤다.

노보시비르스크에 도착하기 전 내가 한 행동들을 꼼꼼하게 되짚어 보자. 기본적으로 숙소에 머물기 위해선 프론트에 여권을 제출해야하기 때문에 여권을 잃어버렸다면 전날 숙소 어딘가에 있거나 혹은 길바닥 어딘가에서 떨어트렸을 터이다. 길바닥에 떨어트렸다면 찾는 건 불가능하고 그나마 가능성이 있는 이전 숙소에 전화를 먼저 걸어봐야 한다. 이 가능성에 모든 걸 걸자. 숙소의 이름 혹은 전화번호 둘 중 하나를 알아내야 한다.

블로그에 글을 쓰겠답시고 항상 여기저기를 찍어 두었던 것이 생각나 핸드폰 사진첩에 혹시 숙소의 이름이나 번호가 찍힌 사진이 있는지 확인했다. 하지만 유일하게 숙소의 연락처가 있는 사진은 절반 이상이 잘려나가 있어 번호를 알 수 없었다.

결국 직원은 내가 지도에 표시해 두었던 위치를 기반으로 크라스노야르스크 인근의 숙소 네트워크를 통해 여기저기 연락을 하여 여권 찾는 걸 도와준다고 했다.

나를 위해 이렇게까지 고생해주는데 가만있을 수만은 없었다. 내가 할 수 있는 게 뭐가 있을까 고민하다 구글의 '로드뷰' 기능이 떠올랐다. 전날 숙박했던 숙소가 기존 일정에 없었던지라 좌표는 없었지만 대략적인 위치를 알고 있어 좌우 100㎞를 범위로 한 장 한 장 로드뷰를 넘겨보며 숙소를 찾기로 했다. 2시간이 넘게 눈이 빠져라 사진을 한 장씩 넘겼다. 새벽까지 도로를 샅샅이 뒤진 끝에 전날 묶었던 숙소의 갈색 간판을 찾아낼 수 있었다.

"찾았다!!!"

의자에서 껑충 뛰어오르며 오늘 하루 동안 가장 희망적인 목소리
로 외친 뒤, 로비 직원에게 달려가 숙소 간판에 적힌 전화번호를 보
여주었다. 직원은 눈을 크게 뜨며 이 사진을 어떻게 찾았냐며 놀란
다. 사진의 번호를 확인한 직원은 바로 해당 숙소로 전화를 걸었다.

이 전화 한 통의 결과에 따라 내 여행이 여기서 끝날지, 계속될지
가 결정된다. 기대감 반 불안함 반의 마음으로 믿는 종교도 없으면
서 눈을 질끈 감고 알고 있는 모든 신에게 부디 여권을 찾게 해달라
고 기도했다. 직원이 통화하는 모습을 바라보며 초조한 마음으로 기
다렸다. 5분 정도의 짧은 통화였지만 영원처럼 길게 느껴지는 순간
이었다. 수화기를 내려놓은 직원의 말을 기다렸다. 떨렸다. 제발 좋
은 소식을 전해주길 바랐다.

"Mr, I find your passport. Congratulation."

사형선고가 번복된 죄수처럼 떨 듯이 기쁜 감정을 감출 수 없었
다. 도와준 직원에게 어떻게 감사를 전해야 할까. 금전적인 보상을
한사코 거절한 직원에게 남아 있는 초코파이와 한국에서 가져온 각
종 간식거리를 사람 수에 맞게 건네는 게 내가 할 수 있는 전부였다.
가진 게 많았더라면, 할 수 있는 게 뭐라도 있었다면…. 받은 도움에
비해 초라한 보답밖에 못 한다는 사실이 슬펐다.

새벽까지 여권을
찾을 수 있도록 도와준
로비 프런트 직원, 안나.

프론트 직원 안나가 없었다면 여행은 여기서 최후를 맞이하고 나는 패배자처럼 한국으로 돌아갔을 것이다. 이번 일을 통해 앞으로 살아가며 그들에게 받은 친절을 결코 잊지 않고 곤경에 처한 사람을 외면하지 않겠다고 다짐했다. 여권의 위치는 정확히 파악됐지만 역시나 왔던 그 머나먼 거리를 다시 돌아가는 건 정말 싫은 일이었다. 아… 가기 싫다….

뜬눈으로 밤을 지새우고 내 실수로 시작된 여권을 되찾기 위한 여정에 다시 몸을 실었다. 돌아가는 길에 사고 트럭을 또 한 대 목격했다. 길이 좁고 끊임없이 반복되는 오르막과 내리막의 S자 구간이 많아 무겁게 짐을 실은 트럭의 사고가 빈번히 일어나는 구간이다. 수면 부족과 나약해진 정신력이 돌아가는 길을 방해했다. 자꾸 눈이 감겨 졸음을 참아내기 위해 길가에 잠시 멈춰 믹스 커피를 두 봉지 뜯어 물 없이 씹어 먹었다.

밀려오는 졸음과 싸우며 달리는데 멀리 보이는 갈색의 덩어리들이 길 앞을 가로막고 있었다. 졸려서 환각이라도 보는 건가 싶었지만 갈색 덩어리의 정체는 100마리도 더 돼 보이는 소 떼였다. 소들이 목동을 따라 천천히 도로를 횡단하고 있었다.

일찍 출발해 쉬지 않고 달렸는데도 목적지까지는 한참이나 남았고, 태양은 지평선 너머로 야속하게 사라져간다. 똑같은 풍경, 빠른 속도로 추월해가는 차량들을 보며 홀로 도로 속에 갇혀버린 기분 탓에 나는 절규하고 말았다. "왜 이렇게 느려 터진 건데! 제기랄!!" 외마디 절규였다. 대답해주는 이는 아무도 없다. 스쿠터는 조용히 입을 다문 채 단기통의 배기음을 조용히 울리면서, 그저 기름 게이지를 깎아가며 묵묵하게 도로 위를 달린다. 돌아가는 길은 너무나도 멀고 여권을 잃어버린 그 순간부터 아무것도 먹지 못한 상태라 길가의 휴게소에 들러 밥을 먹기로 하였다. 1분 1초가 아까운 상황임에도 내 몸은 배고픔에 솔직했다.

뷔페식 식당에서
밥과 닭고기,
추위를 녹이기 위한
따뜻한 레몬차 한 잔을
쟁반에 담았다.

조금한 나와 달리 소들은 느긋하게,
여유로운 몸짓으로 도로를 건너고 있다.

저 멀리 버스가 보였다. 심연에서 희미하게 새어나오는 버스의 불빛을 등대 삼으니 이곳이 도로 위라는 사실을 실감할 수 있었다. 조금이라도 버스가 앞으로 속도를 내면 어둠 속에 홀로 남겨질까 봐 두려웠다. 추위와 배고픔, 어둠과 싸우며 13시간의 강행군 끝에 사건의 시작점인 그 숙소에 도착했다.

여권을 부여잡고 그 자리에서 주저앉아 여권에 입을 맞췄다. 그리곤 두 손에 여권을 꼭 쥔 상태로 한동안 그러고 있었다. 숙소 주인이 내 옆으로 와 어깨를 다독여준다. 고맙습니다. 안내받은 방으로 지친 몸을 이끈다. 웬 떠돌이 강아지 한 마리가 주변을 서성였다. 떠돌이 강아지의 모습이 꼭 여권을 잃어버린 내 모습 같아 감정이 이입된다. 가지고 있는 빵 한 조각을 떼어 주며 강아지에게 죽지 말고 오래 살라고 말했다.

자잘한 문제들과 한 건의 큰 사고가 여행 의지를 완전히 꺾어버렸다. 또다시 새로운 상황에 직면하기가 겁났다. 차라리 스쿠터를 버리고 배낭여행을 할까 하는 생각도 했다. 배낭 하나 매고 대중교통

이 작은 물건
하나 때문에
얼마나 울고 웃었는가.

을 이용했으면 이렇게 힘들진 않겠지. 한 번 큰일을 겪고 나니 자꾸 나약하고 비열한 생각을 하게 된다. 해보지도 않았으면서 남이 하는 게 마냥 좋아 보이고 편해 보인다. 여권을 찾았지만 아예 여행을 포기할까 싶었다. 답을 내리기 위해 충분히 고민했지만 결론적으로 스쿠터를 버리지도, 여행을 포기하지도 못했다. 다만 모든 도시를 스킵하고 기차를 타 한 번에 모스크바에 가기로 결정했다.

이틀이라는 짧은 시간 동안 감정의 소용돌이를 체험한 뒤, 나아가야 할 동쪽이 아닌 서쪽 크라스노야르스크의 기차역으로 향했다. 역사에 도착해 창구로 가 스쿠터의 화물 적재에 대해 물었다. 하지만 돌아온 대답은 "NO."

이젠 'NO'라는 단어만 들어도 기운이 빠진다. 다시금 스쿠터를 버리고 싶은 충동이 밀려왔지만 감정을 잘 추스르고 방법을 찾기로 했다. 그래도 여기까지 나와 함께해준 유일한 동반자. 묵묵히 달려준 스쿠터에게 화풀이한 것이 괜히 미안했다. 분명 방법이 있을 것이다. 포기하지 말자.

초이

노보시비르스크

염치없이 GBM 사장님에게 자문을 구했다. 업체를 조사해서 문자를 보내주신다는 사장님의 도움을 감사히 받았지만 계속 도움만 받는 무능한 놈이 되고 싶지 않아 내가 할 수 있는 걸 하기로 했다. 우선 기차에 스쿠터를 싣는 문제를 잠시 보류하고 역사에서 가장 저렴한 숙소를 검색했다. 역사에서 가깝고 하루에 200루블짜리인 숙소에 당분간 머물기로 했다. 12인 도미토리였지만 비수기라 그런지 사람은 거의 없었다. 아무것도 하고 싶지 않아 짐을 정리하고 핸드폰으로 웹서핑을 하면서 시간을 허비하던 중 아무도 없는 줄 알았던 맞은편 침대 커튼이 열리며 갑작스럽게 동양인 여성이 나타났다.

한국인인가? 하는 마음에 입 밖으로 한국어가 새어나왔다. 예상과 달리 들려온 답변은, 러시아에선 듣기 매우 힘든 유창한 영어였다.

"어? 혹시?"
"Hey! Are you KOREAN?"

"여행 중이야?"
"응! 세계여행 중이야."

"어디서 오는 길이야?"
"가장 최근엔 몽골 고비사막에 있었어."

"대단하네! 혼자서 세계여행이라니 무섭지 않아?"
"무서운 것보단 즐거운 것들이 더 많아서 괜찮아."

높은 텐션의 밝고 긍정적인 사람이었다. 1년 넘게 여행 중인 그녀와 긴 대화를 나누진 않았지만 밝고 쾌활한, 주변 사람들에게 에너지를 주는 사람임은 확실히 알 수 있었다. 방금 만난 내게 다짜고짜 이제부터 센트럴 파크에 갈 예정인데 같이 가자고 제안한다. 훅 들어온 제안에 당황했지만, 처음 느꼈던 좋은 이끌림을 따르기로 했다.

호스텔에 도착했을 때까지만 해도 몸과 마음이 이미 녹초가 되어 있었는데 새롭게 시작된 강행군이 싫지 않았던 이유는 첫 만남 때부터 느꼈던 그녀의 밝은 에너지 때문이었으리라. 신비로운 사람이었다.

초이는 미국인이 아니라 마카오 사람이라고 한다. 사적인 질문은 하지 않는 것이 여행자 간의 매너라 들었지만 속세의 찌든 때를 씻어내지 못한 나는 마치 범죄자를 취조하는 수사관처럼 원래 직업은 뭐였으며 1년이라는 기간을 여행했는데 앞으로 더 여행을 할 예정이면 돈은 어디서 구하는지 집안이 부유한 건지 등등 창피한 질문들로 그녀를 공격했다.

무례한 질문에도 그녀는 싱긋 웃으며 모든 질문에 답해주었다. 마카오에서 재무 설계사로 일하며 물질적인 풍요와 함께 불편한 것 없이 살던 어느 날, 삶이 허무하게 느껴져 직장을 그만두고 모든 것을 처분한 뒤, 살아가는 이유를 찾기 위해 배낭 하나 메고 무작정 가장 처음 검색창에 올라온 비행기 티켓을 끊고 여행길에 올라 이곳저곳을 여행하다 보니 1년이 지나 지금 이곳 러시아의 크라스노야르스크까지 오게 되었다고 한다. 그녀가 버리고 온 안정적인 직장, 풍요로운 수입, 사회적인 지위는 백수가 되고 하루하루 불안함 속에 취업을 위해 발버둥 치던 내가 그토록 간절하게 원하던 것들이었다.

"그때로 다시 돌아가고 싶지 않아? 그 일을 계속했으면 넌 분명 엄청난 부자가 되어 있을 거야."

"돈은 삶을 편하게 해주지만 모든 걸 해결해 주지는 않아. 세상에 영원한 건 없어."

노릇노릇 구워진
파이와 피자,
각종 빵들로
가득찬 마트의 진열장.

우문에 대한 초이의 현답에 벙쪄버렸고 덕분에 미래에 대한 더 넓은 시각을 가질 수 있게 되었다. 센트럴 파크로 향하기 전에 마트에서 간식으로 먹을 약간의 빵과 생수를 사고 구글 지도를 이용해 목적지로 향하는 버스에 몸을 실었다.

버스를 타고 몇 정거장을 거친 끝에 센트럴파크에 도착했다. 공원이라는 말에 한적하고 쾌적한 산책로 정도를 생각했지만 오산이었다. 편하게 앉아 손목만 쓰며 이동하던 나의 저질 체력은 가파른 언덕을 오르며 금세 바닥을 드러냈지만 가벼운 발걸음으로 앞장서는 초이의 모습에 지지 않기 위해 태연한 척 그녀를 따라갔다. 체구는 작았지만 흡사 강인한 전사와 같았다. 거칠어지는 호흡을 숨기며 묵묵히 걷다 보니 어느덧 첫 번째 봉우리에 도착했다.

공원에는 놀라운 점이 두 가지 있었는데 많은 사람이 산을 오고감에도 사슴이나 다람쥐, 새들이 사람 사이를 숙숙, 아랑곳 않고 지나다니며 이를 당연하게 바라보는 현지인들의 태도가 그 첫 번째. 그리고 산을 오르며 한 번도 쓰레기를 볼 수 없었던 공원의 청결함이 두 번째였다.

우리는 오솔길을 따라 산의 좀 더 깊은 곳으로 향했다. 그리고 우리 앞에 재미있는 장면이 펼쳐졌다. 가족 단위의 현지인들이 손을 펼치고 가만히 서있으니 어디선가 작은 종달새들이 튀어나와 손바닥에 있는 무언가를 쏜살같이 낚아채 가는 것이 아닌가! 그들의 손에 들려있던 것의 정체는 해바라기씨였다. 직접 하지 않으면 적성이 풀리지 않는 그녀는 특유의 친화력으로 해바라기씨를 한 움큼 얻어왔다. 초이의 손을 향해 종달새들이 달려들었다.

정상 언저리에서 또 재미있는 광경을 목격했다. 가파르고 거대한 바위가 하나 있었는데 많은 현지인들이 모여 바위를 오르기 위해 도

독보적인 존재였던
탄탄한 체형의 남자는
엄청난 팔 힘으로
거꾸로 선 채
바위를 오르고 있었다.
신기한 모습이었다.

입구에서부터 공원으로 들어갈수록 점점 높아지는
경사와 우거지는 숲, 이곳은 거대한 산악 지대였다.

새들에게 둘러싸인 초이의 모습은 동화의 한 장면 같았다.
초이는 내 인생에서 가장 비현실적인 사람이다.

전하고 있었다. 다들 돌의 정상에 오르기 위해 달려 올라갔다 미끄러지기를 반복하고 있다. 궁금해서 물어보니 이 돌을 달려서 올라가면 강인한 사람으로 인정받을 수 있다고 한다.

역시나 일체의 망설임 없이 등반에 도전하는 초이. 몇 번이나 미끄러져 내려오는 모습에 나도 모르게 실소했다. 바위 오르는 걸 포기하고 나를 쳐다보더니 너도 한번 해보라는 초이의 말에 갑자기 주변의 시선이 나에게 집중되었다. 주변의 관심이 부담스러워 거절했지만 결국 등 떠밀려 등반에 도전했다. 실패하면 망신거리가 될 것 같았기에 도전하고 싶지 않았던 건데… 이렇게 된 이상 꼭 성공해야만 한다.

느슨하게 풀어 둔 신발끈을 단단히 동여매고 심호흡을 한다. 여권 사건 이후 자존감이 바닥인지라 용기가 안 났다. 앞서 도전에 실패한 어린아이들의 기대어린 시선이 느껴진다. '작은 동양인이 성공할 수 있을까?'라는 표정이다.

첫 번째 도전, 실패. 여기저기에서 안타까움의 탄식이 들려온다. 두 번째 도전, 아슬아슬하게 실패. 마지막이라는 생각으로 시도한 3번째 도전. 강하게 달려 바위를 질주한다. 힘이 모자랐는지 발이 미끄러지기 시작했다. 마지막 기회라는 생각에 강하게 발을 굴러 점프했다. 그리고 뻗은 손은 바위의 정상에 닿았다. 많은 이들에게 박수를 받으니 없던 자신감이 생겨나 기쁨의 환호성을 지르며 하늘로 손을 뻗어 승리자의 기분에 잠시 취한 뒤, 멋진 포즈로 슬라이딩하며

마침내 두발로
바위의 정상에 서서
'강한남자' 타이틀을
획득했다.

바위를 내려왔다.

 산행을 함께하며 그녀의 몽골 여행 이야기를 들을 수 있었는데 그
중 고비 사막에서의 일화는 굉장했다. 아무것도 없는 황량한 사막에
서 만난 유럽인 배낭여행자들과 동행하여 사막에서 한 달 넘게 생활
하면서 걷다가 해가 떨어지면 텐트를 치고, 볼일이 급하면 대충 텐
트에서 멀찍이 떨어진 곳에 볼일을 보고 흙으로 적당히 덮어두는 자
연인의 생활을 했다고 한다. 남녀가 함께 여행하며 의식하지 않고
거리낌 없이 볼일을 보고 그럴 수 있을까? 실제로 초이는 산행 중 소
변이 마려울 때마다 산속으로 들어가 볼일을 보고 오곤 했다. 내 상
식으론 이해하기 어려워 창피하지 않냐고 물으니 초이는 속사포처
럼 본인의 생각을 말했다.

 "아무것도 없는 사막에서의 삶은 우리를 자연 그 자체로 되돌려
놓았어. 지금은 도시 문화에 익숙해져서 잊어버린, 인류가 옛날부터
해오던 일들을 그곳에선 자연의 섭리대로 흘러나게 놔둔 거야."

이 공원 또한 자연 속이기 때문에 산속에서 볼일을 보는 건 전혀 문제될 게 없으며 오히려 자연에 도움이 되고 본인의 행동이야말로 인류 본연의 모습이기 때문에 전혀 부끄럽지 않다고 한다. 그녀의 또렷한 가치관과 거침없는 주장에 반박할 수 없었다. 정확히는 영어 수준이 부족해서 더 이상 이야기를 이어갈 수가 없었다. 그녀의 주장 또한 일리가 있다는 생각이 들어 그녀의 라이프 스타일을 존중하기로 했다. 어쨌건 대화를 통해 어렴풋이 그녀가 도시의 삶에 진절머리를 느끼고 있다는 점은 대강 짐작할 수 있었다.

아마 나도 여행이 끝나면 결국 어딘가에 취업해 매일 반복되는 지루한 일상을 살게될 것은 불보듯 뻔하다. 그녀가 1년 넘게 여행을 지속하고 있는 이유는 쳇바퀴 같은 일상에 대한 허무함이 아니었을까 조심스럽게 추측했다.

내려가는 길을
찾아 헤메다가
러시아 청년들의
도움을 받아
그들을 따라서 내려왔다.

밤 버스를 타고 숙소로 도착한 우리는 내일을 기약하며 각자의 침대로 들어갔다.

오늘 하루는 살면서 가장 오랫동안 영어를 사용한 날이었다. 덕분에 내 영어실력이 처참할 정도로 형편없다는 사실을 뼈저리게 느꼈고 지금 이 수준으로는 앞으로의 여행에 있어 만날 사람들과 더 진솔하고 깊은 대화를 할 수 없다는 것을 깨달았다. 좀 더 많은 대화를 하고 싶고 상대방에 대해 더 알아가고 싶다. 앞으로 틈틈이 영어를 공부하고 모르는 건 당분간 함께할 초이에게 적극적으로 물어보기로 했다. 모르는 것보다 아는 척 하는 것이 더 창피한 일이니까.

형제애

노보시비르스크

크라스노야르스크에서 스쿠터를 모스크바까지 운반할 수단을 찾을 때까지 머무를 생각이었다. 전의를 상실한 패잔병에겐 호송 열차가 필요하다. 자고 일어나니 GBM 사장님에게 문의한 스쿠터 운반에 대한 답변이 도착해 있었다.

'열차 탑승과 화물 운반은 별개이며, 화물 운반은 전문 업체를 통해야 만 합니다. 여기 필요하신 운송업체의 위치와 전화번호가 있으니 한번 연락해 보시기 바랍니다. 항상 안전하고 즐거운 여행이 되길 기원합니다.'

사장님이 알려주신 정보를 토대로 운송 업체에 연락을 시도했지만 쉬는 날인지 전화 연결이 안 되어 원래 일정대로 스쿠터를 정비하기 위해 정비소로 향했다. 건물 안에는 건장한 남자 직원들이 여럿 있었고 무표정한 얼굴로 나를 응시했다. 겁먹은 티를 안내기 위해 위해 최대한 자연스럽게 정비를 의뢰했다. 어떤 기종이냐는 물음에 그들을 밖으로 안내했고 차갑던 그들의 표정은 놀라움으로 바뀌었다.

이걸 타고 어디서부터 왔냐고 묻길래 한국에서 왔다고 대답하니 이 작은 걸로 여기까지 어떻게 왔냐며 경악한다. 그들은 여태껏 만났던 러시아인들 중 가장 큰 표정 변화를 보여줬다.

이런 장난감의 수리는 누워서 떡먹기라고 말하는 듯한 메카닉 드미트리가 매서운 눈빛으로 스쿠터 상태를 여기저기 확인한다. 그는 가장 먼저 안개등 보강 작업을 시작했다. 잠깐 창고에 들어갔다 나온 드미트리의 손엔 투박하고 강해보이는 철판이 들려 있었다. 그는 말했다. "이런 허접한 알루미늄으로 고정을 하고 오니 부서지는 건 당연하다. 용케 여기까지 왔네?"

지도에
오토바이 정비소라고
표시된 곳은 사실
'STELS'라는,
스노우 모빌을
판매하는 가게였다.

이 계절에 이런 작은 스쿠터로 어떻게 크라스노야르스크까지 왔냐고 묻는 질문에 들떠서 여행하며 겪은 오만가지 일을 수다스럽게 떠들었다. 놀라운 표정을 짓는 가게 사람들의 표정을 보며 지금껏 한 고생들을 인정받는 것 같아 기분이 좋아졌다.

가게의 사장인 세르게이가 본인이 아는 레스토랑에서 점심을 대접하고 싶다고 했다. 거절도 예의가 아니기에 그를 따르기로 했다. 함께 식사를 하며 스쿠터를 기차로 운반하는 문제와 비용이 얼마나 들지 알 수 없어 고민이라며 좋은 방법이 없는지 자문을 구했다.

식사를 멈추고 잠시 기다리라고 말한 세르게이는 어디론가 전화를 걸었다. 진지하고 살벌한 말투로 통화하는 그를 보며 내가 뭔가 실수한 건 아닌지 속으로 생각했다. 4번 정도의 통화를 끝으로 그는 운송문제는 우리가 해결해 줄테니 걱정하지 말라고 한다. 문제가 이렇게 쉽게 해결되나? 그냥 방법을 물어봤을 뿐인데 모든 게 너무 쉽게 풀렸다.

점심 대접부터
운반 문제까지
해결해 준
고마운 세르게이.

점심을 먹고
돌아오니
안개등이 튼튼하게
달려 있었다.

맛있는 식사와 함께 운송 문제를 해결하고 돌아왔다. 어느 정도 정비가 된 내 스쿠터. 이후 엔진 오일을 교환하고 에어 필터 덮개를 열어 필터 청소를 했다. 케이스 안에 기름이 흥건한 것을 보더니 나보고 어디서 넘어진 적이 있냐고 묻는 드미트리. 너무 많이 넘어져서 몇 번이나 넘어졌는지 모르겠다고 대답하니 바이크가 넘어지면서 오일이 역류한 것 같다는 설명을 해준다. 그는 케이스 안의 오일을 흡착포로 깨끗이 닦아주었다.

메카닉들의 날카로운 눈은 사소한 것들도 놓치지 않았다. 냉각수통에 냉각수가 하나도 없었다. 과열로 인해 스쿠터 자체가 고장 날 수도 있었던 상황이라며 드미트리는 냉각수를 충분히 보충해주었다. 새롭게 달린 안개등에서 철판의 견고함이 느껴졌다. 드미트리의 작품이다. 언제나 말썽을 일으키던 안개등 문제도 이젠 안녕이다. 다스비다냐!(안녕!-작별인사)

나머지 정비가 끝날 동안 가게를 소개해주겠다고 하여 구경에 나섰다. 큰 덩치의 스노우 모빌들과 ATVAll Terrain Vehicle, 사륜형 이륜자동차들이 보인다. 배기량은 종류별로 800, 1200cc에 최고속은 110㎞를 자랑한다. 겨울에도 끄떡없을 모습이었다. 러시아라는 나라와 걸맞게 투박하면서도 강함이 느껴졌다.

정비를 마치고 그들이 선물한 가게 스티커를 가장 잘 보이는 곳에 부착했다. 그들에게 수리에 대한 비용을 물어봤다. 얼마가 나와도 지불할 생각이었다. 말도 잘 안 통하는 내게 운송 문제, 스쿠터의 모든 문제와 정비, 그리고 식사 대접까지 해준 데에 대한 합당한 대가를 지불하고 싶었다. 하지만 가게 사장인 세르게이는 내 가슴을 주먹으로 치며 단호하게 말했다.

"이런 작은 일로 돈을 받는다면 우리의 자존심이 상할 것이다. 돈을 바라고 한 것이 아니니 당신은 돈을 지불할 필요가 없다. 같은 형제인 당신이 우리가 가지 못한 그 길을 대신 가준다면 그걸로 족하다. 당신의 여행이 행복하길 바란다."

바이크에
스티커를
붙이는 건
훈장과도 같다.

감당하기 힘든 큰 호의에 가슴이 뭉클해져 눈물이 날 뻔했지만 다른 사내놈이 눈물을 보일 순 없다. 그들의 뜨거운 형제애를 가슴속에 간직했다. 작은 보답이라도 하고 싶은 마음에 혹시 좋아하는 건 없냐고 물어봤다. 커피를 좋아한다는 말에 가지고 온 아이스커피와 카누를 있는 대로 줬다. 초라한 보답이지만 도움만 받고 입 닦는 사람이 되고 싶지는 않았다. 세르게이에게 회사의 주소를 물어본 후 나중에 여행이 끝나 한국으로 돌아가면 한국 과자들과 음식들을 소포로 보내주겠다고 약속했다.

　그들 덕분에 여행을 할 수 있는 에너지를 다시금 충전했다. 내가 받은 도움 때문에라도 이제는 숨지도 피하지도 않고 몸이 망가지거나 스쿠터가 박살나기 전엔 멈추기 않기로 다짐했다.

사장 세르게이,
수리공 디미트리와
함께 찍은 기념사진.

니키타

크라스노야르스크

초이와의 동행은 계속됐다. 오늘은 오후에 같이 마트에 가서 장을 보기로 했기에 정비소 사람들과는 다음날 다시 만나자며 작별을 하고 호스텔로 돌아왔다. 호스텔에 머무는 대부분의 여행자는 마트에서 재료를 사서 음식을 해먹는다. 호스텔의 다른 여행자들과 음식을 공유하는 것이 일종의 문화라 덕분에 다양한 나라의 음식을 맛볼 수 있는 점이 호스텔의 묘미라고 할 수 있다. 크라스노야르스크는 만남이 끊이지 않는 도시였다. 그동안 지루하고 힘들기만 했던 여행이 즐거워지기 시작한 이유는 아마 새로운 사람들과의 만남, 그리고 소통이었던 것 같다. 역시 사람을 만나고 대화하는 건 즐겁다.

요리에 필요한 재료를 장바구니에 담던 중 한 러시아 남성이 말을 건넨다. 현지인이 먼저 모국어도 아닌 영어로 말은 건넨 일은 처음이었다. 깜짝 놀라 움추러든 나와 달리 초이는 언제나 그렇듯 밝고 에너지 넘치는 특유의 성격으로 자연스럽게 그와 대화를 이어나갔다.

"당신들은 여행자인가요? 이 도시에서 영어를 쓰는 동양인을 보는 건 살면서 처음입니다."

눈을 동그랗게 뜨고 우리를 바라보는 큰 키의 뿔테 안경을 쓴 지적인 느낌의 남자, 니키타의 표정은 호기심으로 가득했다. 그는 우리에게 시간이 된다면 자신의 고향인 이 도시의 아름다운 장소들을 보여주고 싶다고 했다. 잠깐 들떴지만 혹시나 좋지 않은 일이 있을지도 모른다는 생각에 조금은 신중하게 생각할 필요가 있지 않냐 하는 뜻을 초이에게 조심스럽게 전달했다. 하지만 초이의 눈은 이미 현지인에게 도시를 안내받을 수 있다는 생각에 대한 기대로 가득 차 있었다.

"현지인의 초대는 흔한 일이 아니야! 우린 반드시 이 제의를 수락해야 해!"

초이를 따라가면 반드시 좋은 일이 생긴다. 나는 그 흐름을 믿고 그녀의 의견에 동의하였다. 니키타는 다시 일터로 돌아가야 했기에 그가 퇴근한 후 오후 7시쯤 다시 마트 앞에서 만나자고 약속했다. 해가 뉘엿뉘엿 저물어 갈 쯤 다시 마트로 돌아와 앞에서 서성이고 있자니 길가에 정차되어 있던 차량 한 대가 경적을 울렸다. 그가 몰고 온, 깨끗하게 관리된 광을 내는 은색 차량이 울리는 경적이었다.

야간 투어 일정은, [도시 정상의 성당 - 문화 센터 - 대학교 - 새롭게 건설 중인 신도시단지 - 식사]로 계획되었다.

도시의 최정상에 위치한 작은 성당에서는 도시의 모든 야경이 한눈에 들어온다. 왼편에 큰 대포가 있는데 축제가 열릴 때마다 사용된다고 한다. 크라스노야르스크의 밤. 비로비잔에서 겪은, 두려운 총소리와 공포감은 이곳에 존재하지 않았다.

다음으로 방문한 대형 문화 센터는 거대국가의 위용을 자랑하듯 규모가 어마어마했다. 늦은 시간이라 굳게 닫힌 문을 바라보며 그는 매우 아쉬워했다. 이곳에서의 공연을 꼭 보여주고 싶었다고 한다.

늦은 시간이었지만
성당이 있는 언덕은
야경을 보기 위한
사람들로 북적였다.

니키타는 크라스노야르스크가 문화와 예술의 도시라며 문화 센터에 대해 자랑스럽게 이야기했다. 문을 닫은 문화 센터를 뒤로하고 향한 대학교와 신도시 개발 지구를 보며 왜 굳이 이곳을 소개하려 했는지 궁금한 마음에 그에게 질문을 했다. 사실 그는 자신이 강연하는 대학교를 보여주고 싶었다고 한다. 그러면 교수님이신가? 궁금하지만 물어보면 선입견이 생길 것 같아 궁금함을 꾹 참고 대화를 이어나갔다. 그리고 시작된 그의 이야기.

"소련 연방이 붕괴되고 미국과의 무역 전쟁으로 우리나라는 경제적으로 한 번 망가져 버렸습니다. 하지만 우린 포기하지 않고 열심히 살아가고 있습니다. 당신들이 보는 미디어에서의 러시아와 실제 러시아의 모습은 다릅니다. 부디 두 눈으로 보고 스스로 판단해주길 바랍니다. 우리는 '악'이 아닙니다. 당신들과 같은 평범한 사람들일 뿐입니다."

그는 매스컴에 비춰지는 조국의 이미지 때문에 우리 또한 러시아에 대한 선입견을 가지고 있는 게 아닌지 우려하고 있었다. 초이는 니키타와 더 깊은 대화를 나눴지만 내가 알아들은 것은 이게 전부였다. 적어도 그와 초이의 대화를 통해 그가 얼마나 조국을 사랑하고 있는지는 느낄 수 있었다.

차 안에서 많은 대화가 오고 갔고 투어의 마지막으로 대학 근처 니키타의 단골 레스토랑에서 식사를 했다. 아무리 노력해도 혼자선 절대 찾을 수 없는 진짜 로컬의 식당이다. 새로운 경험에 심장이 어느 때보다 크게 요동친다. 레스토랑은 입구에서부터 고급스러운 분위기를 뿜어냈다. 입구를 보자마자 "fancy!!"를 외치는 초이. 가격이 상당할 것 같은 생각이 들었다. 나는 물론이고 그녀 또한 주머니 사정이 여유가 없을 터. 혹시 돈이 부족하진 않을까 지갑의 돈을 몰래 확인해봤다. 식당에 들어서자 같은 대학에서 일하는 니키타의 지인들이 악수를 하며 인사를 한다. 그들의 행동을 보니 다들 신사적인 사람들이라는 걸 알 수 있었다.

지갑 사정은 빈곤하지만 여기까지 와서 돈 때문에 궁상을 떨지는 않기로 했다. 다시 오지 않을 이 기회를 날려버리는 것은 너무 멍청한 짓이다. 건네받은 메뉴판은 전부 러시아어였다. 우리는 니키타에게 설명을 부탁했고 각자의 취향대로 추천 받은 음식을 주문했다.

야채로 이루어진 스타터로 입맛을 끌어올리고 난 뒤 '디'라 불리는 동물로 요리한 스테이크가 메인으로 나왔다. 어떤 동물인지 궁금했지만 영어로도 딱히 설명할 수 있는 단어가 없다고 한다. 사슴과의 일종인 듯하다. 지방기가 하나도 없어 보이길래 퍽퍽하진 않을까 걱정했지만 고기는 매우 촉촉하고 부드러웠다. 초이가 주문한 곰 고기

식전 빵과 칵테일, 스타터로 시작해 메인 요리, 디저트로
마무리되는 코스였다. 살면서 처음 느낀 여러 맛들은
내 식도락 역사의 한 줄을 긋게 해주었다.

스테이크는 직접 먹어보진 못했지만, 흡족해하는 그녀의 표정에서 풍미를 간접적으로 체험할 수 있었다.

마지막엔 달달함으로 입안을 가득 채워 줄 디저트가 나왔다. 러시아 전통 방식으로 만든 파이와 케이크 조각을 포크로 잘라 입안으로 넣는 순간 거짓말처럼 사르르 녹아버렸다. 도대체 어떤 마법을 부린 걸까? 모든 음식들이 새롭고 이질적이지만 한 가지 공통점은 맛있다는 것이었다. 니키타의 추천으로 마신 크랜베리와 보드카를 이용해 만든 칵테일의 독특한 맛은 말로 표현하기가 어려울 정도였다. 진지하게 한국에서 이 칵테일로 장사를 하고 싶다는 생각까지 했다. 니키타는 운전 때문에 술을 마시지 않았다.

자칫 아무것도 모르고 지나쳤을 크라스노야르스크를 구석구석 알려준 니키타. 도대체 그의 정체는 무엇일까? 폭발 일보 직전의 궁금함에 결국 스스로의 규칙을 어기고 질문을 해버리고 말았다. 니키타는 학생들에게 법학을 가르치고 있는 현직 교수였다.

"어떤 이유로 일면식도 없는 우리에게 이런 친절을 베풀어 주었죠?"

"아까 잠시 이야기했지만, 여행자인 너희에게 우리 조국 러시아를 좀 더 알려주고 싶었어. 또 다른 이유라면 반복되는 지루한 내 일상에 새로움을 주고 싶었기 때문이 아닐까? 너희들과의 만남은 나에게 있어 큰 이벤트야."

열심히 살아온 탓에 여행을 한 번도 해보지 못했다는 니키타에게 있어 우리와의 만남은 대리만족 같은 것이었다. 그리고 이어지는 그의 속마음을 통해 나라와 인종은 다르지만 우리 모두가 같은 고민을 하고 살아가는 '인간'이라는 사실을 깨닫게 되었다. 어린 시절, 피아니스트가 꿈이었던 그는 현실적인 문제와 여러 사정으로 인해 지금의 직업을 가졌지만 가끔 스트레스를 풀기 위해 피아노 공연을 관람하는데, 혼을 불태우며 연주하는 피아니스트를 보면 아직도 가슴이 벅차오른다고 한다. 니키타의 꿈을 포기하게 만든 그 '현실'을 박차고 나와 본인이 하고 싶은 것들을 찾아 여행하는 우리의 모습이 너무 부러워 다가왔다는 것이 그의 설명이었다. 뭐 하나 아쉬울 게 없어 보였던 그를 통해 사회적 위치나 물질적인 부가 인간의 행복과 비례하지 않을 수도 있다는 사실을 다시금 깨달았다.

얼핏 예상하고 있었지만 꽤나 큰돈이 나온 레스토랑의 식사 비용은 전부 니키타가 부담했다. 한사코 우리가 돈을 지불하는 것을 거절한 그는 이것 또한 본인의 즐거움이라며 끝내 영수증을 보여주지 않았다. 미안한 마음에 그의 집주소를 받아 적은 후 귀국하면 꼭 한국 음식을 보내주겠다고 약속했다. 내가 할 수 있는 최소한의 보답이었다. 무서움 탓에 제대로 경험하지 못했던 러시아의 밤과 이 나라의 새로움을 니키타 덕분에 알 수 있게 되었다. 식사를 마지막으로 니키타는 우리를 호스텔 앞까지 바래다주었고, 앞으로의 여행에서 많은 것들을 보고 경험하길 기도한다며 손을 흔들어 준 뒤 차량의 불빛과 함께 도시의 밤을 뚫고 도로의 저편으로 사라졌다.

마트에서 시작된 이 인연은 즐거운 시간이었지만 개인적으로 아쉬움이 많이 남았다. 그나마 의사를 전달할 수 있다고 자부하던 '영어' 라는 수단이 지금 이 순간 러시아어처럼 큰 장벽이 되어 내 앞을 가로막을 줄 몰랐기 때문이다. 거의 대부분의 이야기를 듣기만 했다. 초이와 니키타는 많은 대화를 했고 난 옆에서 그들의 대화를 해석하기 위해 열심히 머리를 굴렸지만 허접한 영어 실력과 발음에 자신감을 상실하여 거의 말을 하지 않았다. 숙소에 돌아와서도 조금 기죽어 있는 모습이 티가 많이 났는지 초이가 뼈 있는 조언을 해주었다.

"여기에 있는 누구도 너의 억양이나 문법의 완벽함을 원하지 않아. 이건 시험이 아니라고. 편안하게 너의 생각을 이야기해. 그것 또한 여행의 즐거움이야."

부끄러워서, 창피해서 입을 굳게 닫아버린 내게 큰 용기를 심어준 이 말은 훗날 영어 회화 능력을 급격하게 올려주는 계기가 되었다. 그렇다. 언어는 자신감이다.

많은 시간 홀로 여행하며 오랫동안 생각했다. 과연 우리는 살면서 얼마나 많은 시간을 스스로에게 할애할까? 내 경우에는 거의 없었다. 아직도 내가 누군지 잘 모르겠고 뭘 좋아하고 싫어하는지, 정말 내가 하고픈 것이 뭔지 잘 모르겠다. 여행은 이 부분에 대해 해답을 주진 않지만 방향을 제시해줄 수 있다고 생각한다. 홀로 여행을 하면 매 순간이 선택의 연속이고 결정한 방향에 대한 결과를 본인이 모두 책임져야하기 때문이다. '나'를 모르면 불가능한 것들이다. 그저 타인에게 보여지는 삶을 살며 남들이 만들어 놓은 길을 아등바등 따라가며 살아갔던 수많은 순간을 돌이켜봤다.

아직 부족하다며 도전하지 않았다면 분명 스스로 무언가를 시도하거나 해 볼 용기도 내지 못하고 불평불만으로 가득한 상태로 하던 일이 잘 안 풀리면 세상 탓, 남을 탓하는 어른이 되었을 것 같다. 선택과 책임에 대한 무거움을 여행을 통해 알게 된 건 큰 수확이었다. 초이와 니키타를 포함한 다른 국적의, 다양한 생각을 가진 여러 친구들을 만난 것도 떠나오지 않았다면 얻을 수 없었을 값진 인연이자 추억이다.

지친 내게
마음의 평화를 주고
또 초이를 만나게 해준
크라스나야르스크
호스텔, 'hovel'.

횡단열차

크라스노야르스크

약속했던 그날, 다시 찾아온 STELS. 화물 기차에 싣기 위해 모든 짐을 꽉 동여맨 스쿠터를 화물 창고까지 운반해줄 용달차를 기다리고 있다. 작은 스쿠터지만 짐을 한가득 실으니 무게가 상당하다. 트럭 기사님과 직원들이 힘을 합쳐 스쿠터를 트럭 안에 단단히 고정했다.

룸미러에 사진을 붙여 놓은 두 딸에 대해 내내 자랑 하던 인자한 인상의 트럭기사님은 자신의 가족과 조국, 그리고 운전하는 트럭에 대한 애정이 대단했다. 러시아 브랜드인 '가젤'이라는 회사의 고마운 트럭 덕분에 가족을 먹여 살릴 수 있었다고 한다. 그의 어깨는 무거

운전을 하며 지칠 때마다
딸들의 사진을 본다는 그.
힘들고 외로운 일을
버틸 수 있도록
지탱해주는 것은
그의 가족이었다.

위 보였지만 절대 얼굴에서 웃음을 잃지 않았다.

　20여 분을 이동해 운송 업체의 창고에 도착했다. 운송비용을 책정하기 위해 스쿠터의 무게를 재던 중, 직원이 사이드박스를 떼면 금액을 더 줄일 수 있다하여 양쪽 다 떼려고 했으나 그간 왼쪽으로 많이 넘어진 탓인지 좌측 사이드박스가 아무리 용을 써도 분리가 안된다. 부들부들 떨면서 힘을 쓰는 모습이 처량했는지 직원이 더 이상 용쓰지 않아도 된다는 제스처를 취해주었다.

　승인이 완료되어 붙은 확인 스티커에 화물 번호와 내 이름이 적혔다. 정식적인 서류절차를 끝내기 위해 문을 열고 들어간 사무실은 서류승인을 받기 위해 기다리고 있는 트럭 운전수들로 북적였다. 서류가 없으면 스쿠터를 절대 돌려받을 수 없다. 이곳에선 서류가 곧 힘이자 권리다.

　많은 이들의 도움으로 무사히 스쿠터를 기차에 싣게 되었다. 스쿠터는 오늘을 기준으로 일주일 후에 모스크바로 도착한다는 설명을 들었다. 스쿠터는 내손을 떠났고 잠시 동안이지만 그렇게 노래를 부르던 배낭여행자가 됐다. 버스를 타고 숙소로 다시 돌아오는데 뭔가 홀가분하면서도 착잡했다. 잠시 떨어져 있을 뿐이지만 내 여행의 상징과도 같았던 스쿠터가 없어진 것이다. 스쿠터라는 짐을 내려놓으면 즐거울 줄 알았는데 정체성이나 다름없었던 스쿠터가 없어지니 존재 자체가 부정되는 기분이 들었다.

맨몸으로 숙소로 돌아온 내가 궁금했는지 라운지에서 맥북을 보던 초이가 어디를 갔다 왔냐고 물었다. 초이에게 오늘 있었던 일을 이야기하고 이 도시에서 이틀 정도 더 쉬다가 모스크바행 열차에 몸을 실을 예정이라 대답했다. 초이는 열차를 탈 생각이라면 함께 가자고 제안하며 화면의 열차 시간표를 보여줬다. 모스크바 시간으로 새벽 1시에 크라스노야르스크에 도착하는 열차가 있는데 그게 오늘이라 한다. 당장 출발 준비를 하자며 짐을 싸라는 초이. 만났을 때와 같이 초이와 함께하는 열차 여행이 시작되었다.

역사에선 초이의 독무대였다. 배테랑 여행자인 그녀의 철저한 사전 준비 덕분에 모스크바행 티켓을 저렴한 값에 구입할 수 있었다. 열차에 한번 타면 열차 레스토랑 칸을 제외하곤 식사를 해결할 수 없다고 하여 근처의 마트에서 식량을 넉넉하게 구입하고 대기실에서 열차를 기다렸다. 티켓 발권까지 쉽게 마무리되었지만 어떤 열차를 타야 할지 알 수가 없었다. 주기적으로 울리는 안내 방송은 러시아어였고 우리는 그 방송을 전혀 알아듣지 못했다.

열차 도착시간은 이제 5분밖에 남지 않은 상황이다. 당황하지 말고 주변 사람들에게 물어보기로 했다. 방송과 소통할 순 없지만 사람과는 소통이 가능하다. 고민할 필요도 없이 바로 앞에 앉아있던 여성 둘과 눈이 마주쳤고 그들에게 모스크바행 열차가 언제쯤 들어오는지를 물었다. 그들은 친절하게 본인들의 열차가 모스크바행 열차라 같이 타면 되니 편하게 기다리고 있으라고 말해주었다.

열차 도착 안내 방송을 듣고 우리는 플랫폼으로 이동했다. 모스크바까지 우리를 태워줄 열차는 오래되고 투박했다. 낡았지만 잘 관리된 열차였다. 우리는 열차의 꼬리칸에 위치한 3등석 티켓을 발권 받았고 서로 3칸 정도 떨어진 자리의 2층 간이침대를 배정받았다. 간소한 3등석 간이침대지만 매우 아늑하고 따뜻했다. 해가 떨어지고 잠을 청해야 할 숙소를 찾아 방황하는 것도, 추위와 오한에 시달리고 발가락이 깨질듯 한 고통을 겪는 것도 열차에 몸을 싣고 있는 3일 동안은 안녕이다. 열차 안에선 각자 다양한 목적을 가진 사람들이 제자리를 찾아 가지고 온 짐들을 정리하고 있었다.

친절한 그녀들은
열차 지연으로 인해
모스크바행 열차가
20분 정도 연착된다는 것도
알려주었다.

열차에서의 첫 식사는 컵라면으로 해결했다. 열차에 시원한 물은 없지만 뜨거운 물은 무료다. 마트에서 먹거리를 살 때 컵라면을 왕창 구입하던 나와는 대조적으로 과일을 많이 샀던 그녀는 긴 여행의 경험을 통해 여행자는 비타민 섭취가 부족하다는 사실을 몸으로 깨달았다고 한다.

열차에서 할 수 있는 일은 별로 없다. 잠을 자거나 수다를 떨거나 밥을 먹는 정도다. 모스크바에서 스쿠터가 올 때까지 초이에게 빈대 붙을 생각으로 창가에 앉아 차를 마시는 그녀에게 다가가 모스크바 일정을 물었다. 모스크바 중심지에 로컬들만 알고 있다는 저렴한 호스텔을 알고 있어 그곳에 머물 예정이라 한다.

초이에게 이것저것을 물어보던 중 창가 쪽 청년이 말을 건다. 영어로 대화하는 동양인들은 러시아에선 상당한 구경거리인 모양이다. 다른 이들도 우리의 이야기가 궁금했는지 같은 열차 칸 승객들이 여기저기서 다가왔다. 청년은 우리에게 들은 내용을 다시 러시아어로, 다른 이들의 질문을 영어로 바꿔 우리에게 물어봐 주었다.

초이는 간단한 샌드위치를
만들어 내게 줬다.
답례로 이 추운 시베리아
대륙 한복판에서
아이스 커피를 타주었다.
난 제정신이 아니다.
다행히 초이는 열차가 너무 더웠는데
고맙다며 웃어주었다.

이야기를 전하고 다니는 음유시인처럼 군중에 둘러싸여 이야기의 주인공이 되는 기분은 유쾌한 경험이었다. 사실 예상하지 못했던 너무나도 다양한 질문들에 많이 놀랐다. 여행으로 시작된 이야기는 정치, 경제, 학업, 교육, 종교, 문화로 이어졌고 나름 한국을 대표하는 사람으로서 객관적인 대답을 들려주기 위해 아는 지식을 총동원해 그들의 질문에 답했다.

즐거운 대화를 통해 느낀 러시아 사람들에 대한 인상은, 흰 피부의 동양인이었다. 남들의 이야기에 많은 관심을 보이면서 미신도 믿고 우리를 대하는 것에 있어 거리낌이 없는 그 모습에 고향의 친근함을, 아니 고향보다 더 따뜻한 정을 느낄 수 있었다.

열차에선 별 쓸모가 없지만 심리적인 안정을 얻기 위해 핸드폰 배터리를 충전해야 했다. 열차엔 콘센트가 거의 없었다. 복도에 한 개, 화장실에 두 개, 총 3개. 분실이 염려되어 핸드폰 대신 보조배터리를 화장실에서 충전했다. 이렇게 큰 열차에 콘센트 숫자가 부족한 이유는 전자기기를 사용하는 사람이 거의 없기 때문이다. 대부분의 승객들은 독서를 하거나, 같은 칸 사람들과 차와 함께 하는 담소를 나누거나, 뜨개질과 같은 소일거리를 하며 각자의 방법으로 시간을 때우고 있었다.

계속 누워 있자니 몸이 뻐근하여 열차 안을 탐험했다. 열차 꼬리 칸에 있어서 열차의 앞쪽을 향해 계속 걸었다. 2등석 칸에 다다랐을 즈음 카트를 끌고 다니는 승무원을 발견했다. 2등석은 3등석과 달리

각각의 객실이 독립되어 있어 문을 열어야 들어갈 수 있다. 그녀가 문을 열고 승객들에게 말을 걸 때마다 웃음소리가 넘쳐나고 판매 또한 좋은 성적을 거두고 있음을 알 수 있었다. 그녀만의 장사 노하우일까. 어떤 농담이기에 저리 박장대소 하는 것일까. 궁금했다.

　앞자리로 갈수록 좌석의 등급이 올라가며 쾌적한 여행을 즐길 수 있다. 물론 그만큼의 돈을 내야 하지만. 내가 위치한 꼬리칸에서 7개 칸을 이동하면 마지막 종착지인 레스토랑이 나타난다. 과거 책으로만 봤던, 근대화가 진행되던 시절의 향기가 물씬 풍기는 모습이었다. 낡았지만 고풍스러웠다. 음식 가격은 현지인 기준으로도 꽤 높게 책정되어 있었다.

　이틀째 아침. 오늘은 꽤 큰 역사에서 30분 정도 정차했다. 하지만 다른 역사와 달리 티켓이 없으면 출입이 불가능하여 노점상이 존재하지 않았다. 뜨거운 물이 식을 때까지 언제까지고 기다릴 수 없기에 30분 안에 역사의 매점에서 식수를 빠르게 구해서 돌아오기로 했

열차를 오고 가며 만난
직접 짠 스웨터와
머플러를 파는 상인.
어디에서든 형형색색의
예쁜 옷가지는
여성들의 시선을 사로잡는다.

정차 시간은 행상인들이
승객들에게 물건을
판매할 수 있는 절호의 기회다.
많은 행상인들이 몰려와
각종 먹거리와
옷가지를 목청 높여 판매한다.

행상인에게 구입한
건조된 생선 알 뭉치를
라면에 넣어서 먹었다.
너무 짰다.

다. 나와 카자흐스탄 청년, 우크라이나 아주머니로 구성된 3인조는
물을 찾기 위해 뜀박질을 하며 역사 안으로 향했다. 열차는 정확히
30분 후에 문을 닫고 다음 목적지로 출발한다. 승객 하나 없다고 출
발이 지연되는 일은 결코 없다.

　출발 8분 전. 나름 넉넉한 시간적 여유를 가지고 열차에 탑승했다.
작은 모험을 한 기분이 들어 살짝 흥분이 되었다. 우크라이나 아주
머니는 무사히 복귀한 것을 자축하며 가지고 온 '까카데야'라는 아라
비아 꽃잎으로 우려낸 차를 내주었다.

　초이를 제외하고 열차 안에서 가장 많은 대화를 나눈 친구들은 통
역을 도와준 우크라이나 청년 보바와 그의 어머니, 모스크바로 원단

을 사러 간다는 카자흐스탄 의류 상인 칸이다. 옆자리에는 마가단 Магадан에서 온 큰 덩치의 전투복 바지를 입은, 무섭게 생겼지만 친절한 사냥꾼 아저씨들도 있었다.

오늘의 대화 주제는 사냥꾼 아저씨의 모험담과 그의 수집품 자랑이다. 마가단에서 곰을 사냥하는 그의 취미는 화폐 수집이다. 제국시절 최초로 만들어진 지폐부터 구소련 시절의 동전 등, 러시아의 역사를 두 눈으로 보고 만져볼 수 있었다. 매우 비싼 물건이라며 수집품을 손에 얻기까지의 과정을 열심히 설명하는 아저씨는 매우 신나보였다. 아저씨는 나중에 기회가 되면 마가단에 꼭 가보라고 추천해주었다. 수많은 금광과 불곰, 자연이 살아 숨 쉬는 곳이라고 한다. 1855년 생산된 동전을 마지막으로 그의 수집품 자랑은 끝이 났다. 내가 여행 중 겪은 사건 사고를 들은 사냥꾼 아저씨는 앞으로의 여

무려 1909년도에 발행된
채권인지 지폐인지 모를 문서는
100년이 넘었는데도
보존 상태가 아주 양호하다.

언제 만들어졌을지 추정도 안 되는
종교적인 수집품도 있었다.

행에서 사고가 일어나지 않도록 해주겠다며 본인의 부적과 같은 동전 2개를 나에게 선물해주었다.

　창문 너머로 스쳐 지나가는 풍경을 한동안 바라봤다. 새삼 스마트폰 속의 작은 화면만 쳐다보며 주변의 많은 것들을 놓치고 있다는 생각이 들었다. 열차에서의 시간은 화면 밖에서 살아 숨 쉬는 세상의 다양한 모습과 대화의 즐거움을 가르쳐주었다. 갈등과 스트레스를 유발하는 것이 아닌 순수하게 웃고 떠들 수 있는 것, 서로의 다름을 이해하고 공유하는 것이 진정한 대화가 아닐까 싶다. 함께하는 여행은 즐겁다.

　옴스크의 희망유희님은 만나지 못해 못내 아쉬웠지만 열차여행을 통해 소중한 만남과 추억을 만들었기에 후회는 없었다. 원래 초이와 함께 호스텔로 갈 생각이었지만 핸드폰을 확인하던 그녀는 카우치 서핑*에 성공했다며 안타깝지만 함께 호스텔로 갈 수 없을 것 같다고 했다. 초이와 헤어져야 한다는 생각에 무척 섭섭했지만 그녀의 발목을 잡고 싶지 않아 애써 쿨한 척하며 그녀의 여행을 응원했다.

학교 다닐 적엔 그렇게도 흘러가지 않던 시간이 성인이 되고나니 속절없이 흘러간다. 난 아직 아무런 준비가 안 됐는데 왜 시간은 기다려주지 않는 걸까. 영원히 고등학생일 줄 알았는데 벌써 20대 중반이 되어버렸고 같은 학창시절을 보내던 친구들은 각자의 목표를 향해 나아가거나 현실의 장벽에 부딪히며 자신과 싸워가고 있다. 혼자만 제자리걸음을 하고 있는 느낌이다.

열차에서 보낸 즐거운 시간 또한 순식간에 흘러갔고 끝도 보이지 않던 시베리아 대륙의 절반을 순식간에 지나 3일 만에 모스크바에 도착했다.

---

* 카우치 서핑(Couch Surfing): 잠을 잘 수 있는 소파를 의미하는 카우치(Couch)와 파도를 타다는 서핑(Surfing)의 합성어. 여행 장소에 살고 있는 현지인들과 여행자들의 교류를 위해 만들어진 어플이다. 현지인이 어플에 올려 둔 본인의 집에 머무르길 원하는 관광객의 성별, 나이 등의 정보를 보고 여행 이야기를 해주겠다든지, 자신이 가지고 있는 어떤 능력에 대한 공유, 혹은 단순한 교류를 원한다는 어필 문자를 보내면 된다. 현지인의 수락을 얻으면 그의 집에 머무를 수 있는 시스템이다. 함께 관광을 원하는 사람끼리도 연결될 수 있다.

역을 벗어나 만난 모스크바.
중세시대에 온 것 같은 느낌의 고풍스럽고 뾰족하게 솟은 건축물들이 눈에 띄었다.

뚜벅이

모스크바

유일한 짐인 배낭을 비스듬하게 걸쳐 메고 열차에서 내렸다. 그동안
정이 들어버린 초이와 보바, 그의 어머니, 카자흐스탄 청년, 나까지
5명이서 아쉬운 마음에 헤어지기 전 역사 안의 가게에서 같이 밥을
먹었다. 보바에게 어디서 머물 예정일지 서로 숙소 정보를 공유하다
가 초이가 알려준 숙소가 더 저렴하다는 이야기에 나와 같은 호스텔
로 함께 이동하기로 결정했다.

화려한 모스크바 거리의 으슥한 골목길을 지나며 이곳에 호스텔
이 있을지 의구심이 들었지만 지도의 안내는 정확했다. 바로 옆 건
물에서 문을 열고 나와 담배에 불을 붙이는 여성에게 호스텔의 위치

를 물으니 본인이 그 호스텔의 직원이라고 말한다. 직원이 담배를 다 필 때까지 기다린 후, 그녀를 따라 열린 문안으로 들어갔다. 안내를 받아 지하로 향하는 어두운 계단을 내려갔다. 이 호스텔은 여행자가 머무는 용도가 아닌 일자리를 찾아 모스크바로 온 현지인들의 장기 투숙 용도로 사용되는 호스텔이었다. 다행히 빈자리가 있어 우리는 각자 다른 방의 침대를 배정받았다.

열차에서 동행하며 통역을 도와준 우크라이나 모자에게 한국 음식을 대접하고 싶었다. 아쉬운 재료 사정이지만 불고기를 만들기에 충분했다. 모자는 야채로 고기를 싸먹는 쌈 문화를 신기해했다. 매운 음식을 먹지 못한다 하여 선택한 불고기는 성공적이었다.

식사 자리를 함께하며 그들이 모스크바까지 오게 된 사정에 대해 듣게 됐다. 지금 우크라이나는 내전 중이며 전쟁으로 고향이 폐허가 되어 살아남기 위해 고향을 버리고 친척이 살고 있는 러시아로 피신해 왔다고 한다. 임시거주증 기한이 만료되어 재발급을 받기 위해 모스크바까지 왔다는 내용이었다. 동행하는 내내 피난민이라고 상상할 수 없을 정도로 밝고 행복해 보였기 때문에 큰 충격을 받았다. 총알 세례와 폭격을 넘어 살아남기 위해 고향을 버리고 떠나왔음에도 담담한 어조로 그간의 여정을 이야기하는 그들의 이야기에 한동안 말을 잇지 못했다. 각자의 목적을 위해 먼 타지에서 모스크바로 온 그들과 나. 러시아의 수도 모스크바는 화려한 불빛이 가득한 도시다. 하지만 이곳에 다다른 이들은 말하지 못할, 조금은 어두운 다양한 사연을 품고 있었다.

다음날 거주증을 발급받기 위해 출발하는 모자를 배웅하고 호스텔에 홀로 남았다. 스쿠터가 오기까지 5일이나 남았고 뭐라도 해야겠다는 생각에 유명하다는 아르바트 거리Arbat Street를 걷기로 했다.

호스텔 인근 마트에서 한국 식재료와 최대한 비슷하게 재료를 사왔다.

놀러 온 초이와 나, 그리고 보바와 어머니

당장이라도 나에게
총을 쥐어주며
스탈린그라드를 사수하라고
명령할 것 같은
장군 벽화가 인상적이다.

애정 가득한
모습으로
거리를 유유자적 거니는
멋스러운 중년 부부가
부러워서
그들의 모습을
사진에 담았다.

붉은광장으로
향하는 길의 동상.
매력적인 동상이지만
연못 밑 정교하게
배치된 타일이
더 눈에 들어온다.

고풍스런 도시를 정처 없이 떠돌아다녔다. 아침이라 조금 쌀쌀하기는 했지만 시가지의 중심인 아르바트 거리는 한산하고 평온했다. 시간이 지남에 따라 거리는 다양한 사람들로 채워져 갔고 오전 11시쯤에는 걷기가 어려울 정도로 인산인해였다. 이 많은 관광객들이 어디서 나타났는지 가늠조차 되지 않는다. 인파에 휩쓸려 걷다 보니 멀리서 빨간색의 높은 장벽이 나타났다. 붉은광장Red Square이다.

붉은광장의 입구를 향해 걸어가는데 흐트러짐 없이 제복을 입은 군인들이 매서운 눈빛으로 가로막는다. 나뿐만 아니라 모든 이들이 광장 진입을 통제 당했다. 최근 테러가 빈번하게 발생하는데 설마 광장에서 폭탄 테러라도 났나? 설마 하루 종일 광장을 통제하진 않겠지 싶어 관광객들과 함께 통제가 해제되길 기다렸다.

이상하게도 주변사람들은 무언가를 기다리듯 기대에 부푼 표정이다. 의문이 들었지만 잠시 뒤, 힘이 느껴지는 군악대의 나팔 소리를 시작으로 장엄하게 울리는 장송곡을 통해 입구를 통제하는 이유를 알 수 있었다.

주변 사람들에게 물어 오늘이 러시아의 영웅 '게오르기 주코프 장군'의 기념일이란 사실을 들었다. 화려한 제복의 군인들과 사제, 정계의 인사들이 행진을 한 뒤 주코프 장군 동상 앞에 멈춰 최고의 예를 갖추며 경례를 하고 있다. 그들의 의식이 끝나고 행사가 종료된 뒤, 많은 인파들이 동상 앞에 장미를 헌화한다. 헌화하는 그들의 모습에 진심어린 존경이 묻어났다.

행사가 끝나고 들어온 붉은광장의 규모는 압도적이었다. 왼쪽에는 모스크바 굼백화점GUM(Glavny Universalny Magazin) in Moskva이 자리하고 있다. 1890년부터 건설을 시작하여 1893년에 완공하여 지금까지 운영되는 백화점이다.

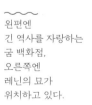

왼편엔
긴 역사를 자랑하는
굼 백화점,
오른쪽엔
레닌의 묘가
위치하고 있다.

굼 백화점은 지붕이 전부 유리로 되어있는
아름다운 건축물이었다.

도트화면으로만 보던 바실리 대성당을
두 눈에 직접 담게 될 줄 상상도 못했다.

붉은 광장의 시계탑으로 유명한 스파스카야 탑(Spasskaya Tower).
영국의 빅벤에 버금가는 명성을 가진 시계탑이라고 한다.

광장 입구에서 정면으로 열심히 걷다보면 누구나 한 번쯤은 봤을 오락실 게임 테트리스의 배경인 성 바실리 대성당St. Basil's Cathedral을 마주할 수 있다. 중동 어딘가에 있을 줄 알았는데 모스크바의 건물이었을 줄이야. 역사적인 건축물을 눈에 담고 광장의 반대편 출구로 빠져나와 계속 걸었다. 목적지가 따로 정해져 있지 않았기에 계속해서 인파를 헤집고 다니며 속으로 혹시 모를 또 다른 새로운 만남을 기대했다.

정처없이 걸으며 요란한 소리가 들리는 방향으로 모퉁이를 도는 순간, 많은 여인들이 전통복을 입고 춤을 추며 이동하는 퍼레이드를 목격하게 되었다. 모스크바 중심지에서 아라비안 노래라니. 이질적이지만 나쁘지 않았다. 원래 이런 행사에 전혀 관심이 없던 나도 행렬이 지나갈 때까지 한참을 넋 놓고 바라보게 될 정도로 아름다운 모습이었다. 행렬에서 바구니 속의 꽃가루를 뿌리던 여성이 아름답고 기품 있는 춤사위와 함께 앞으로 다가와 손에 무언가를 쥐어주곤 신기루처럼 대열 안으로 사라졌다. 그녀가 쥐어준 물건을 손에

정확한 건
모르겠지만
이슬람 문화권의
행사임을
짐작할 수 있었다.

꼭 쥔 채 그들이 사라질 때까지 멍한 상태로 그곳에 서있었다.

다양한 사람들과 행사, 퍼레이드로 활기가 넘치는 거리. 길거리의 예술가들이 연주를 하고 화가들이 초상화를 그려주며 거리 곳곳에 주민이 들고 온 개인 물품을 깔고 판매하는 플리마켓이 한창이다. 모스크바는 그림 같은 도시였다. 사람도 건물도 영화의 한 장면 같다. 삼삼오오 모여 담소를 나누며 행복한 얼굴을 하는 사람들을 바라봤다. 많은 인파에 둘러쌓여 있었지만 그 속에서 혼자 서있는 나는 왠지 모를 고독감에 씁쓸해졌다.

다음날은 감기 기운이 있어 밖으로 나가지 않고 호스텔에서 하루 종일 시간을 보냈다. 호스텔에서 장기 투숙과 보일러 같은 숙소 기계 장치를 담당하는 마샤와 눈이 마주쳐 인사를 한 뒤 몸이 좋지 않다 이야기하니 사과 차를 내줬다. 라운지의 공용 소파에 앉아있으면 호스텔 거주자들의 일상을 엿볼 수 있었다.

호스텔 친구 중에 내가 맥북맨이라고 부르는 친구가 있었다. 이름을 말해주었지만 항상 까먹어서 그냥 맥북맨이라 불렀다. 꽤 오랫동안 함께 생활한 호스텔 사람들은 내가 그를 맥북맨이라 부르는 것을 보고 크게 웃으며 그를 "헤이 맥북맨~"이라며 놀린다. 오랫동안 동고동락했기에 그들은 서로에게 거리낌이 없다. 그를 통해 다른 투숙객들과 친해져 대화를 시작할 수 있었다. 각각 다양한 사연을 가지고 있었다. 맥북맨에게 고향을 떠나 굳이 불편을 감수하고 이곳에서 생활 하는 이유를 물어봤다. 이유는 비싼 모스크바의 월세였다. 일반 직장인의 월급으로 방을 얻기엔 한 달에 몇 백에서 고급 아파트는 천만 원이 훌쩍 넘는다고 한다. 때문에 대부분의 사람들은 이렇게 호스텔에 장기 투숙을 하거나 마음이 맞는 사람들끼리 원룸을 구해 함께 사용한다고 한다.

맥북맨이 하늘 높이 치솟은 모스크바 월셋값에 대한 설명을 하는 와중에 옆에 있던 마샤는 시장경제와 자본주의에 대한 욕을 내뱉었다. 어느 나라건 내 집 마련은 꿈도 꿀 수 없는 일인가 보다.

잠시 뒤 현지인 장기 투숙객 2명이 호스텔로 돌아왔다. 그들의 손에는 익숙한 모양의 초코파이 2상자가 들려 있었다. 러시아 사람들

이 친구가 바로 맥북맨.
항상 맥북을 사용하고 있다.
그의 옆에 현지인 투숙객이 사온
초코파이 두 상자가 있다.

에게 초코파이는 무척 인기여서, 많은 사람들이 간식용으로 자주 먹는다고 한다. 초코파이를 사온 일행을 중심으로 초코파이를 어떻게 먹어야 맛있는지에 대한 열띤 토론을 벌였다. 이내 치열한 논쟁은 유일한 한국인인 내게 시선이 집중되어 초코파이를 전자렌지로 녹여먹는 방법과 얼려 먹는 방법, 여러 개를 쌓아 케이크처럼 먹는 방법 등에 대해 설명해줬다.

호스텔에 남아 현지인들의 일상을 지켜보며 시간을 흘려보냈다. 한국 드라마에서 봤다며 수건으로 양머리를 만들어 쓰고는 장난을 치면서 까르르 웃는 그들의 소소한 모습이 좋아 보이기도, 샘이 나기도 했다. 그들은 보통 배달 음식을 주문을 하거나 재료를 사와 만들어 먹는 등의 방식으로 끼니를 때웠다. 여담으로 아시아 요리를 주문하면 함께 제공되는 젓가락은 사용하지 않고 머리를 묶어 고정할 때 쓰고 음식은 포크로 먹는다고 한다.

다들 상냥했다. 마샤를 제외하고 모두 영어를 못했기에 미약하지만 러시아어도 쓰고 영어도 쓰며 많은 대화를 하기 위해 노력했다. 말이 잘 통하지 않아도 혼자 도시를 방황할 때보다 훨씬 더 즐겁고 값진 시간이었다. 행복했다.

전날 임시거주증을 무사히 재발급받은 우크라이나 모자가 오후 1시쯤 방에서 나왔다. 아주머니가 전날 나의 식사에 대한 보답으로 우크라이나 전통식을 대접해줬다. 간단했지만 고소하고 묵직한 맛이었다.

　큰 도시에 있으니 김치를 먹고 싶단 생각이 들었다. 모스크바 정도의 대도시에 초코파이도 팔고 있겠다, 분명 김치도 구할 수 있을 것 같다. 구글을 통해 호스텔에서 몇 킬로 떨어진 곳에 한식당이 있음을 확인했다. 새로운 목적지를 설정하고 한식당으로의 여정을 시작했다. 시간은 많았기에 식당을 향하는 길목에 있던 작은 공원에서 잠시 공원 안 사람들의 모습을 구경했다. 공원의 놀이터에는 아이들과 함께 나온 할머니, 할아버지들이 아이가 즐겁게 노는 모습을 보며 행복하게 웃고 있었고 더 안쪽의 작은 축구 경기장에선 아이들이 열정적으로 축구를 하고 있다.

　아이들의 열정을 구경하며 간접적으로 느끼다 용기를 내어 같이 축구를 하고 싶다고 이야기했다. 낯선 이방인의 무단침입에 당황한 아이들에게 축구를 잘한다고 거짓말을 하고 학생 때 배운 잔재주 몇 개를 보여주니 흔쾌히 내 제안을 수락해줬고, 덕분에 아이들과 즐거운 시간을 보낼 수 있었다. 내가 계속 골을 넣는 바람에 나를 이기기 전까지 끝나지 않을 것 같던 아이들과의 경기는 아이 중 한 명의 누나가 등장해 그만 놀라며 아이들을 끌고 간 후에야 종료되었다.

아이들의
순수한 열정이
불타는 그 순간을
함께하고 싶었다.

 아이들과 즐거웠던 시간을 뒤로 하고 원래 목표였던 한식당에 도착했다. 기대와 달리 메뉴판을 들고 나타난 종업원은 금발의 푸른 눈을 한 러시아인이었다. 메뉴판을 뚫어져라 보고있는데 김치는 단품으로 따로 제공하지 않는 모양이었다. 한창 고민하고 있는데 직원이 잠시만 기다려 달라고 하더니 누군가를 불러온다.

 그리고 주방장 옷을 입은 한국인의 등장에 나는 반가움을 감추지 않았다. 그녀는 식당의 셰프였다. 그녀의 추천 메뉴인 닭갈비와 김치찌개를 주문하고 얼마 뒤 테이블에 놓인 한국 음식들을 먹으며 그리운 내 나라를 추억했다. 모스크바에 온 지 1년이 넘은 셰프님은 오랜 경력의 베테랑 요리사였다. 그녀의 최근 걱정거리는 식당 옆 작은 광장에서 벌어진 갱단의 총격전으로 인해 손님과 함께 줄어든 식당 매출이었다. 업무 중이라 대화를 많이 못 나눈 것이 아쉬워 이틀 뒤에 다시 만나기로 약속했다.

 갱단이 벌인 총격전 이야기를 들었지만 공포에 무감각해졌는지 크게 신경 쓰지 않고 밤늦게까지 거리를 배회했다. 소중한 하루하루가 돌아오지 못할 저편으로 사라져 가는 게 아쉬웠다.

세프님의 배려로
원래 음식 값보다
할인된 가격에
맛있는 한 끼를
할 수 있었다.

　호스텔 친구들에게 가볼 만한 장소를 추천받았다. 그들의 추천은
고르키 공원Gorky Park이다. 공원에 가면 활기와 여유로움을 동시에
느낄 수 있다고 한다.

　공원의 사람들은 편안한 표정으로 길을 걸으며 벤치에 앉아 한동
안 쉬어가기도, 낮잠을 청하기도 한다. 빠른 걸음으로 공원 이곳저
곳을 종횡무진 누비는 나와는 대조되는 모습이다. 급한 일도 없으면
서 왜 자꾸 초조하게 구는지 스스로도 잘 모르겠다. 억지로라도 초
초한 마음을 누르기 위해 동상 앞 벤치에서 마음을 진정시키며 여유
를 즐기고자 노력했다.

공원 옆 강가의
표트르 대제의 동상은
어떻게 만들었는지
상상조차 안 될 정도로
크고 정교했다.

충돌

모스크바

카우치 서핑으로 만난 친구의 집에서 머물고 있는 초이에게 메시지
가 왔다. 역시 초이는 변함없이 잘 지내고 있다. 전날 중국인 관광객
들이 다음날이 귀국이었던 모양인지 가지고 있던 향신료, 기타 식재
료들과 밥솥까지 호스텔에 기부하고 간 이야기를 하니 호스텔로 와
중국 요리를 해준다고 한다.

호스텔로 도착한 초이는 주방에서 실력을 발휘했다. 검고 빨간 면
요리였다. 혀가 아플 정도로 얼얼한 매운맛에 비 오듯 땀을 쏟으며
초이를 쳐다봤지만 그녀는 음식을 맛있게 먹고 있었다. 호기심에 한
입씩 음식을 먹어본 호스텔 친구들은 나보다 더 심하게 기침을 하

며 고통을 호소했다. 여행 중 만난 다른 한국인은 매운 음식을 잘 먹었는데 넌 아닌 것 같다며 고통스러워하는 나를 보며 깔깔거리는 초이. 감당할 수 없는 매움이었지만 고생해서 만들어준 음식을 남기고 싶지 않아 정신력으로 접시를 비웠다.

초이는 내일 상트페테르부르크로 이동할 예정이라며 나에게 함께 가자고 말했다. 사실 거절하기 싫은 제안이었다. 그녀와 함께라면 분명히 즐겁고 신나는 여행을 할 수 있을거란 믿음이 생겨났기 때문이다. 하지만 더 이상 신세를 지기도 미안했고 항상 외롭고 고독하다며 투덜거린 나도 이젠 그녀를 통해 배운 강한 마음가짐으로 홀로서야 함을 느꼈다. 분명 그녀와 함께하지 않은 걸 후회하겠지만 그래도 마음을 강하게 먹기로 했다.

초이를 보내고 자주 다니는 마트에서 우연히 발견한 김과 김치로 김치볶음밥을 만들어 먹었다. 호스텔 친구들이 신기하게 쳐다보길

엄청나게 맵고
짜서 혀가 아팠던
초이의 요리와
내가 만든 김치볶음밥.

래 권유했지만 이미 초이의 불타는 요리를 먹었던 직후라 머쓱하게 웃고는 즐거운 식사가 되라며 '보나뻬띠Bon appétit, 많이 드십시오.'라고 말해 주었다. 완곡한 거절의 표현이다.

밤에는 약속대로 셰프님과 만나 저녁식사를 함께 했다. 내일 스쿠터를 인수해 유럽으로 넘어갈 거라 이야기하니 셰프님은 모스크바 시내는 교통이 혼잡하니 사고에 조심하라고 조언을 해줬다. 셰프님에게 또 식사 대접을 받았지만 이제 더 이상 가진 것이 없어 베풀어 준 호의에 보답할 수 없었다. 그저 감사하단 말만 반복했다.

살짝 오른 취기와 들뜬 기분에, 호스텔 친구들에게 마지막으로 떠나기 전 선물을 하고 싶어 돌아오는 길에서 발견한 디저트 가게에 들러 가장 인기 있다는 케이크를 골랐다. "이거 사람들이 정말 좋아하는 거 맞죠?" 몇 번이나 가게 직원에게 물어보곤 돌아온 호스텔에서 기대 반, 걱정 반으로 케이크를 올려놓고 모두를 불렀다. 다들 퇴근시간이라 숙소로 돌아온 상태였다. 뜻밖의 케이크에 놀라는 호스텔 친구들. 다행히 모두 기뻐했다. 가능하다면 떠나고 싶지 않은 따듯한 사람들이 있는 장소였다. 처음부터 끝까지 도시의 안내, 통역

이방인인 나를
배척하지 않고
다정하게 대해준
호스텔 친구들.

까지 너무 많은 도움을 준 마샤와 언어가 서투른 나와 대화하기 위해 노력해준 호스텔의 모든 친구들이 고마웠다.

스쿠터가 모스크바에 도착했다는 문자가 왔다. 걱정됐는지 마샤는 콜택시를 불러 창고까지 동행해주었다. 도착한 창구에서 서류를 보여주고 운송비용으로 8,000루블을 지불한 후 서류를 받았다. 4,000㎞를 달려온 것 치고는 저렴하다는 생각이 들었다. 마샤가 없었다면 많은 시간이 걸렸으리라. 마샤는 끝까지 대가 없는 호의를 베풀어 주었다.

마침내 스쿠터를 인도받았다. 마샤를 먼저 택시로 돌려보낸 뒤 잃어버린 감각을 되찾기 위해 도로로 나가기 전 창고 부지에서 운전 연습을 했다. 30분 넘게 연습을 했지만 왠지 모를 이질감을 떨쳐낼 수 없었다. 찝찝하지만 천천히 이동하며 내비게이션을 따라 호스텔로 향했다. 셰프님의 이야기대로 시내의 교통 상황은 험난했다. 레이서들처럼 내 앞을 확 치고 들어오는 차량들은 마치 사고를 유발하려는 듯 급가속과 급정거를 반복했고 심지어 낯선 도시 도로 사정에 길까지 헤맸다. 최악의 상황이었다.

인수증을 확인한 후
스쿠터를 꺼내준다.
인수 과정은
복잡하고 까다로웠다.

조금 짜증이 나서 핸드폰의 내비게이션을 보며 경로를 확인하고 다시 고개를 들었는데 갑작스럽게 나타난 차량에 순간 브레이크를 있는 힘껏 붙잡았지만 스쿠터는 멈추지 않고 미끄러지면서 중심을 잃고 넘어졌다. 바닥을 긁으며 쇠가 갈리는 요란한 소리와 함께 앞차를 박아버렸다. 박았다는 것보단 범퍼 밑에 끼었다는 게 올바른 표현일 것 같다. 스쿠터와 함께 자동차 밑바닥에 끼었다. 160kg의 스쿠터에 깔려 몇 미터를 쓸려 내려간 다리가 무사할 리 없었다. 욱신거리는 다리를 절뚝거리며 차량의 밑바닥에서 빠져나와 스쿠터를 일으켜 세웠다. 몸도 몸이지만 이번 사고로 스쿠터는 처참하게 박살나 버렸다.

그와는 대조적으로 앞 차량은 기스 하나 없이 멀쩡하다. 설상가상으로 사고 차량에서 수염이 덥수룩하게 난 큰 덩치의 사내 두 명이 내려서 고성을 지른다. 정확한 내용은 알 수 없었지만 두 단어는 확실하게 알아들을 수 있었다. '벤츠', '익스펜시브' 정신이 나가 아무런 대응을 하지 않는 나를 보더니 더욱 격하게 화를 내며 그들은 여권과 지갑, 각종 귀중품이 들어있는 내 가방을 힘으로 뺏어 그 안의 여권을 찾아 주머니에 넣고는 가방을 나에게 다시 던졌다. 여권을 돌려받고 싶으면 여기서 자기 차량의 수리비를 내라고 소리친다.

그렇게 힘들게 되찾은 여권을 이렇게 쉽게 빼앗길 줄이야. 갑작스런 사고로 머릿속이 백지가 되어 아무것도 할 수 없었다. 사고로 도로는 막히고 정체된 차량의 운전자들은 창문을 열어 소리를 지르며 경적을 울려댄다. 경찰이 오면 감옥에 가는 건가? 돈을 줘도 여권을 안주면? 이 상황에 대한 답이 떠오르지 않았다.

여권을 달라고 있는 힘껏 저항했지만 그들의 완력은 나를 한참 뛰어넘었다. 결국 마지막 수단으로 극단적인 선택을 하려 했다. 스쿠터 트렁크에 넣어둔 캠핑나이프를 꺼내 위협이라도 해보려던 순간, 사고 현장 옆으로 굉음을 울리며 커다란 오토바이 하나가 멈춰섰다.

내게 가볍게 인사를 한 그는 팔짱을 끼고 두 덩치에게 상황에 대한 설명을 들었다. 서로 거친 말을 주고받더니 오토바이 사내는 어디론가 전화를 걸었다. 얼마 지나지 않아 오토바이를 탄 남자들이 하나둘 나타났다. 오롯이 내 실수였기에 할 말은 없지만 바이커들은 내편을 들어주었다. 목에 핏대를 세우며 소리를 지르던 덩치들도 점차 차분해지더니 바이커들과 잠시 대화를 나눈 후 이 상황을 해결할 수 있는 두 가지 선택지를 주었다.

첫 번째, 돈을 주고 여기서 깔끔하게 끝내는 것.
두 번째, 사고 신고를 접수하고 경찰이 올 때까지 기다리는 것.

고민했다. 정상적으로 보이는 두 번째 선택지에 대해 바이커들에게 자세히 물어봤다. 보통 경찰이 오면 사고를 접수하고 결과를 확인, 해결까지 적어도 2주는 걸려 사고가 수습되는 게 보통이지만 최악의 경우 현장에 부패경찰이 나타난다면 오히려 더 큰돈을 요구할 수도 있다는 게 그의 설명이었다. 어디에도 명쾌한 선택지는 없었다. 만약 경찰이 상황을 중재하는 상황을 선택해도 가해 차량인 내게 유리한 방향으로 사건이 흘러갈 것 같지가 않았고 무엇보다 2주라는 시간은 너무 길었다. 내게 거칠게 소리치고 위협하며 말도 안 되는 금액을 요구하는 그들에게 협조하고 싶진 않았지만 여권을 빼 앗겼기에 별달리 할 수 있는 게 없었다. 처음에 2,000달러를 요구했 던 그들이지만 바이커들의 도움으로 200달러라는 현실적인 합의금 이 제시되었다. 주변의 ATM에서 200달러어치의 루블을 출금하여 여권과 동시에 합의금을 교환했다. 덩치는 재수 없게도 있는 힘껏 내 손을 잡아 악수를 하며 "굿 럭"이라고 말한 뒤 귀신처럼 사고 현장 을 이탈했다. 수많은 사고를 겪어도 학습하지 못하는, 교훈은 개나 쥐버린 나의 방심에 화가 나 미쳐버릴 것 같았다.

상황이 종료되자 힘이 되어준 러시아 바이커들은 고맙다는 인사 를 할 새도 없이 순식간에 뿔뿔이 흩어졌다. 가장 처음 사고 현장에 서 도움을 준 바이커는 마지막까지 나를 진정시켜 주고는 전화번호 가 적힌 종이를 주며 모스크바에 머무는 동안 문제가 생기면 언제든 지 연락을 달라고 말하고는 사라졌다.

고맙지만 연락하지 않기로 다짐했다. 더 이상의 민폐는 사양하고 싶었다. 여태껏 너무 많은 도움을 받아왔고 호의에 익숙해지는 게 두려웠다. 스스로 해결해야만 했다.

이 상태로 원래 일정에 맞춰 오늘 안에 국경을 넘는 건 불가능하 다. 우선 내비게이션으로 가장 가까운 혼다 센터를 찾아가기로 했 다. 처참하게 박살난 스쿠터를 보며 시동이 걸리길 기도했다. 다행 히 시동이 걸렸고, 20㎞ 정도를 천천히 이동한 끝에 도착한 혼다 센 터에서 절뚝거리는 다리를 이끌며 센터의 문을 열었다. 혼다의 날개 로고를 보니 이제야 조금 안심이 된다.

스쿠터를 끌고 인도로 올라왔다.
왜 좌측으로 넘어졌는데
우측이 작살난 걸까.
심지어 브레이크 레버도 어디론가
날아가서 발로 속도를 줄여야 했다.

고치면 다시 시작할 수 있어, 고치기만 하면.

"여기는 매장이라 판매만 한다네 친구." 도착한 센터는 수리점이 아닌 판매점이었다. 화물 창고보다 몇 킬로나 더 멀리 있는 정비소는 심지어 자정이 다 되어 이제 곧 문을 닫는다고 한다. 눈 앞이 깜깜해졌다. 거절을 통보받고 계단에 쪼그려 앉아 박살난 스쿠터를 바라봤다. 어두워진 밤하늘이 마치 새카맣게 타들어간 내 속을 보는 것 같다. "하."

문을 열고 나오는 소리에 뒤를 돌아보니 아까 상담해준 매장 직원이 담배를 피러 나왔다. 그는 담배에 불을 붙이기 위해 시선을 옮기다 눈앞에 있는 처참한 몰골의 스쿠터를 인식했다. 안톤은 큰 눈을 더 크게 뜨며 담배를 끈 뒤 오늘 무슨 일이 있었는지 자세하게 설명해달라고 했다. 그에게 오늘 사고를 이야기하며 스쿠터를 버려야 할지도 모르겠다고 이야기하며 씁쓸하게 웃었다. 여기까지가 여행의 마지막이라 생각되어 그동안 여정을 하며 겪은 일들을 그에게 이야기했다. 여기가 마지막이라고 생각하니 마음이 홀가분해졌나 보다.

진지하게 이야기를 듣던 그는 잠시 기다려 달라고 하며 매장 안으로 사라졌다. 다시 나타난 안톤은 단호하지만 차분한 어조로 말했다.

"친구, 우린 네가 여행을 포기하지 않았으면 좋겠어. 방금 본사와 연락을 했고 회사 차원에서 우리가 너에게 해줄 수 있는 모든 서비스를 제공할 생각이야. 지금 승인을 기다리는 중이니 잠시 매장이나 구경하고 있으라고."

혼다 모터싸이클이지만 여러 브랜드의 바이크를 취급하는 매장엔 고급 오토바이들이 즐비했다. 직원들은 나를 진정시켜주기 위해 계속 말을 걸었다. 이탈리아에서 개최되는 큰 규모의 오토바이 페스티벌인 'ECIMA'의 전단지를 보여주며 이탈리아에 꼭 들르라고 했다. 이미 마음속으로 여행의 마지막을 생각하고 이미 몇 번의 좌절을 맛본 상태에서, 이 또한 역시 승인되지 않을거란 생각에 안톤에게 신경써줘서 고맙다고 말해주었다.

당연히 승인이 나지 않을 거라 생각했다. 하지만 예상치 못하게

수많은 바이크들.
참고로 600cc 이하 바이크는
존재하지 않는다.
땅덩어리가 커서 안 팔린단다.

화물차가 도착하며 이야기가 반전되었다. 스쿠터는 못난 주인을 만나 다시 화물 신세가 되었다. 아무 이야기도 들은 게 없어 어리둥절하고 있는데 안톤이 어깨에 손을 올리며 앞으로는 우리의 역할이니 걱정하지 말라고 말한다.

매장 마감 시간 1시간을 남기고 그가 담배를 피우러 나오지 않았다면 스쿠터를 버리는 것 말곤 선택의 여지가 없었을 것이다. 절대 포기하지 말라는 안톤과 직원들의 배웅을 받으며 스쿠터를 실은 화물차의 옆 좌석에 올라타 정비소로 향했다. 말이 없는 운전기사와 사고로 할 말을 잃어버린 나 때문에 차량 안은 조용했다. 조용한 정적을 깨는 전화벨 소리가 들린다. 전화를 받은 운전기사는 몇 마디 대화를 나누더니 전화를 건넸다. "My boss. Take it". 수화기 넘어 'BOSS' 라고 불리는 사내가 러시아 억양이 가득 담긴 영어로 내게 말했다.

"반갑습니다. 형제. 나는 회사의 사장인 유리입니다. 안톤에게 당신의 이야기를 들었습니다. 오늘 일어난 불행한 사고에 대해서는 정말 유감입니다. 우리는 당신에게 제공할 수 있는 모든 서비스를 제공할 것입니다. 부디 놀란 마음을 추스르고 우리 조국에 대한 행복하고 즐거운 추억만을 간직해주길 바랍니다. 우리를 미워하지 말길 바랍니다. 러시아를 대신해서 당신에게 있었던 불행한 사고에 관해 대신 사과합니다."

너무나도 정중한 그의 말에 어안이 벙벙했다. 전화를 받으며 굽신

거리며 땡큐를 연발하는 나를 힐긋 쳐다보던 운전기사는 우리가 정비소에 도착했음을 알려주었다.

마감시간은 진즉에 넘어갔지만 정비소의 불은 환하게 빛났다. 고작 나 하나 때문에 많은 사람들의 시간을 빼앗게 되어버렸다. 오늘은 시간이 늦어 점검이 어렵다며 미안하다는 세르게이. 퇴근도 못하고 접수를 도와준 그에게 대중교통을 이용해 중심지로 돌아갈 방법을 물어봤지만 이 시간에 운행하는 대중교통은 없다 한다. 괜찮으면 본인의 오토바이를 빌려주겠다는 그의 바이크는 무려 1,000cc의 슈퍼바이크였다. 사고가 났던 안 났던 절대로 무리다. 고맙지만 사고 당한 직후라 지금 이 상태론 어렵다고 이야기했다.

고개를 끄덕이고 잠시 고민하던 세르게이가 그럼 내 뒤에 타고 가는 건 어떠냐고 묻는다. 그는 오토바이에 시동을 걸며 날아갈 수 있으니 꽉 잡으라고 농담을 건넸다. 그래도 좀 천천히 가주지 않을까, 라고 생각했던 순진한 생각은 엄청난 굉음을 내며 내달리는 오토바이 뒤편으로 바람과 함께 날아갔다.

순간 최고 속도가 210㎞/h까지 올라가는 머신 위에서 새로운 세상으로 향하는 문을 살짝 열 뻔했지만 세르게이의 얼굴은 평온함 그 자체였다. 꽤 먼 거리를 몇 분만에 주파한 그는 내일 다시 보자는 인삿말을 남기고 굉음을 울리며 도로 저편으로 순식간에 사라졌다.

오늘 떠날 거라고 했는데 12시가 넘어 도착한 나를 의아하게 바라보는 호스텔 친구들에게 오늘의 사건을 설명하고 숙박을 하루 더 연장했다. 얘기를 듣고 대신 화를 내주는 호스텔 식구들이 고마웠다.

사고 다음날 모스크바 외곽으로 향하는 기차에 몸을 싣고 혼다 정비소를 다시 방문했다. 정비소에 도착해 세르게이에게 현재 스쿠터의 상태에 대한 설명을 들었다. 구동계나 엔진, 프레임 쪽에는 문제가 없으나 헤드라이트부터 전체적으로 안으로 밀려들어가서 헤드라이트를 고정해주는 스테이라는 장치를 임시로 최대한 펴준 후 라이트를 원래 위치에 맞게 조정하고, 키 박스의 위치도 최대한 바로 잡아 놓았다며 지금 할 수 있는 최선을 다했다고 한다. 파손된 부품을 다 수리해주고 싶었지만 스쿠터의 부품이 존재하질 않아 다른 국가에서 배송을 받아야 하는데 부품이 언제 올지는 기약할 수 없다고 한다. 이미 분에 넘치는 도움을 받았는데, 세르게이는 부족한 정비에 대해 오히려 미안하다고 이야기했다.

부품이 없어 수리하지 못한 외관을 그냥 두기엔 메카닉들의 자존심이 허락하지 않았던 모양이다. 그들은 부서진 부분을 테이프로 단단하게 덮어 고정해주었다.

크라스노야르스크에서 받은 형제들의 스티커가 붙어있는 윈드스크린을 어떻게든 복구하고 싶어 메카닉에게 주어온 윈드스크린 파

그들에게 받은
호의를 내동댕이
치는 것 같아
너무 가슴이 아팠다.

편을 보여주며 테이프로 붙이면 어떻겠냐고 물었다. 손상이 많아 주행 중 부러지기라도 하면 내 몸에 상처를 입힐 수 있다며 절대 안 된다고 한다. 2개의 순정품 윈드스크린 재고가 있어 나만 괜찮다면 윈드 스크린을 달아준다고 하였지만 맹렬한 추위를 막기 위해 롱 스크린이 꼭 필요했다. 다행히도 이야기를 듣고 창고로 들어가 재고를 확인하던 세르게이가 들고온 사제품인 중간 사이즈의 윈드스크린을 보고 바로 교체를 결심했다.

끝이라 생각했던 여행은 다시 새롭게 생명을 부여받았다. 사고가 터지고, 여정을 그만두려 할 때마다 기적처럼 나타난 도움의 손길들. 여태껏 받은 것들이 벅차고 무겁다. 하나둘 받은 소중한 기억들은 커다란 사명감이 되었고 더 이상 포기해야겠다는 약한 소리를 하지 않기로 맹세했다.

여행을 포장하는 단어나 문장은 많은 이들을 설레게 한다. 나 역시 여행을 준비하며 접했던 여행기를 보고 가슴 뛰고 행복하고 즐거운 기억들을 간접적으로 경험했지만 그 어디에서도 도중 겪었던 괴롭거나 힘든 일은 볼 수 없었다. 물론 치부를 보이는 건 누구에게도 쉬운 일이 아니다. 나 또한 그러한 멋진 여행을 꿈꿨고 그들처럼 세상의 주인공이 되어 내가 겪은 멋지고 아름다운 이야기들을 자랑스럽게 들려주며 사람들의 관심과 부러움을 사고 싶었다.

애석하게도 책과 화면 너머 겪은 여행은 아름다움과는 거리가 멀었다. 화가 머리끝까지 나서 소리를 지르기도 하고, 실망하기도 하고, 혼자서 눈물을 훔치며 속으로 끙끙 참은 순간들이 너무나도 많왔다. 낯선 땅에서의 여정은 환상이 아닌 현실이었다.

만약 누군가 여행을 준비하며 페이스북이나 인스타그램, 각종 매체에 실린 멋진 추억들만을 얻고자 한다면 난 그들에게 조금 더 신중히 생각하고 결정하라고 주제넘게 말하고 싶다.

여행은 개인을 성장시켜주는 좋은 원동력임에는 분명하나 힘들고 괴로운 순간과 정면으로 마주할 용기도 있어야 한다. 꿈이 현실이 되면서 다양한 일들을 겪으니 다른 이들은 나처럼 휘청거리고 힘들어하지 않았으면 좋겠다. 그럼에도 여행을 추천하고 싶은 이유는, 어렵고 힘든 만큼, 스스로가 다양한 방면으로 성장하고 강한 사람이 될 수 있기 때문이다.

여기까지가 지금까지 겪은 여행의 중간점검이다. 물론 아직 끝이 아니기에, 스스로 좀 더 성장 할 수 있는 다양한 일들이 일어나기를, 하지만 불운한 일은 가급적 겪지 않기를 기도하며 모스크바에서의 마지막 밤을 보냈다.

사고가 난 자리에
내가 좌절할 때마다
다시 일어날 수 있도록
힘이나는 문장을
새겨넣었다.

part. 3
—
유럽

그땐 왜 그렇게 여행에
의미를 부여하려고 했을까.

마치 누군가에게 보여주기 위한
여행이었던 것처럼.

작별

발트 3국

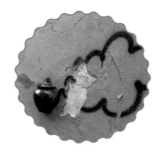

사고가 있기 전, 모스크바에서 가볼 만한 장소는 전부 가본 후, 더 이상 할 일이 없어 남아도는 시간을 어떻게든 소비하기 위해 모스크바 대사관에서 국경 통과 방법을 물어봤다. 심심해서 놀라간 대사관이었지만 그곳에서 흥미로운 이야기를 들을 수 있었다.

러시아에서 유럽으로 넘어가는 방법은 크게 4가지가 있다고 한다. 그중에서 우크라이나를 통과해 가는 건 내전 중이라 불가능하고 그 다음 최단 거리인 벨라루스는 정식 국경 통관 절차가 없어서 계속 러시아에 체류되어 있는 것으로 간주되어 불법 입국자가 된다고 한다. 결국 실제로 정식 통행이 가능한 곳은 핀란드와 발트 3국이라는 내용이었다.

고민이었다. 원래 계획대로 핀란드로 넘어갈 것인가, 발트 3국 중 한 국가를 통해 갈 것인가. 몇 분을 고민한 끝에 더 이상의 추위를 경험하지 않고자 발트3국 중 하나인 라트비아를 통해 폴란드로 이동해 남하하는 새로운 이동 경로를 설정하기로 했다.

사고와 함께 감정의 격한 오르내림을 겪고 많은 우여곡절을 경험한 모스크바가 사이드미러 너머로 점점 멀어져갔다. 끝날 것 같지 않았던 거대한 대륙, 러시아에서 그간 만난 수많은 인연들이 머릿속을 스쳐 지나갔다. 작별이었다. 러시아에서 멀어질수록 복잡해지는 감정에 눈물이 났다.

라트비아로 향하는 황량한 대지는 강추위를 동반한 거친 바람만이 가득했다. 바지 4겹, 겉옷 6겹을 껴입었지만 옷을 뚫고 들어오는 냉기를 막을 순 없었다. 당일 국경을 넘어갈 요량이었지만 이미 시간은 자정을 향하고 있었고 어쩔 수 없이 국경 바로 앞 허름한 숙소에서 하룻밤을 보내고 아침 일찍 국경 검문소에 도착했다.

유럽으로 넘어가기 위해선 러시아 검문소와 라트비아 검문소를 모두 거쳐야 하며 러시아 검문소는 총 3개의 관문을 통과해야 한다. 앞차가 검문 받는 모습을 초조하게 지켜봤다.

여권과 서류를 확인하고 운전자를 차량에서 내리게 한 뒤 몸수색을 한다. 심사관은 차량 내부로 들어가 반입 불가 품목을 철저하게 검사하면서 반입 금지 품목을 찾아내 가차 없이 쓰레기통으로 던져 넣는다. 기다림 끝에 내 차례가 왔고 이미 목격한 거친 국경심사에 떨리는 마음으로 심사를 받았다.

    심사관의 말에 묶어놨던 짐을 풀고 전부 꺼내 바닥에 펼쳐놓았다. 이곳에서 그의 말은 절대적이다. 매서운 눈빛으로 물건을 하나하나 살펴본 심사관은 내 캠핑 나이프를 들어 이리저리 살펴보고 나를 다시 쳐다보더니, 별말 없이 칼을 다시 바닥에 내려놓고 1차 통과 승인을 해주었다. 세 번째 관문에서 서류 심사를 진행했다. 대략 3시간의 심사 끝에 별 문제 없이 러시아 국경 통과에 성공했다. 하지만 아직 끝이 아니다. 이제 라트비아 국경이 남았다.

    삼엄하고 긴장감 넘쳤던 러시아의 국경심사와 달리 라트비아의 국경심사는 부드러웠다. 이곳도 마찬가지로 3개의 관문을 통과하고 몇 가지 서류를 작성한다.

    마지막으로 이륜차 여행자가 유럽을 여행하기 위해 필수적으로 구비해야 하는 '그린카드'라는 차량 보험을 구입하기 위해 검문소 안의 사무실로 향했다. 어느 나라로 유럽에 들어오느냐에 따라 조금씩 다르지만 일부 국가를 제외하고 유럽의 모든 국가를 그린카드로 통행 할 수 있다. 합법이야말로 마음의 응어리를 없애주는 만병통치약

한국에서 미리 환전해둔
유로를 사용할 때가 되었다.
예정과는 달리 핀란드가 아닌
발트3국에서부터 사용하게 되었다.

이다. 두 나라의 국경을 모두 통과하기까지 약 4시간 정도 걸렸다.

드디어 입국한 유럽. 같은 땅이지만 러시아와는 사뭇 달랐다. 핀란드를 통한 북유럽행을 포기했기에 최대한 빠르게 남쪽으로 이동했다. 시베리아 대륙에서 점차 영역을 확장해가는 한기로부터 도망치고 싶었다. 때문에 조금이라도 더 빨리 남하하고자 라트비아 수도인 리가Riga로 향하지 않고 남쪽으로 향하는 길목인 다우가프필스Daugavpils로 이동했다. 다우가프필스는 유령 도시처럼 고요했다. 라트비아 제2의 도시라고 들었는데 잘못된 정보인가 착각이 들 정도였다. 때문에 빠르게 하룻밤을 보내고 사람을 찾아 리투아니아의 수도, 빌뉴스Vilnius로 향했다.

넓은 공원엔 아무도 없었다.
사람으로 북적여야 할
다운타운에서도
사람을 볼 순 없었다.

하지만 빌뉴스 또한 국가의 수도라고 하기에는 한산하기 그지없었다. 저렴한 호스텔만을 찾아 여행하다 보니 나중에 숙박업을 하면 재미있을 것 같다는 생각이 들었다. 이 생각이 실현되려면 복잡한 문제들을 해결해야 하겠지만 상상은 공짜니 마음껏 호스텔의 주인이 된 내 모습을 상상했다. 하늘에서 내 명의로 된 건물이 뚝 떨어졌으면 좋겠다.

날이 추우니 점점 밖을 돌아다니기 귀찮아졌다. 대부분의 시간 동안 스마트폰을 쳐다보며 다른 이들의 SNS를 살펴보고 핸드폰 게임을 하거나 웹툰을 봤다. 스스로가 조금 한심하게 느껴졌지만 축 늘어진 몸뚱이를 움직이는 건 쉬운일이 아니었다. 가끔은 유러피언 흉내를 내기도 했다. 숙소 라운지에 있는 난로의 온기를 쬐며 분위기를 잡고 맥주를 마시며 옆자리에 있던 여행자와 담소를 나누기도 했다. 이야기 도중에 호스텔 앞마당에서 이 궂은 날씨에 캠핑을 하는 독일인의 스토리를 잠깐 들을 수 있었다. 이 추위에 캠핑이라니 진정 여행을 즐길 줄 아는 사람인가 보다.

숙소 라운지에서
시간을 때우며
맥주와 초콜릿을 먹었다.

난로를 쬐며 창밖을 바라보는데 빗방울이 창문을 하나둘 때리기 시작한다. 아차 싶어 비가 더 세차게 내리기 전에 스쿠터를 점검하기로 했다. 풀어진 볼트가 있는지 확인하고 타이어에 공기를 채워 넣었다. 사이드박스를 탈착하고 짐을 풀어헤치니 뭔가 거창해 보인다. 호스텔 투숙객들이 창문 너머로 힐끔힐끔 쳐다보는 시선이 느껴져 전문가인 척하며 시선을 즐겼다. 나는 확실히 타인의 관심이 필요한 사람이다.

강풍을 동반한 비가 쏟아졌다. 세차게 비가 내렸지만 마당의 텐트 속 독일인은 미동조차 하지 않았다. 대단한 사람이다. 이제 한계를 극복하는 도전은 진절머리가 난다. 유럽에서부터는 무리하지 않고 천천히 이동하기로 했다. '한계 극복'이라는 여행 콘텐츠를 포기하고 가장 쉬운 '맛집 찾기'를 새로운 여행 콘셉트로 설정했다.

호스텔에만 박혀 있어 찌뿌둥해진 몸을 풀어주기 위해 올드타운으로 천천히 걸었다. 올드타운에서는 유럽으로 넘어온 이후 가장 많은 인파를 볼 수 있었다. 그중 도시 중앙 광장에 위치한 빌뉴스의 심장인 성안나 교회St. Anne's Churc 내부는 조용하고 엄숙했다. 간절하게 기도하는 사람들을 보며 무신론자인 내가 있을 곳이 아니란 생각에 그들을 방해하지 않고 조용히 성당 밖으로 빠져나왔다.

새로운 여행 주제인 맛집 탐험을 위해 왠지 끌리는 오래된 나무문으로 된 가게에 들어갔다. 직원이 입고 있는 유니폼이 리투아니아 전통 의상인지 유니폼인지 모르지만 독특한 분위기가 있었다. 동굴

발트 3국의 건축물들은 전쟁 중 대부분 파괴되어 남아 있는 것이 거의 없다고 한다.
1501년에 건설되어 아직까지 남아 있는 성 안나 교회는 고딕 양식 건축물의 대표격이다.

전통식이라는 키비나이는
감자떡 안에 고기를 넣은 음식이다.
모양새는 인상깊었지만
송편에 고기를 넣은 맛이라 생각하니
크게 새롭지는 않았다.

처럼 꾸민 입구를 지나 나무와 볏짚으로 멋들어지게 장식된 지붕의 식당 한편에 자리를 잡고 전통음식을 주문했다. 식사를 마치니 직원이 다가와 고급스런 나무 상자에 영수증을 담아줬다. 꽤 만족스러웠던 식사의 가격은 12유로였다. 동유럽 물가는 전반적으로 저렴하다.

숙소 직원에게 유럽 전역에서 사용할 수 있는 유심칩이 있다는 이야기를 듣고 그동안 답답했던 인터넷 문제를 해결하기 위해 핸드폰 가게에 방문했다. 16GB를 16유로에 구입했다. 호스텔로 돌아와 직원에게 유심칩 사용법을 물어봤다. 데이터를 구매하고 나면 해당 핸드폰으로 문자가 전송되는데 가게에서 받은 종이에 적혀 있는 번호와 문자를 입력해서 전송하면 데이터가 충전 되는 개념이라고 한다. 정확하게 이해하진 못했지만 인터넷 연결을 확인하고 안심했다.

유심칩을 사고 오는 길,
밤에 다시 만난
성 안나 교회는
낮과는 다른
아름다움이 있었다.

트리카이 성안은
입장료를 지불해야
들어갈 수 있다.

스쿠터를 타고
내부로 진입할 수 없어
입구에 스쿠터를 잠시 세웠다.

남쪽으로 향할수록 기온이 조금씩 따듯해지는 게 느껴졌다. 리투아니아를 빠져나가기 전 아쉬운 마음에 트리카이Trakai라는 고대 성채에 들렀다. 성채 입구에 들어서니 예전에 재미있게 플레이했던 '마운틴 앤 블레이드'라는 게임이 생각난다. 게임을 플레이 할 당시에는 사진과 같은 성을 매일 쳐들어가서 성을 빼앗고 약탈하곤 했는데 게임 속에선 성의 영주였지만 지금은 집 없이 떠도는 유랑민 신세라는 것에 웃음이 새어 나왔다.

성안으로 들어가니 유치원생들이 선생님의 지도에 따라 모국의 역사를 배우고 있는 모습을 볼 수 있었다. 학생 시절 경주로 따분한 수학여행을 갔던 기억이 스쳐 지나간다. 저 아이들은 지금 진지하게 역사를 공부하고 있을까.

이동하던 중 리투아니아의 무인 주유소에서 작은 해프닝이 있었다. 10유로를 넣고 5유로를 날려먹은 것이다. 당연히 잔돈을 거슬러 줄줄 알았는데 리투아니아의 자동 주유소는 잔돈을 돌려주지 않는 시스템이었다. 혹시나 해서 옆에 있던 아주머니에게 물어보니 원래 그런 거라 알려준다. 안 그래도 가난에 허덕이는 마당에 5유로를 주유소 기계에게 헌납하고 말았다.

유럽의 국가들은 다닥다닥 붙어있어서 나라 간 거리가 그리 멀지 않았다. 때문에 이동하다 보면 얼마 지나지 않아 다른 나의 국경을 쉽게 통과할 수 있는데 쉥겐 조약*을 맺은 국가끼리는 국경을 운영하지도 않았기에 나라를 이동하는 게 더더욱 실감나지 않았다. 폐쇄된 검문소들만이 이곳이 과거에 국경이었다는 사실을 알려준다. 건물이 폐가처럼 방치되어 있는 것이 흉흉한 분위기를 풍기지만 평화를 상징하기도 한다는 게 모순같이 느껴졌다. 우리나라는 언제쯤 이렇게 자유로이 국경을 통과할 수 있을까.

* 쉥겐 조약(Chengen Agreement): 국경에서의 검문검색 폐지 및 여권검사 면제 등 인적 교류를 위해 국경철폐를 선언한 국경개방조약을 말한다. 1985년 6월 14일 유럽연합(EU) 회원국 가운데 독일·프랑스·베네룩스 3국 등 5개국이 국경을 개방하고 정보를 공유하기로 한 국제조약을 룩셈부르크 쉥겐에서 선언한 데에서 유래한다.

별다른 심사없이 국가를 넘어 폴란드에 들어와 계속해서 이동했
다. 태양은 구름 속에 가려 모습을 감추었고 숲속에서 달리니 다시
기온이 떨어졌다. 러시아에 있을 때만큼은 아니지만 그래도 춥긴 춥
다. 폴란드는 거센 바람의 나라였다. 숲길을 빠져나가 탁 트인 도로
에 도착하니 바람이 좌우로 거세게 불어오며 스쿠터를 때렸다. 바람
이 찢어지는 매서운 소리와 함께 들이닥친 강풍은 온몸을 강타했고
성난 파도 한가운데의 나룻배처럼 몸이 바람에 휘청거리며 좌우로
크게 흔들렸다. 저항을 줄이고자 스쿠터에 납작 달라붙어 핸들을 잡
은 양팔에 힘을 꽉 줬다. 정신차리지 않으면 도로 밖까지 밀려날 정
도의 강한 바람이었다.

　하루 만에 바르샤바에 도착할 생각이었지만 무리였다. 목적지를
바꿔 인근의 비아위스토크Bialystok로 핸들을 틀어 도시 내의 대학교
기숙사와 숙소를 병행하는 곳에서 하룻밤을 머물렀다. 처음 보는 폴

폴란드에 들어와
빽빽한 침엽수림 사이로
도로를 타고
한참을 달렸다.

란드 엘리베이터의 모습은 조금 놀라웠다. 문을 직접 열어서 타는 방식인데 자칫하면 안으로 낙사할 수도 있는 구조였다. 타는 방법을 몰라 이것저것 버튼을 눌러보고 있었는데 수업이 끝난 대학생 친구들이 이용을 도와줬다. 폴란드어를 사용하는 그들에게 멋쩍게 웃으면서 "땡큐."라고 말하며 고마운 마음을 전했다.

체크인을 하던 중 알게 된 사실인데 폴란드는 유로화 사용 국가가 아니었다. 천만다행으로 카드도 가능한 숙소라 당장 하루는 문제가 없었지만 식사가 문제였다. 지갑엔 유로밖에 없고 배는 고프고 폴란드어는 모르고. 카드 결제가 가능한 식당을 찾아 한참을 돌아다니며 "카드 오케이?"라는 말을 몇 번이나 반복했다. 러시아를 떠나며 무엇이든 포기하지 말자고 다짐했기에 쉽지 않았지만 카드 결제가 되는 식당을 찾기 위해 노력했다. 마침내 카드도 받아주는 저렴한 뷔페식 식당을 찾았다. 식당 안에서 방황하는 10대처럼 보이는 청소년 무리들이 나를 힐끗힐끗 쳐다봤다. 하지만 배가 고팠기에 개의치 않고 열심히 밥을 먹었다.

비수기였기에 6인실 도미토리는 내 차지였다. 공용 화장실에서 샤워를 하며 밀린 빨래를 했다. 저렴하고 편안한 숙소였지만 와이파이가 없어 답답했다. 그리고 이유는 알 수 없었지만 분명 유럽 전역에서 사용 가능하다고 들었던 유심칩은 먹통이었다. 인터넷을 쓸 수 없어 미리 숙소를 찾아보지 못했지만 어떻게든 될 거란 심정으로 다음날 무작정 바르샤바로 향했다.

바르샤바

폴란드

폴란드에선 정말 바람과의 싸움이었다. 뒤에서 바람이 불어오면 속도가 조금 오르고 앞에서 불어오면 시속이 60㎞까지 떨어지기도 했다. 바람에 이동을 제한 당할 줄은 몰랐다. 답답했지만 신기한 경험이었다. 언제 이런 경험을 해보랴. 바람 때문인지 이상하게도 바르샤바로 향하는 길에 사고 차량을 많이 목격했다.

그중 한 사고는 내 앞에서 "쾅!" 하는 큰 소리와 함께 정말 순식간에 벌어졌는데 바로 스쿠터를 세우고 사고 현장으로 달려갔다. 여태 도움만 받고 다녔는데 나도 누군가에게 도움을 줄 수 있는 기회였다. 다행히 운전자는 많이 다치지 않았지만 찰과상을 입어 가지고

있던 붕대로 상처를 감싸줬다. 운전자는 모스크바에서의 나처럼 많이 놀란 상태였다. 뒤에 멈춰 있던 차량 운전자에게 가서 119 같은 곳에 전화를 해달라 했지만 표정이 시큰둥했다. 다친 운전자를 도로 밖까지 안내해 잠시 앉아 휴식을 할 수 있게 도왔고 다른 폴란드인들이 현장으로 다가오는 걸 확인하고 자리를 빠져나왔다. 자기만족이었지만 굉장히 뿌듯했다.

강풍과 비를 뚫고 도착한 바르샤바. 오는 내내 비를 맞아 몸의 체온이 많이 떨어져 있었다. 도시를 배회하다 발견한 호스텔 간판을 보고 무작정 들어가 덜덜 떨며 카운터의 직원에게 예약을 못했는데 숙박을 하고 싶다고 이야기했다. 헬멧을 벗고 여권을 보여준 다음에야 경계를 푼 직원의 안내를 받아 방에 들어올 수 있었다.

유로화를 받지 않는 폴란드를 통해 유럽에서도 유로화를 안 쓰는 국가가 있다는 걸 알았다. 인터넷으로 유로화를 사용하지 않는 나라를 찾아보며 이동 루트를 새롭게 짰다. 교체 주기를 한참 뛰어넘은 엔진오일도 갈아줄 때가 됐다. 숙소에서 연결된 와이파이로 검색을 시도한 끝에 근처에 큰 혼다 매장이 있음을 확인하고 3㎞ 정도를 걸어 매장에 도착했지만 시간이 늦어 내일 다시 오라는 싸늘한 대답에 발걸음을 돌려 허망하게 숙소로 돌아왔다.

와이파이가 잘 터지는 라운지에 앉아 핸드폰을 하다가 러시아 뉴스 채널을 보고 있는 남자들에게 반가운 마음에 말을 걸었다. "나도 러시아에서 막 넘어 왔습니다!" 하지만 그들은 우크라이나 사람이었다. 한 명은 공부, 다른 한 명은 출장 때문에 이곳에 머무르는 중이었다. 너는 어떤 일로 여기에 왔냐는 물음에 나름 파란만장했던 러시아 모험담을 그들에게 들려주니 스쿠터를 구경하고 싶다 했다. 으쓱 거리며 지하 주차장으로 내려가 스쿠터를 자랑했다.

다음 날, 예정대로 혼다 센터를 재방문했다. 문을 열고 들어가니 직원들이 일제히 나를 쳐다보는데 어제 못 보던 사람들도 있고 왠지 어수선하다. 대뜸 내게 다가온 안경 쓴 아저씨가 잠시만 시간을 내달라고 한다. 이유인 즉슨, 어제 센터에 방문했을 때 카운터의 직원과 잠깐 수다를 떨며 여행 동안 겪은 에피소드 몇 개를 들려준 게 퍼져 혼다 마케터의 귀에 들어가 인터뷰를 하는 상황으로 발전된 것.

이 계절에 지구 반대편에서 혼다 스쿠터를 타고 폴란드까지 온 내가 그들에게 큰 이슈였던 모양이다. 나와는 비교도 안 될 정도로 대단한 정신 나간 사람들을 만나고 온 터라 이런 거창한 인터뷰를 내가 해도 되나 싶었지만 속으론 매우 들떠 있었다.

인터뷰는 통역가와 나, 마케터, 이렇게 셋이서 진행됐다. 긴장되

엔진 오일을
사러 왔다가
뜻밖의 좋은 추억을
만들었다.

었지만 스스로의 이야기에 심취해서 조금 과장을 하기도 하며 신나
게 여행기에 대해 떠들었다. 마케터는 나중에 본인이 쓴 인터뷰 내
용을 꼭 읽어 봐 달라고 하며 홈페이지의 링크를 알려줬다. 인터뷰
의 조건은 엔진오일 무상 제공과 간단한 스쿠터 점검이었다. 인터뷰
가 끝나고 혼다 로고가 있는 장소에서 기념촬영을 하는 것으로 일정
을 마무리하고 기분 좋게 숙소로 돌아왔다.

　크라스노야르스크에서 여권을 잃어버리고 모스크바에서 사고가
났을 때 그토록 원망하고 버리고 싶었던 스쿠터가 이곳에선 자랑거
리다. 힘들 때는 버리고 싶고 좋은 일을 겪으니 지금은 타고 오길 잘
했다는 생각을 하는 내가 참 간사하게 느껴졌다. 버리고 싶다고 그
렇게 난리를 치더니 이제와선 좋다고, 자랑스럽다고 하다니.
　인터뷰를 하고 나니 뭐라도 된 사람처럼 어깨에 힘이 들어간다.
엔진오일을 교체하고 바로 떠날 예정이었지만 폴란드에 머물면 좋
을 일이 더 생길 것 같아 바르샤바에서 322㎞ 떨어진 곳인 카토비체
Katowice를 다음 목적지로 설정하고 투숙을 하루 더 연장하여 도시 구
경도 하기로 했다.

모스크바에서의 트라우마로 도심에서 스쿠터를 타는 건 자제하기로 했기에 대신 트램을 타고 번화가로 이동했다. 역사에서 티켓을 구매해 트램에 올라탔지만 아무도 티켓을 검사하지 않았다. 탑승자의 양심에 맡기는 시스템인가 보다. 트램은 도로 한복판의 레일을 따라 중심지로 이동했다.

창밖으로 바르샤바 중심지에 우뚝 선, 러시아에서 지어줬다는 문화과학궁전Palace of Culture and Science이 보였다. 도시의 상징인 궁전은 거창한 타이틀과는 달리 현지인의 미움을 사고 있었다.

이유가 궁금해 인터넷으로 건물의 역사에 대해 조금 알아보니, 1950년대에 스탈린이 사회주의와 소련의 힘을 과시하기 위해 폴란드에 '선물'했다고 한다. 이후 2차 세계대전이 벌어졌고 전쟁 끝에 폴란드는 자유를 쟁취했지만 지금까지도 남아 있는 소비에트 시절, 지배의 상징인 문화과학 궁전은 폴란드인들에게 혐오스런 건축물이란 설명이었다. 우리나라만큼이나 폴란드도 아픔이 많은 나라였다.

트램은
무인 발권기에서
티켓을 구매하여
탈 수 있다.

　　트램에서 내려 호스텔 직원이 추천한 폴란드 전통식 레스토랑에 도착했다. 스타터로 나온 육회 같은 음식은 조금 비릿했지만 못 먹을 정도는 아니었다. 쥬렉Żurek이라는 스프였는데 후추향이 강하게 풍겼다. 메인으로 등장한 커다란 슈니첼schnitzel은 소스 없이 먹는 돈까스와 같은 맛이었다. 폴란드 전통식은 쉽지 않은 도전이었다. 그럭저럭 식사를 마치고 소화를 위해 텅 빈 공원을 걷다가 도착한 올드타운은 2차 세계대전 이후 많은 건물이 파괴된 것치곤 꽤나 멀쩡해보여 인터넷으로 확인해보니 다시 재건된 건물들이었다.

　　올드타운 거리에는 관광객들도 많았지만 유독 견학 중인 학생의 무리가 많았다. 학생들의 진지한 모습에서 그들의 아픈 역사를 잊지 않으려는 진지함을 느낄 수 있었다. 아직 유럽의 모든 나라를 여행

코페르니쿠스 동상.
지동설을 주장했지만
당시에 정신병자 취급을 당했던,
시대를 잘못 타고난 천재는
폴란드 사람이었다.

하진 못했지만 유럽 국가들은 과거부터 이어져온 그들의 역사를 보
존하기 위해 많은 시간과 노력을 함을 알 수 있었다. 점점 더 높은 빌
딩이 빽빽이 들어서는 우리나라와는 다른 모습이었다. 역사를 잊은
민족은 앞으로 나아갈 수 없는 법인데 말이다.

　그렇게 사람의 향기가 그립다고 울부짖었으면서 군중 속에서 어
색함을 느끼고 거리의 외진 곳으로 발걸음을 옮겼다. 홀로 떠나온
여행이기에 사람과 잘 어울리는 방법을 잊어버린걸까. 대인관계는
언제나 큰 숙제였다. 아래로 이어진 깊은 골목길을 내려갔다. 새로
운 모험을 안겨줄 것 같은 골목길 끝에 다다랐지만 아무 일도 일어
나지 않았다.

　무료하게 거리를 걷다 사람들이 모여 있는 장소에서 걸음을 멈췄
다. 작은 공터의 중심에는 몸집만 한 하프를 연주하는 여성이 있었
다. 아름답지만 구슬프게도 들리는 선율에 발걸음을 잠시 멈추고 연
주를 감상했다. 마지막으로 2차 세계대전 당시 전사자들을 기리는
꺼지지 않는 불꽃을 감상하며 바르샤바 여행을 마무리 했다.

중심지를 지나 좀 더
안쪽으로 향하여 만난 광장.

영화에서
나올 것 같은
유럽의 거리를
직접 걸으니 기분이 묘했다.

초대

폴란드

초이와 함께 하지 않은 걸 후회했다. 공연이 끝난 후 공허한 무대 위에 남겨진 사람처럼 마음이 공허하고 무기력하다. 강해지기로 마음 먹었지만 초이와 함께했던 새로운 만남과 즐거운 추억이 자꾸만 눈 앞에 아른거렸다. 채워지지 않을 갈증을 느끼며 폴란드의 남단, 카토비체Katowice에 도착해 거리를 배회하다 적당한 식당으로 들어가 대충 끼니를 때웠다.

국경 인근에 도착하니 체코와 슬로바키아 중 하나를 택해 남쪽으로 이동하는 2가지 선택지가 생겼다. 어느 나라를 통할지 쉽사리 결정을 내리지 못했다. 하루만 더 고민해보고 루트를 결정하기로 했

카토비체에서의 식사.
야채를 감싼 후
구운 고기 롤과 함께 곁들여진
반원 모양의 떡.
유럽에서 떡을 먹는 건
조금 재미있는 경험이었다.

다. 카토비체 바로 옆 동브로바고르니차Dąbrowa Górnicza의 저렴한 숙소로 옮겨 생각하는 시간을 가지기로 했다. 동브로바고르니차는 저렴한 숙소 값을 제외하면 별 볼 일 없는 동네였다. 언제나 그렇듯 비수기라 도미토리를 신청해도 큰 방 전체를 전세 낸 듯 이용할 수 있었다. 좋기도 하지만 한편으로는 말벗이 없어 쓸쓸하기도 하다. 무료함을 달래기 위해 텅빈 도미토리를 나와 새로운 만남을 기대하며 근처의 공원으로 향했다.

도착한 공원의 주차장에는 오토바이 동호회로 보이는 사람들이 모여 담소를 나누고 있다. 그들과 함께 이야기하고 싶었지만 선뜻 용기가 안 나 먼저 말을 걸어주길 기다리며 주변을 서성였다. 타인의 선의에 기대려는 나쁜 습관이 생겨버린 것 같다. 좀처럼 다가오지 않는 그들을 보며 서성거리길 포기하고 공원 벤치에 앉아 앞으로의 이동 경로에 대해서 생각했다.

앞으로 어떻게 해야 할까. 욕심을 좀 내자면 폴란드에서 그리스로 향한 뒤 서부 해안선을 따라 이탈리아로 이동, 스위스를 거쳐 독일 북부까지 올라갔다 프랑스를 통해 스페인, 포르투갈까지 이동하는 방법도 있고 남부 해안선만을 따라 포르투갈로 가서 모로코로 넘

어가는 방법도 있다. 아직 아무도 시도해보지 못했다는 포르투갈에
서 미국으로 넘어가는 루트도 생각했다. 만약 미국으로 넘어가 지구
한 바퀴를 돌면 유명인이 될 수 있을까 하는 즐거운 상상을 해보기
도 했다.

공원의 사람들을 관찰하던 중, 다들 손에 핫도그를 한 개씩 들고
있음을 알아채고 맛이 궁금해 아무 생각 없이 핫도그만을 먹을 생각
에 줄을 섰다. 차례가 되어 금액을 지불하려다 폴란드 화폐가 없다
는 사실을 뒤늦게 깨달았다. 그야말로 멍청이의 표본이다.

빈손으로 돌아와 사람들이 핫도그를 먹는 풍경을 멀리서 구경했
다. 쳐다보던 걸 들켰는지 웬 할머니가 나를 보곤 자리에서 일어나
이쪽으로 걸어오기 시작했다. 밥 먹는데 왜 쳐다보냐며 한소리 들
을 걱정에 죄송하다고 말할 준비를 하고 있는데 핫도그가 먹고 싶냐
고 물으신다. 내가 보내는 긍정의 눈빛을 본 할머니가 가게로 향하
더니 조금 실랑이를 벌인 후 핫도그와 음료를 가져와 내게 주었다.
할머니는 가게 주인의 행동에 곤경에 처한 가난한 이를 외면하는 것

은 역사를 잊어버린 자의 수치스러운 행동이라며 크게 화를 냈다(나중에 들은 내용이다). 가난한 건 맞는데 그 정도로 심각한가 싶어 입고 있던 옷을 보니 할머니가 바라본 내 이미지에 대해 빠른 수긍을 할 수 있었다. 내가 봐도 참 꾀죄죄한 몰골이다.

베풀어주신 친절은 감사했지만 진짜 거지는 아니기에 유로화라도 드리고 싶었지만 단호하게 거절당했다. 이 공원에 자주 오지만 너 같은 동양인은 처음 본다며 어떻게 여기까지 오게 됐는지 설명이나 해달라는 할머니에게 마침 바르샤바에서 했던 인터뷰 내용이 적힌 웹사이트가 생각나 인터뷰 기사를 보여줬다. 내용이 꽤 흥미로웠는지 자기 집에서 식사를 하고 가라는 할머니의 말을 함께 온 손녀를 통해 영어로 들을 수 있었다. 초이를 만나기 전이었다면 머릿속이 불신으로 가득 차 혹시 해코지를 당할까 의심하며 단호히 거절했을 테지만 이젠 다르다. 그녀를 만난 이후 항상 기억하는 말이 있기 때문이다.

"현지인의 초대는 반드시 응해야 한다!"

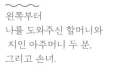

왼쪽부터
나를 도와주신 할머니와
지인 아주머니 두 분,
그리고 손녀.

버섯을 갈아 넣은
농후하고 깊은 맛의 스프를
먼저 먹었다.

큰 접시에 담겨져 나온
각종 요리들을
개인 접시에 덜어먹었다.

마야가 제일 좋아한다는
망고와 키위,
사과를 섞은 맛의 주스는
묘하게 끌리는 맛이다.

할머니의 손녀는 비록 할머니와 따로 살고는 있지만 할머니가 적적하시지 않게 종종 놀러온다고 한다. 올라 할머니는 음식 준비에 여념이 없다. 뜻밖의 초대지만 두 번 다시 없을 이 순간을 온몸으로 느끼고자 마음먹었다.

올라 할머니의 취미는 여행과 외국어 공부다. 무려 6개 국어가 가능한 능력자다. 제 7의 언어로 영어를 공부 중인 할머니에게 학교에서 영어를 배우는 마야가 내 말을 대신 전달해주었다. 할머니가 직접 만들어 주신 커피를 마시며 즐겁게 이야기를 나누다보니 뉘엿뉘엿 해가 저물고 있어 슬슬 일어나겠다고 했다.

잠시 기다려 달라는 할머니는 어디론가 전화를 걸었고, 10분 뒤에 마야의 부모님이 나타났다. 마야의 부모님은 혹시 잘 곳이 없으면 집에서 하룻밤 머물고 가라 제안했다. 민폐이지 않을까 싶었지만 텅 빈 쓸쓸한 호스텔에서 또 하루를 보내고 싶진 않았다. 이미 예약해둔 숙소의 숙박 취소는 불가능하여 오늘은 숙소에서 머물고 다음 날 다시 오기로 했다.

마야의 집은 멋진 전원주택이었다. 얼마나 일해야 죽기 전에 이런 멋진 집을 살 수 있을까. 마야의 집에선 성대한 음식들을 대접받았다. 요리의 주인공인 마야의 아버지에게 레스토랑을 차리면 대박 날거라고 이야기하니 이미 주변에서 많이 듣는 이야기라고 으쓱한다. 그들은 처음 만난, 일면식도 없는 나를 가족처럼 따뜻하게 대해 줬다.

식사를 대접받은 다음날에 전날 먹은 음식에 대한 보답으로 그들에게 요리를 만들어주기로 했다. 마트에서 장을 보고 오겠다 하니 다 함께 가자고 해서 승용차에 5명이 옹기종기 앉아 마트로 이동했다.

멀지 않은 거리의 마트로 이동하던 중, 창밖으로 보이는 성채에 대한 설명과 함께 마을의 역사와 전설에 대한 이야기를 들을 수 있었다.

'탐욕스런 왕은 노동자들로 하여금 커다란 성을 건설하라고 명령했다. 고생 끝에 성을 완공한 노동자들은 대가를 요구했다. 왕은 열심히 일해준 노동자들에게 아무것도 주고 싶지 않았다. 무례하다며 목숨이 아까우면 어서 이곳을 떠나라고 오히려 화를 내는 왕의 이기심에 분노한 노동자들은 마을을 떠나 마녀를 찾았다. 노동자들은 마녀에게 사주하여 왕이 세상에서 가장 고통스러울 수 있도록 저주를 걸어줄 것을 부탁했다. 마녀는 왕이 가장 절망할 만한 저주를 걸

제2차 세계대전 때
성채의 중심 탑을 제외한
90%가 파괴되었다고 한다.

었고 이를 모르는 왕과 그의 가족은 의기양양하게 성문으로 향했다. 입구로 들어서는 순간 성벽이 무너지며 왕을 제외한 가족 전부가 거대한 돌에 깔려 죽고 말았다. 눈앞에서 가족이 돌에 깔려 죽는 모습을 본 왕은 실성하여 머리를 밀고 산속으로 들어가 승려가 되었다.'

이 이야기를 바탕으로 성이 위치한 지역의 명칭은 왕족을 상징하는 '밴진', 그리고 마을에서 쫓겨난 노동자들이 살았던 반대쪽 지역은 노동자를 상징하는 '끼에르'라고 불린다고 한다.

그들에게 음식이 나올 때까지 편하게 쉬어달라고 말했다. 율리아가 옆에서 같이 도와주고 싶다고 하여 재료 정리를 부탁했다. 호평

가지런히 정리된
재료와 식기에
율리아의 꼼꼼함이 묻어난다.

열정이 많이 식은
무미건조한 상태인 와중에
그들의 따뜻한 환대는
나에게 크나큰 선물이었다.

일색이었던 불고기에 새로운 메뉴를 추가해 불고기와 야채파전 그리고 쌈을 준비했다. 매운 음식을 잘 먹지 못하는 그들의 입맛을 고려한 선택이었다. 음식을 만들며 자취 7년차인 내 안에 잠재됐으리라 믿은 요리실력이 지금 이 순간 눈 뜨길 기도했다.

예상보다 재료 손질에 시간이 걸려 1시간 반 만에 야채파전 3장과 불고기 업그레이드 버전을 만드는 데 성공했다. 반응은 나쁘지 않았다. 음식을 통해 문화를 전도하니 내 문화에 대한 자부심이 생긴다.

식사 후 거실에 모여앉아 디저트를 먹으며 다양한 주제로 이야기를 했다. 특히 아이들은 미래에 대한 고민이 많았는데 주로 본인들의 미래와 삶에 대한 방향성에 대해 깊은 고민을 하고 있었다. 그들과 똑같은 나이에 스스로의 의지도 없이 왕따를 피하고자 또래 집단에 소속되기 위해 온갖 비열한 짓을 일삼았던 과거가 생각났다. 부끄럽고 창피한 청소년기다.

밤늦게까지 대화를 이어가다 포켓몬 고를 하다 잠든 율리아를 보고 남은 사람들도 슬슬 잠자리에 들기로 했다.

다음날인 월요일. 다들 출근 준비로 바쁘다. 폐를 끼치고 싶지 않아 이른 새벽 일어나 조용히 떠날 준비를 했다. 가족들도 하나둘 거실로 나와 하루를 시작할 준비를 한다. 서둘러 출발하려는 나에게 차 한 잔과 여행 때 먹으라며 샌드위치를 내어주는 그들. 뒤에서 쭈뼛쭈뼛 서있던 율리아에게 자신이 좋아하는, 두 손에 꼭 쥐고 있어 손가락 모양으로 녹아버린 킨더 초콜릿도 받았다. 머나먼 타국에서 가족의 따듯함을 선사해준 그들에게 훗날 선물을 한가득 들고 다시 찾아오겠다고 약속했다.

스침

체코 & 오스트리아 & 헝가리 & 세르비아

비는 일상이다. 어차피 피할 수 없다면 받아들이자. 아직 많이 쌀쌀한 날씨였지만 폴란드에서 얻은 따뜻한 추억 덕분에 추위를 개의치 않을 수 있었다. 브루노brno는 체코에서 제2의 도시다. 값진 경험을 몇 차례 하고 나니 웬만한 자극으로는 별 느낌이 없었다. 역사적인 건물과 도시, 그리고 그곳의 사람들은 그저 스쳐 지나가는 '누군가'의 당연한 일상일 뿐이다.

브루노에서 슈바인학센Schweinshaxe이라는 음식을 먹었다. 맛은 있었지만 족발과 큰 차이는 없었다. 기대 이상으로 익숙한 맛의 슈바

슈바인학센은
독일의 돼지고기 요리다.

인학센에 금세 흥미를 잃고 거리를 조금 구경하다가 아무도 없을 호
스텔로 돌아갔다. 불이 꺼져 있어야 할 호스텔의 불이 켜져 있었고
인기척이 느껴졌다. 놀랍게도 인기척의 주인공은 큰 배낭을 멘 한
국인이다. 프라하도 아닌 이런 작은 마을에 관광객이 있을 리 만무
한데 왜 그녀가 여기에 있는지 의아했다. 대학을 휴학하고 배낭여
행 중인 예솔은 브루노에 일주일이나 머무르는 중이었다. 그 정도의
매력이 이 마을에 있는지 물어보니 그건 아니라고 운을 띄우며 그간
겪은 일을 설명하기 시작했다.

　마을을 떠날 준비를 하고 있었던 늦은 밤, 골목길에서 마을 불량
청소년들이 인종차별을 하며 시비를 걸기 시작하더니 나중에는 강
제로 금품까지 갈취하려 했다고 한다. 그녀는 위험한 그 순간 기지
를 발휘해 목에 건 호루라기를 있는 힘껏 불며 호스텔로 도망쳤다.
이후 그 기억이 트라우마가 되어 마음이 진정될 때까지 숙박을 연장
하고 한동안 호스텔 안에 틀어박혀 있게 됐다는 내용이었다. 예솔은
오늘에서야 용기를 내어 다른 나라로 이동하는 버스 티켓을 예약하
고 왔는데 내가 들어왔다며 한국인을 만나서 반갑다고 했다.

　아직 대학생인 예솔은 자기 몸집보다 2배는 되어 보이는 큰 배낭에 태극기를 자랑스럽게 달고 동유럽 이곳저곳을 여행 중이었다. 동유럽에서 어디가 좋은 여행지냐는 그녀의 질문에, 좋은 추억이 깃든 폴란드의 바르샤바와 러시아의 시베리아 횡단열차를 그녀에게 추천해주었다.

　호스텔 부엌에서 이야기를 나누다가 마침 그녀는 라면이, 나는 고추장이 필요하여 서로 가진 물건을 교환하기도 했다. 호스텔에서 간단히 끼니를 때우며 예솔이 겪은 인종차별 비화를 듣고 있자니 마을에 대한 부정적인 선입견이 생겨 다음날 아침, 이곳을 떠나기 위해 그녀가 가는 길과는 반대 방향인 오스트리아로 향했다.

　하늘에서는 연일 비가 쏟아졌다. 비가 그치길 기다리고자 비엔나 Vienna에서 4박 5일의 체류 일정을 잡았다. 처음 이틀은 호스텔 밖으로 한 발자국도 나가지 않았다. 그저 SNS를 통해 다른 이의 소식을 접하고 그들의 삶을 염탐했다. 유튜브나 블로그에 올라와 있는 다른 사람들의 여행은 즐거워 보이는데 난 그 정도로 즐겁지가 않았다. 그들과 난 뭐가 다른 걸까?

초이가 모스크바에서 카우치 서핑을 하던 게 부러워 오스트리아에서 카우치 서핑에 도전했다. 프로필에 그나마 제일 잘 나온 사진을 사용하고 '나'를 열심히 홍보했다. 20번 넘게 메시지를 보냈지만 그나마 3번 정도 거절의 답변을 받았고 나머지는 답장조차 없었다. 블라디보스토크에서 만난 세계여행을 준비중인 친구 덕현이가 미국을 여행하며 나체주의자의 집에 카우치 서핑을 성공해 홀딱 벗은 채 와인 잔을 든 사진을 보내며 자랑하던 게 생각났다. 그에 반해 나는 남자에게도 인기가 없는지 연락이 한 통도 오지 않았다.

어플을 삭제하려는 버튼을 누르려는데 불쑥 울리는 문자 알람. 숙소 공유는 아니지만 비엔나를 함께 투어할 일행을 구한다는 내용의 글에 문자를 보내 놓았는데 답장이 온 것이다. 일행을 모집 중인 알베르토와 간단하게 문자를 주고받고 4시쯤 비엔나 중앙 광장의 맥도날드에서 만나기로 약속을 잡았다.

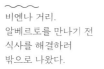

비엔나 거리.
알베르토를 만나기 전
식사를 해결하러
밖으로 나왔다.

직원 본인이
가장 좋아하는 메뉴라며
추천해 준 메뉴.

들뜬 분위기의 식당에선 무언가를 기념하기 위해 고급져 보이는 위스키를 술잔에 따르고 있다. 오늘의 첫 번째 손님인 내게도 한 잔 건넨다. 잘 모르지만 분위기에 편승해 어떤 기념일을 함께 축하했다. 오스트리아는 독일어를 사용한다. 아는 독일어라곤 구텐탁뿐이기에 말을 하는 일은 거의 없었다. 이 세상 모든 언어를 능숙하게 구사할 수 있다면 얼마나 좋을까 싶다.

약속한 장소인 맥도날드에서 알베르토를 만났다. 마른 체형에 멋들어지게 수염을 기른, 크고 아름다운 초록색 눈을 가진 사내였다. 그는 역사와 예술에 관심이 많았다. 식견이 넓은 알베르토의 설명을 들으며 '비엔나'에 대해 조금씩 알아가는 시간을 가졌다. 역사 깊은 건물에 대한 이야기를 들으며 거리를 걷던 중 또다시 내린 비를 피해 가장 가까운 박물관으로 향했다.

우리와 같은 이유로 거리에 있던 모든 사람들이 박물관으로 밀려들어왔고, 마치 재래시장처럼 발 디딜 틈 하나 없을 정도로 실내는 인산인해였다. 알베르티나 박물관Albertina Museum에는 무식자도 어디선가 한 번쯤 봤을 법한 고흐의 〈별이 빛나는 밤〉, 피카소의 〈우는 여인〉과 같은 유명한 미술품들이 즐비하다. 그는 미술품 하나하나를 시간을 들여 음미했다. 그를 따라하며 전시된 그림들을 봤지만 그림은 그림일 뿐이었다. 그에게 지루함을 들키지 않으려고 관람에 열중하는 척하는 건 쉽지 않은 일이었다. 관람 중인 그를 방해하지 않기 위해 묵묵히 안내된 복도를 걸어가면서 그가 그림을 보며 무엇을 얻고 어떤 생각을 하고 있을지 궁금했다. 왜 나는 그처럼 미술품을 통해 무언가를 얻을 수 없는 걸까.

마침내 감상하는 척 흉내 낸 효과가 나타났다. 박물관 3층에 중세시대 인물화 하나가 시선을 사로잡는다. 도저히 그림이라고는 설명하기 어려운, 마치 살아 있는 소녀가 액자 안에 들어가 있는 느낌이었다. 최소 300년도 더 된 인물화지만 사진보다 더 사실적인 질감과 입체감이 느껴졌다. 이상하고 오묘한 느낌의 인물화였다.

액자 속 소녀는
웃고 있었지만
표정에 슬픔이 비춰진다.

관람을 마치고 박물관을 나와 바로 앞 유명하다는 소시지 노점에 가서 소시지를 사먹었다. 쏟아지는 비에 아랑곳 하지 않고 우산도 쓰지 않은 채 많은 사람들이 줄을 서있었다. 작은 천막 밑에서 먹는 소시지는 스모크 향이 밴 빗물 맛이었다.

세 군데의 박물관을 더 들러서 어정쩡하게 그의 흉내를 내며 미술품을 인상 깊게 관람하는 척을 마무리한 후 처음 만난 맥도날드에서 헤어지기 전 그에게 카우치 서핑에 대한 자문을 구했다. 어떻게 해야 성공률을 높일 수 있는지 궁금했다.

비엔나에서 카우치 서핑으로 2주 넘게 체류 중이라는 그에게 뜻밖의 이야기를 들을 수 있었다. 그는 게이이며 집주인은 평소에 알고 지내던 게이 친구의 소개로 만났다는 내용이었다. 그래서 상대적으로 수월했다고 설명하는 알베르토. 그래도 가장 중요한 것은 공통 관심사를 가지고 어필하는 것이라고 한다.

알베르토 덕분에 나는 문화 예술에 대한 조예가 없다는 명확한 사실을 깨닫고 그와 헤어진 뒤 숙소로 돌아왔다.

알베르토와
알베르티나 박물관
앞의 동상들.

비엔나에 머무는 내내 비가 내렸다. 숙소에서의 일상은 단조롭다. 핸드폰을 하다 잠들고, 라운지로 나와 서성이다 맥주 한 잔 하다 잠들고, 가끔 만나는 같은 방의 여행자와 간단한 대화를 하는 게 전부다. 비엔나를 떠나기 전 마지막 날 밤. 너무 오랫동안 틀어박혀 있었는지 좀이 쑤셔서 도시에선 스쿠터를 끌지 않겠다는 스스로의 다짐을 어기고 과감하게 밤거리를 나서기로 했다.

마침내 그친 비에 방구석에서 온종일 검색한 비엔나의 관광지인 쇤브룬 궁전Schonbrunner Gardens과 슈테판 대성당Stephansdom을 보러 출발했다. 후회를 남기지 않으려면 뭐라도 해야 한다.

슈테판 대성당은 여태 본 성당 중 가장 거대했다. 1800년대에 건설되어 파괴되지 않고 아직까지 모습을 이어오는 도시의 상징이라고 한다. 핸드폰 카메라로 다 담을 수 없을 정도의 성당 규모는 관광객들을 압도하기에 충분했다. 마지막으로 향한 쇤브룬 궁전은 아쉽게도 운영 시간을 넘겨 내부를 볼 수 없었다.

슈테판 대성당.
날씨가 흐린데다
휴대폰의 카메라로는
담지 못할 정도로
큰 건축물이었다.

비엔나에서 비가 그칠 때까지 머무르기로 한 건 현명한 선택이었다. 떠나는 날에 오랜만에 푸르른 하늘을 만날 수 있었다. 떠날 준비를 하는데 큰 오토바이 한 대가 내 앞에 멈춰섰다. 영국에서 출발한 에반과 톰은 직장에서 휴가를 얻어 일주일 동안 유럽일주 중이라고 한다. 박스에 써져 있는 글들은 도대체 뭐냐고 묻는 질문에 너희 같은 친구들이 하나씩 하고 싶은 말을 적어준 거라 알려주니 자신들도 글귀를 남기고 싶단다. 그들에게 멋진 응원 글을 받은 후 다음 목적지로 출발했다.

에반과 톰.
오스트리아에서의
마지막 만남.

　헝가리 부다페스트Budapest는 야경이 아름답기로 유명한 도시다. 운전하며 졸음이 쏟아질 때마다 껌을 씹는 습관이 있었는데 부다페스트로 이동하다 이가 아파 거울로 상태를 확인하니 발치하지 않은 사랑니 4개에 충치가 생긴 걸 걸 알 수 있었다. 양치를 소홀히 했더니 이 모양 이 꼴이다. 시내 외각의 가정집을 개조한 호스텔에 머물렀다. 호스텔 주인이 기르는 고양이가 배정 받은 침대에서 시위 중이다. 고양이를 피해 쭈그려 자다 깨보니 고양이는 어디론가 사라진 후였다.

　시계를 보니 오후 7시다. 이미 하루가 다 지나갔다. 느린 걸음으로 라운지로 내려가 허기를 달래기 위해 웰컴 쿠키를 입 안으로 털어 넣었다. 반응을 궁금해하는 주인에게 과장된 몸동작으로 "wow!"를 선사해주니 서랍 안에서 쿠키를 4개나 더 줘서 맛있게 먹었다.

호스텔의 라운지.
여행자들의 사진과 글이 붙어있다.

　오늘 하루는 공쳤다는 생각으로 라운지의 푹신한 소파에 몸을 맡겼다. 내일을 기약하며 인터넷으로 가볼 만한 장소를 검색하던 중 어딘가에서 익숙한 향이 나서 가보니 사장님이 우리가 제사에 쓰는 향초를 태우고 있었다. 향초의 의미를 알고 있는 걸까.

　누군가를 기리는 향초냐고 물으니 1년 전 여행한 중국에서 향이 좋아 한가득 사왔다고 한다. 한국에서 향초는 돌아간 선조들의 영혼을 기릴 때 사용하는 물건이라고 설명해주니 요즘 아시아의 영적인 문화에 푹 빠져있다고 하며 무척 기뻐했다.

　도시에 도착하면 반드시 가장 높은 곳으로 가야한다는 호준님의 말이 떠올라 겔레르트 언덕Gellert Hegy을 올랐다. 러시아를 넘어 온 이후로 사실상 동기가 많이 떨어져서 뭐라도 해볼 심산으로 유명하다는 명소는 전부 찾아 돌아다녔다. 관광지로 유명하다 해서 찾아온 부다페스트였지만 큰 감흥을 얻지 못해 겹겹이 쌓이는 여행의 피로와 무기력함은 점점 짙어져갔다.

기간이 길어지면서 여행이 점점 익숙한 일상으로 바뀌니, 처음의 반짝거리던 나는 더 이상 없었다. 권태에 찌든 스스로를 보며 슬슬 여행을 마무리할 준비를 해야겠다고 느꼈다.

어느새 12월로 넘어간 달력. 병국님을 통해 한 달 전, 먼저 횡단을 시작한 스쿠터 여행자인 재영님이 며칠 전 한국으로 귀국했다는 소식을 들었다. 블로그로 간간히 횡단소식을 접하던 최게바라님은 언제부턴가 글이 올라오지 않는다. 만나고 싶었던 희망유희님은 유럽이 아닌 조지아를 통해 중동으로 아예 넘어가버려서 사실상 만나는 것이 불가능해져 버렸다. 나를 지탱해주던 동료들이 사라져간다.

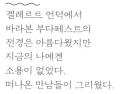
겔레르트 언덕에서
바라본 부다페스트의
전경은 아름다웠지만
지금의 나에겐
소용이 없었다.
떠나온 만남들이 그리웠다.

성 마리아스 성당.
헝가리 국민들에게
가장 사랑받는
성당이라고 한다.

헝가리에서 세르비아로 넘어가는 길에서는 특이하게도 국경 검문소를 운영하고 있었다. 하지만 러시아에서 라트비아로 넘어올 때의 긴장감은 없었다. 국경을 통하는데 5분이 채 걸리지 않았다. 국경수비대 직원이 나에게 관심을 보이며 "니하오."라고 말을 건넨다. 코리안이라고 밝힌 나에게 유독 관심을 보인 그는 박스에 적힌 글귀들을 가리키며 자기도 한마디 써도 되냐 묻는다. 난 흔쾌히 그에게 박스의 빈 공간 하나를 선물하였다.

불어오는 바람의 온도차를 피부로 느낄 수 있었다. 따듯한 바람이 몸을 휘감는다. 극동의 땅과는 명확하게 대비되는 온화한 기온이다. 11월 중순에 21도라니 믿기지 않는다.

세르비아에서는 처음으로 통행료를 지불했다. 우리나라의 고속도로는 이륜차 통행을 법적으로 금지하고 있기에 색다른 경험이었다. 도로 통행료가 생각보다 비싸서 베오그라드Beograd의 저렴한 호스텔에서 유료 도로를 피해 갈 수 있는 길과 그리스에서 캠핑이 가능한 장소들을 찾아봤다. 한국으로 돌아갈 비행기 티켓값과 스쿠터를 선적할 비용을 남겨야 했기 때문이다. 해외 여행을 하게 되면 돈이 없어도 행복할 수 있을 줄 알았다. 하지만 언제나 돈이 문제다. 새삼스럽지만 돈이 없으면 여행도 없다는 사실을 깨달은 순간이었다.

거짓행복

세르비아

즐겁든 지루하든 간에 움직이려면 타이어의 교환이 필요했다. 뒷 타이어의 마모가 심각한 수준에 이르러 정상적인 주행이 어려웠기 때문에 인터넷으로 판매처를 뒤져보고 여기저기 돌아다니며 수소문했지만 이 시기에 작은 스쿠터 타이어를 찾기란 쉬운 일이 아니었다. 마지막이라는 생각으로 들른 작은 용품 가게에서 우연치 않게 긍정적인 이야기를 듣게 되었고 용품점 주인이 타이어 판매점을 운영하는 자신의 친구에게 전화를 해준 덕분에 그곳에 마지막 재고가 남아 있다는 낭보를 듣게 됐다.

한국에서는 앞뒤로 20만 원이 넘는 비싼 브랜드의 타이어를 60유로라는 저렴한 가격에 구입했다. 타이어를 교체하는 동안 그들이 사준 맛있는 식사를 끝으로 정비소로 돌아와 새 신발을 신은 스쿠터에 시동을 걸며 출발을 준비했다. 두건을 쓰니 마치 닌자 같다며 웃는 그들에게 장난스럽게 닌자 흉내를 내줬다. 이걸로 그들에게 웃음을 선사할 수 있다면 기꺼이 몇 번이고 같은 행동을 반복할 거다. 웃으면 모두가 행복하다.

거친 길은 아니었지만 안개등이 또 떨어졌다. 크라스노야르스크의 형제들이 보강해준 강철 프레임은 멀쩡했지만 원래 장착되어 있는 약한 알루미늄이 문제였다. 한 번의 큰 사고로 이미 반파됐던 스쿠터이기에 뭐가 더 떨어져도 별로 신경 쓰지 않기로 했다. 달릴 수만 있다면 괜찮다.

앞, 뒤 타이어를
모두 교체했다.
새 타이어의 상징인
솜털이 보송보송하다.

용품점 사람들은
스쿠터의 타이어가
교체되는 동안
본인들의 단골식당으로
나를 데리고 가
맛있는 요리를 사줬다.

니슈Niš에 도착했다. 숙소에서 제공한 웰컴 드링크를 마시고 밖으로 나와 바라본 밤하늘의 별들이 참 아름답다. 숙소 주변을 서성이며 가볍게 산책을 하는데 초라한 행색의 여자가 다가와 '아이 러브유'와 '머니'를 외친다. 머리는 산발에 비쩍 마른 얼굴은 마치 러시아에서 만난 약 중독자와 같은 몰골이었다. 단호하게 'NO'라고 답하니 누가 들어도 부정적인 뉘앙스의 험담을 쏟은 후 처음 나타났던 가로등이 드리우지 않는 어둠 속으로 조용히 사라졌다.

한 시간 뒤 새로운 투숙객이 나타났다. 오토바이로 유럽을 일주 중인 그리스인이었다. 오토바이라는 공통사로 금방 친해진 그와 담소를 나누기 위해 호스텔 주인에게 추천받은 레스토랑에서 식사를 함께 했다. 지병으로 귀가 잘 들리지 않는 그를 위해 또박또박 말을 하며 대화를 이어나갔다.

막힘없이 자신의 생각을 이야기하는 그리스 여행자는 여행 중이라는 사실을 지인들에게 알리지 않았다고 한다. 오토바이를 타고 유럽을 여행하러 간다는 사실을 주변에서 알았으면 극구 말렸을 거라는 설명이었다. 유럽에서는 바이크를 흔하게 타고 다니지 않나 반문하니 그와는 별개의 문제라고 했다. 그리스 사람들은 대체적으로 동네를 돌아다니는 건 괜찮지만 다른 나라들을 여행하는 건 위험천만하고 목숨을 거는 행동이라 생각한다고 알려줬다. 그리스인인 그의 입으로 전해들은 그리스 사람들은 도전정신 없이 안전함만을 추구하고 일하기 싫어하는 게으름뱅이였다. 유럽인들은 모두 거침없고 개방적이며 모험을 즐길 거라는 생각은 나의 착각이었다.

니슈에는 뭐가 있을까. 여유로운 마음으로 근처의 유적지를 구경하기 위해 시동을 걸었다. 하지만 역시나 색다를 게 없는 관광지 투어에 환멸을 느껴 멀리 보이는 언덕 위의 마을을 향해 내비게이션도 켜지 않고 무작정 출발했다. 꽤 높은 언덕에 위치한 그 마을은 새의 지저귐이 많이 울려퍼지는 조용하고 평화로운 마을이었다. 마을을 지나 언덕 정상에 오르기 위해 비탈길을 더 올라가 보려 했지만 가파른 경사로 인해 바퀴가 자꾸 헛돌면서 위험하단 생각이 들어 오르기를 포기하고 말았다.

새로운 언덕을 찾아 이리저리 돌아다니다 시가지 안 요새에서 마을 전경을 한눈에 담을 수 있다는 얘기를 듣고 그곳으로 향했다.

지도에 '성'이라고
표시되어 있던 유적지는
성이 있었다는
흔적만이 남아 있었다.

터키인들의 침략을
끝까지 막아냈다는
철의 요새.

스쿠터를 타고 들어가도 되는지 관계자에게 확인한 후 들어온 성벽 끝자락의 가장 높은 장소에 도착했다. 세월이 많이 흘렀지만 마을 곳곳의 파괴된 건물을 보며 과거 유고슬라비아 내전의 흔적을 어렴풋이 느낄 수 있었다. 성벽의 끝에 걸터 앉아 지나가는 사람들을 보고 있자니 그동안 스쳐 지나간 많은 나라들과 그곳에 살아가는 사람들의 모습은 우리와 다를 바 없단 생각이 들었다.

베오그라드에선 타이어 교체를 도와준 친구들에게 추천받은 식당에 갔다. 나를 신기하단 듯이 쳐다보던 종업원의 안내를 받아 30분을 기다린 끝에 자리를 안내 받았다. 또 다른 기다림 끝에 나온 스테이크 위에는 빨갛게 달아오른 숯이 올려져 있었다. 단순한 고기구이인 줄 알았더니 진한 나무 향과 숯불 향이 섞여 코를 자극한다. 한입 베어 물었더니 요새 부쩍 그리웠던 된장찌개와 청국장 생각이 잠시 사라졌다. 고기 본연의 맛에 충실한 조리법이 인기 요인 같았다.

좋은 장소에서 맛있는 음식을 먹고 있지만 쓸쓸했다. 동기가 한 번 꺾이고 억지로 만든 식도락 여행이라는 콘텐츠는 위태로운 나를 다잡아주기엔 턱없이 부족했다. 태연한 척, 즐거운 척 했지만 속으로는 집에 돌아가고 싶다는 생각을 많이 했다. 내가 달아난 현실이 세상 어디에서도 살아 숨 쉬고 있음을 점차 깨달았기 때문이었을까. 찾아 헤매던 탈출구는 어디에도 없었다. 여행을 하면 할수록 고민은 더 늘어가고 앞으로 어떻게 살아야 할지에 대한 해답은 점점 더 수렁으로 빠져간다.

현지인이 추천해 준
맛집 므라크.

접시에 함께 나온 숯은
다채로운 소리를 내며
타오르고 있었다.

남쪽바다

마케도니아 & 그리스

그리스의 최북단, 테살로니키Thessaloniki까지 얼마 안 되는 거리를 남기고 캠핑에 대한 정보를 찾아봤다. 지출을 줄이기 위함도 있었지만 여기까지 낑낑대며 가지고 온 캠핑 장비들이 아까워 그리스에서부터 본격적으로 캠핑을 하려 했다. 떠나기 전에는 대자연 한복판 어디든 텐트를 치고 누우면 그만이라고 생각했지만 막상 유럽에 도착하니 지정된 장소 이외의 캠핑은 삼림법에 따라 불법이었다. 현지인들에게 물어봐도 지금은 시즌이 아니라 열려 있는 캠핑장이 거의 없다는 이야기가 대다수라 장소를 물색하는 데 애를 먹었다.

그리스로 가는 길목에 있는 알렉산더 제왕의 마지막 제국, 마케도니아의 수도 스코페Skopje에서 잠시 쉬어가기 위해 노부부가 운영하는 민박에서 하룻밤 머물렀다. 할아버지에게 얼마 전까지 자전거를 타고 6년 동안 세계 일주를 하는 동양인이 숙박하고 있었다는 이야기를 듣게 되었다. 할아버지의 핸드폰 속 사진에서 보는 여행자는 내가 아는 그 누구보다도 행복한 미소를 짓고 있었다. 세상엔 용기 있고 대단한 사람들이 참 많다.

숙소를 떠나던 날 아침, 할아버지가 선물한 꽃이 시들어가는 모습을 보고 싶지 않아 스코페를 떠난 후 길가의 어딘가에 잘 심어두었다. 그리스로 향하는 길목부터는 푸르른 초목과 따뜻한 햇살이 나를 반겼다. 꽤 험준한 산맥을 2개 정도 넘으니 저 멀리 바다가 보이기 시작했다.

떠나는 날
주인 할아버지가
사과와 꽃을
선물해주셨다.

　마케도니아-그리스 국경에서 작은 해프닝이 있었다. 입국심사를 위해 그린카드를 들고 사무실로 들어간 직원이 한참이 지나도 나오지 않았다. 마침내 사무실에서 나온 직원은 통행에는 문제가 없다고 알려줬지만 라트비아에서 발급 받은 그린카드로 마케도니아에서 그리스로 이동하는 건 가능해도 그리스에서 마케도니아로 이동하는 건 불가능하다고 말했다. 이유를 물으니 내 그린카드에 있는 마케도니아의 X 표시를 가리키며 그리스와 마케도니아의 사이가 매우 안 좋다'는 짤막한 답변만을 얻었다.

* 그리스-마케도니아 분쟁: 그리스와 북마케도니아가 1991년 유고슬라비아로부터 독립한 신생국가 마케도니아의 국호를 두고 2019년까지 벌인 갈등. 1990년대 초 구 유고 연방이 붕괴되면서 유고 연방에 속했던 6개 공화국은 각각 독립의 길을 걷게 되었다. 마케도니아 공화국도 독립을 선포했는데, 이에 대해 그리스가 고대 마케도니아에 대한 역사적 당위성과 정통성 계승을 주장하며 분쟁이 시작되었다.

해안가에 위치한 도시 테살로니키는 절벽을 깎아 만든 듯한 경사에 건물이 옹기종기 모여 있다. 가파른 골목길 옆 호스텔이 오늘의 보금자리다. 아직 마음의 준비가 필요해서 본격적인 캠핑에 앞서 푹쉴 요량으로 이곳에서 3일을 묵기로 했다.

숙소에서 고장 난 블루투스 스피커를 어떻게든 고쳐보려 이것저것 시도했지만 소용없었다. 세상에서 허용한 유일한 마약, 음악을 더 이상 들을 수 없게 되었다. 음악을 잃고 여행에 지루함이 가중된 순간이었다. 마지막 희망으로 배선을 뜯어 구리선을 다시 연결해보지만 쓸모없는 발버둥이었다. 아쉽지만… 이젠 놓아줄 때가 됐다.

더 이상 작동하지 않는
스피커를 씁쓸하게
쓰레기통에 던져버렸다.

가파른 경사길을 따라
늘어선 주택들.
이곳에 위치한 호스텔 앞에
스쿠터를 주차하는 데
고생 꽤나 했다.

그리스의 해안가에서 만난 멋있는 외관의 해상 레스토랑.

추울 땐 추워서, 날이 따뜻한 그리스에선 마음이 풀어진다며 이런
저런 핑계를 대고 자꾸만 숙소에 박혀 움추려 든다. 하지만 이내 정
신을 차리고 어기적거리며 일어나 밖으로 나왔다. 항상 그렇듯, 나
오는 건 힘들지만 막상 나오면 좋다. 구름 한 점 없는 쾌청하고 따뜻
한 날씨는 산책하기에 안성맞춤이었다. 그토록 갈망하던 낭만적인
캠핑이 실현될 땅, 그리스의 분위기를 파악하고자 도시의 곳곳을 탐
험했다.

골목길을 따라 쭉 내려오니 바다가 보인다. 해안가 옆 산책로에는
거센 바람이 귓가를 때리며 존재를 과시한다. 현지인들은 거센 해풍
에도 여유롭게 해안가를 거닐며 낚시를 즐기고 있다.

오후 1시가 다 되어 가지만 문을 연 가게가 거의 없었다. 마침 방
금 영업을 시작한 가게에 들어가 식사를 주문한다. 그리스와 우리나
라는 점심시간이 다른 모양이다. 그리스 사람들에겐 이른 시간인지
식당엔 나 혼자밖에 없었다.

추천 메뉴인
햄버거를 주문했는데
상상과는 달리
엄청난 비주얼의
요리가 나왔다.

고대의 건축물과
현대의 그래피티가
공존하는 것을 보니
묘한 느낌이 든다.

국민의 98%가
그리스 정교여서 그런지
거리 곳곳에
간이 기도공간이 만들어져 있고
실제로 기도를 하는 사람도
볼 수 있다.

횡단보도에
버튼이 달려 있는데
누르지 않으면
통행 신호를 받을 수 없다.

그리스에선 주요 수입원인 고대 유적지들을 보존하기 위한 노력을 곳곳에서 목격할 수 있었다. 귀동냥으로 눈앞의 공터가 고대에 산파술과 토론의 장이 열리던 아고라임을 알게 되었다. 거의 다 부서진 유적지들도 많았지만 건물 외벽의 그래피티도 또 다른 볼거리였다. 건물주에게 허가는 받은 걸까. 우리나라에선 우스갯소리로 조물주 위에 건물주라는 말도 있지 않은가. 만약 내가 건물주였다면 절대 용납하지 않았으리라.

그리스 시내 구경을 마치고 핸드폰을 만지작거리던 중 세르비아 니슈에서 만난 여행자 다니엘에게 아테네에 오면 연락하라며 사진 한 장을 받았다. 내 전신 사진이었다. 다른 사람들이 보는 내 모습은 이렇구나.

빈 공터 앞에서
많은 관광객이
가이드가 들려주는
이야기를 경청하고 있다.

애써 밝게 웃는
모습의 사진 속 나.
참 어색하게도 서 있다.

올림푸스

그리스

언제 또 생길지 모르는 새로운 만남 때 선사할 요리에 대한 연구를
했다. 이번에 새롭게 추가한 메뉴는 삼계탕이다. 마트에서 사온 재
료로 간단한 삼계탕 만들기에 도전했다. 비전문가가 만드는 삼계탕
은 매우 간단하다. 사온 재료를 다 때려 넣고 끓이면 끝이다. 통후
추, 대파, 통마늘, 양파를 넣고 1시간을 넘게 끓이니 맛있는 냄새가
스멀스멀 올라온다.

냄새에 이끌린 같은 방 친구들의 물음에 코리안 치킨 스튜라고 소
개한 후 마침 공복이었던 그들과 함께 삼계탕을 나눠먹었다. 역시
국물 요리는 오랫동안 끓이면 된다.

아래 침대를 쓰던, 1년째 여행중인 미국인 친구가 오늘 체크아웃
을 했다. 그 또한 여행 당시 한국에서의 가장 큰 이슈이자 사건이었
던 국정농단에 대해 나에게 물어본 사람들 중 하나다. 유럽을 여행
하다 보면 오랫동안 여행 중인 외국인들을 종종 만날 수 있다. 3일간
도미토리에서 머무르며 방 사람들과 친해졌는데 한 명은 영국, 두
명은 미국, 한 명은 일본계 독일인 친구였다. 나라는 각각 다르지만
내가 한국에서 왔다고 소개하니 다들 똑같은 질문을 한다.

"헤이 맨, 너희 나라 대통령은 도대체 어떻게 된 거야? 그 엿 같은
상황이 정말인거야 친구?"

사실 대통령 탄핵에 대한 소식을 전혀 몰라 잘 모른다고 답하니
오히려 외국인인 그들을 통해 우리나라에서 벌어지고 있는 일들에
대해 알 수 있게 되었다. 전 세계적으로 '빅이슈'라고 한다. 실제로
검색을 해서 찾아보니 실로 큰 뉴스였다.

대통령 탄핵에 대한 이슈로 친해진 그들과 서로의 여행 이야기를
풀어내는 시간을 가졌다. 그들의 재미난 여행 일화를 듣다 보니 문

득 나 역시 내 여행에 정당성을 부여하고 싶은 마음에 스스로 찾아 내지 못한 여행의 이유, 목적을 얻고 싶어서 그들에게 여행을 하는 이유에 대해 물어봤다. 하지만 의외로 허무한 그들의 대답에 의미 부여를 시도하려 한 자신이 바보같이 느껴졌다.

"넌 여행을 통해서 무엇을 얻었어? 여행 전과 이후 달라진 점은? 네가 내린 여행의 답을 들려주지 않을래?"

"목적? 여행에 그런 게 필요해 친구? 그냥 즐기는 거야!"
"복잡한 생각은 넣어 둬. 넌 여행이 재미있지 않아?"
"다양한 것들을 경험하고 싶어서. 그게 다야."
"잠깐 쉬려고 왔어."

여행을 하는 이유들이 다 제각각이다. 1년을 휴학하고 갭이어gap year* 기간을 가지며 자아 찾기 중인 친구, 단순 관광 중인 친구, 혹은 철학적인 목적을 가지고 몇 년이나 여행을 하고 있는 친구도 있었 다. 답이 있으면 명쾌할 테지만 답은 없었다.

* 학업을 병행하거나 잠시 중단하고 봉사, 여행, 진로 탐색, 교육, 인턴, 창업 등의 다양한 활동을 직접 체험하고 이를 통해 향후 자신이 나아갈 방향을 설정 하는 시간을 말한다. 영국을 포함한 여러 서구 지역의 나라들은 학생들이 고등 학교를 졸업하면 바로 대학에 진학하지 않고 1년 정도의 기간에 걸쳐 다양한 경 험을 쌓는 갭이어를 가진다.

나는 왜 이 여행을 하고 있는 걸까? 처음엔 취업 시장에 대한 두려움에 도망치고 싶었던 것 때문에, 기왕이면 특이한 이력이 있으면 좋을 것 같아서, 추억을 만들고 싶어서, 여행을 통해 무언가를 얻기 위해서. 전부 다 거짓이고 자기 합리화이다. 애초에 여행에, 살아감에 있어 답 같은 건 없다는 사실을 몰랐던 건 아니다. 난 그저 볼품없는 내 삶에 변명거리가 필요해 여행을 시작했는지도 모른다는 생각이 들었지만 입밖으로 꺼내진 못했다. 애초에 그만큼을 설명할 영어 실력도 없어 그들의 질문에 두루뭉술하게 대답하고 말았다.

"앞으로 어떻게 살아야 할지 몰라서 무작정 떠났는데 그러다 보니 여기까지 오게 됐어."

"나도 그랬어 친구. 지금 네가 겪는 혼돈의 시기도 결국 너의 일부야. 편하게 받아들이라고. 팁을 주자면 너의 어떤 것도 의미 없는 건 없어. 자신을 의심하지 마. 너무 걱정하지 말라고. 인생은 그냥 즐겁고 행복하면 그만이지 않겠어?"

우연하게 한 방에 머문 친구들 덕분에 막막하기만 했던 여행의 끝과 미래에 대한 위안과 힘을 얻을 수 있었다.

대화를 마친 후 홀로 테살로니키를 둘러보기 위해 이동했다. 전경을 다 볼 수 있는 언덕에는 과거에서 시간이 멈춰버린 것 같은 아주 오래된 성채가 하나 있다. 내부는 들어갈 수 없고 주변의 산책로만

무너진 성벽에
걸러앉아
노을이 지는 것을
두 눈으로 담았다.
너무나도 아름다운
풍경이었다.

허용되어 있어 산책을 하며 고대 그리스인의 기분을 조금이나마 느껴본다.

테살로니키를 떠나 그리스에서 가장 높은 올림푸스 산Mount Olympus 으로 향한다. 갑작스런 결정은 아니었다. 도미토리의 여행자 친구 중 한 명의 추천이었다. 산 정상에서 캠핑을 하면 고대인들이 믿던 신의 감정을 느낄 수 있다는 말에 결정한 목적지였다. 떠나기 전, 같은 방을 쓰던 일본계 독일인 친구가 이른 아침 마켓에서 사와 건네준 스파나코피타(시금치를 넣어서 구운 그리스식 파이)로 든든하게 아침을 해결했다.

산 정상까지는 도로가 깔려 있어 올라가는 데 크게 어려움을 겪진 않았다. 꽤 높은 곳까지 올라왔는지 귀가 먹먹해졌다. 어느덧 정상을 향하는 오솔길에 도착했다. 길 끝에 스쿠터를 세우고 오솔길을 조금 오르다 갑자기 의욕이 떨어져 등반을 포기했다. 어릴 적, 산을 사랑하는 중학교 교장 선생님이 1년에 꼭 한 번 입학생을 데리고 산을 오르던 기억이 떠올랐다.

비가 추적추적 내리던 속리산 산행은 중학교 1학년들에게는 큰 시련이었다. 하나둘 떨어져 나가는 친구들을 낙오자라 비웃고 정상을 향했다. 승리자의 기분에 도취되어 터질 것 같은 다리를 억지로 움직이며 정상 바로 코앞까지 왔다. 하지만 마지막 관문인 낭떠러지 위에 설치된 철제 계단의 공포감을 이기지 못하고 결국 나 또한 낙오자가 되어 돌아왔다. 정상을 보고 오겠다고 큰소리를 쳐 둔 친구들에게 놀림 받고 싶지 않아 철제 계단을 오르는 친구에게 페트병을 주며 정상에 고인 물을 담아달라고 부탁했고, 그 물을 들고 마치 정상까지 갔다 온 것처럼 행세했다.

그때나 지금이나 나는 무언가에 마침표를 찍지 못하는 반푼이다.

정상을 오르지 못한 겁쟁이는 정상 바로 아래 고원에 자리를 잡았다. 지도상에 식수원이라 표시되어 있어 물을 사용할 수 있을 거라는 기대에서였다. 실제 식수대는 고인 상태로 오랫동안 방치되어 짙은 녹색을 띄고 있었다.

정상보다는 못할지 몰라도 경치 하나는 예술이었다. 텐트를 펴 자리를 잡고 냄비를 꺼내 돼지고기랑 양파, 대파와 고추를 썰어 넣고 소금으로 간을 한다. 적당히 끓여 한 숟가락 떠먹은 국물은 밍밍하기 그지없다. 음식이 부활하기를 기대하며 스테이크 소스를 추가 했지만 결과는 대실패.

음식을 버리는
사치를 부릴 순 없어
열심히 먹었다.
맛은 없었다.

그리스에서 가장 높은 산인 올림푸스 산.
정상보다는 못할지 몰라도 경치 하나는 예술이었다.

밥을 다 먹고 나니 뭘 해도 시간이 흘러가질 않는다. 밀린 여행 일지를 작성하다가, 가만히 앉아 경치를 바라보다가, 심심해서 표적지를 땅에 그리고 칼 던지며 놀다가, 꼬이는 벌레를 쫓아내며 전혀 문제없는 장비도 점검해본다. 고독은 사람을 지치게 만든다. 뭐든 혼자서 하면 재미가 없다. 심심하다.

밤이 되자 심심함에 적막함이 더해졌다. 사방이 어둠에 휩싸였다. 텐트에 들어가면 밖이 안 보여 무섭고, 밖에 있으면 어둠속에서 뭔가가 튀어나올 것만 같아 더 무섭다. 머릿속에 펼쳐진 가상의 공포는 스스로를 위축시킨다. 겁나는 마음을 진정시키기 위해 그동안 피곤해서 미뤄뒀던 여행 일지를 그때 내가 느꼈던 감정 그대로 스마트폰 메모장에 열심히 적었다. 시간대가 엉켜서 중구난방이었지만 열심히 기록했다.

낮에는
멋진 경치를
선사하던 올림푸스가
점점 을씨년스럽게
변해간다.

고요하다. 가끔 새소리, 그리고 텐트 뒤 수돗가의 물 흐르는 소리가 전부다. 사람도 없고 동물도 없다. 여기서 나한테 어떤 일이 일어나도 아무도 모를 것이다. 이 세상에 혼자 밖에 남아 있지 않다는, 끝을 알 수 없는 공포감이 가슴속에서 소용돌이친다.

태초의 인류는 공포로부터 스스로를 보호하기 위해 무리를 이루고 벽을 쌓아 올리고 안에서 집을 지으며 서로에게 의지하면서 살았겠지. 그러다보니 지금의 인류가 완성된 게 아닐까. 상념의 시간, 여행의 초반을 돌이켜 본다. 그땐 왜 그렇게 여행에 의미를 부여하려고 했을까. 마치 누군가에게 보여주기 위한 여행이었던 것처럼.

살아오면서 외면하고 피해 온 다양한 시간들이 떠오른다. 도움이 되는 진지하고 쓴소리들이 싫어서 그동안 가벼운 농담이나 장난으로 넘겨 버렸던 것들. 적성이 아니라며 둘러대고 포기한 악기 연주들. 변명과 핑계로 가득한 인생이다. 다시 태어나면 똑바로 살 수 있을까? 아마 다시 태어나도 알맹이가 바뀌지 않는 한 똑같은 인생일 것 같다. 인간은 그리 쉽게 변하지 않는다.

모닥불

그리스

무료함을 달래기 위해 다양한 시도를 했지만 표정은 점점 무미건조해진다. 만나는 사람에게도 가식적인 웃음을 짓고 냉소적으로 변해 간다. 대안으로 찾은 캠핑도 시원치 않다. 캠핑 장비를 사려고 그렇게 발품을 팔았는데 말이다.

막바지에 다다르니 슬슬 통장에 돈이 얼마나 남아 있을지 궁금해졌다. 준비금을 제외하고 여행 기간 동안 얼마나 썼을까? 그리고 얼마나 남아 있을까? 거의 900만 원이다. 아마 앞으로 스쿠터를 선적하고 한국행 비행기 표를 사면 거진 천만 원의 경비를 사용한 것이다. 많이도 썼다. 개인적으로 러시아에서 북유럽으로 올라가지 않아 살인적인 물가를 피한 것이 신의 한 수였다고 자평했다.

～～～～

스쿠터 및 장비 구입비용: 약 300만 원
블라디보스토크에서 아테네까지 지출 총비용: 약 400만 원
앞으로 지출될 한국행 항공티켓, 스쿠터 선적비용: 약 200만 원

～～～～

통장에 잔고가 얼마 남지 않은 걸 보고 추가적으로 다른 국가들을 돌아보려 했던 모든 일정을 접고 최단 거리로 선적 회사가 있는 스페인 발렌시아까지 이동하기로 결정했다. 돈이 바닥을 보이기 시작하니 마음의 여유도 없어진다.

가끔씩 연락하는 스쿠터 여행자 희망유희님은 중동 분쟁 지역을 거쳐 터키에 도착했다고 한다. 조지아에서 도둑을 만나 핸드폰, 지갑을 모두 잃었지만 포기하지 않고 현지 경찰에게 일자리를 소개받아 공사장에서 막노동으로 돈을 벌어 다시 핸드폰을 사고 식음을 전폐하며 기름만 넣고 이스탄불에 도착했다는 무용담을 들으니 절로 존경심이 생겨난다.

국어국문학을 전공하며 취미로 배운 터키어로 한국에서 터키 유학생들에게 한국어를 가르치던 희망유희님은 이스탄불에서 과거 가르치던 제자들과 만나 한국어 선생님을 하며 다시 여행준비를 하고 있다고 한다. 어떻게 그런 역경 속에서 포기하지 않고 다시 일어날

수 있을까. 아마 똑같은 상황이었다면 나는 매우 높은 확률로 포기했을 거다.

이 속도로 가면 오늘 안에 아테네에 도착할 수는 없겠지만 개의치 않았다. 해안선을 따라서 캠핑장이 많이 있으니 어디든 텐트를 치고 자면 된다. 따뜻한 햇살과 푸르른 초목을 가로질러 에게해Aegean Sea의 해안선을 따라 달린다. 이제부턴 멈추면 그곳이 집이요, 삶의 터전이 될 것이다.

휴게소에서 같은 기종의 스쿠터를 타는 친구들을 만났다. 처음 스쿠터를 구입하는 거라 기종에 대한 궁금증이 많았는지 나에게 스쿠터 성능에 대한 질문을 해댄다. 복잡하고 긴 말을 할 필요가 없었다. 트렁크를 열고 이동해온 거리를 보여주며 스쿠터를 손가락으로 가리키며 말했다. "Don't worry my friend. I'm here now with this."

해안가에 다다라 잠시 바다를 감상한 뒤 캠핑장으로 향했는데 캠

에게해 해안가 중
한 지점을 골라
스쿠터를 세웠다.

불이 튀지 않게
버려진 자동차 범퍼들로
가림막도 만들었다.

모닥불을 만들어 놓으니
제법 분위기가 난다.

펑장은 폐쇄된 후 방치되어 있었다. 자물쇠는 녹슬어 부서진 채 바닥에 나뒹굴고 있고 철조망 또한 훼손되어 있다. 내부의 방치된 쓰레기를 보니 캠핑장이라기보단 불법 쓰레기 투기장에 가까웠다.

그냥 근처에 적당히 자리를 잡고, 모닥불을 피우기 위해 주변의 나무를 주워서 한곳에 모았다. 버너도, 가스도, 라이터도 있지만 한껏 분위기를 살려보고자 친형에게 선물 받은 부싯돌로 불을 피웠다. 생수도 3리터나 가지고 있지만 일부러 바닷물을 퍼 와서 라이프 스트로우로 물을 마셨다. 굉장한 짠맛이다. 바닷물은 정수가 안 되는 모양이다.

처음 사용하는 부싯돌은 영화에서 봤던 것처럼 쉽게 불이 붙진 않았다. 아무리 노력해도 불이 안 붙어 살짝 꼼수를 부렸다. 언제 어디

서든 볼일을 볼 수 있도록 챙기고 다니던 두루마리 휴지 6장을 이용
했다. 효과는 강력했다. 살짝 편법이 가미됐지만 조금씩 커져가는
불씨를 보니 짜릿하다. 40분 간 들인 노력에 보답하듯 불은 더욱 활
활 타오른다.

　문명 속 캠핑놀이를 하다 보니 이윽고 어둠이 내리깔린다. 어둠속
에서 점점 꺼져가는 모닥불 앞에 앉아 맥주를 들이킨다. 활활 타오
르다가 지금은 꺼져가는 모닥불에 내 모습이 겹쳐진다. 내 감정이
이입된 모닥불이 꺼져버리지 않도록 땔감을 계속 넣어주었다. 불이
꺼지면 나도 끝나버릴 것 같았기 때문이다.

　모닥불에 비친 스쿠터도 빨갛게 물들어 운치를 더한다. 참 고마운
녀석이다. 영화 〈캐스트 어웨이〉의 톰 행크스처럼 가끔 심심하면 스
쿠터에게 말을 걸기도 했다. 무인도에 몇 년 동안 조난당한 톰 행크
스는 미쳐버리지 않기 위해 배구공에 월슨이란 이름을 붙이며 혼잣
말을 떠들었다. 배구공 월슨처럼 스쿠터 역시 묻는 말에 대답이 없
다. 사실 캠핑도 캠핑이지만 이젠 집에 가고 싶다.

처음엔 캠핑에 대한 낭만적인 상상이 많았다. 쏟아지는 별을 바라보며 대자연 한복판에서 자유를 만끽하는 나. 얼마나 즐겁고 행복할까. 하지만 러시아에 겪은 첫 캠핑은 공포 그 자체였다.

　　러시아 초입에서 지도의 잘못된 안내로 숙소 찾기를 포기하고 도로 옆 샛길을 따라 들어간 숲 속의 어떤 공터에서 캠핑을 한 번 하게 된 적이 있었다. 도로에서 얼마 떨어지지도 않은 공터였는데 인적은 커녕 동물 소리조차 들리지 않을 정도로 적막한 장소였다. 당시 제일 위험한 건 역시 사람이라는 생각에서 선택한 장소였다.

　　작은 손전등 불빛에 의지해 힘들게 텐트를 치고 혹시나 하는 마음에 주변의 나뭇잎과 나뭇가지들을 주워 최대한 텐트를 숨겼다. 내륙이라 그런지 일교차가 커 밤에는 정말 추웠다. 허기를 달래기 위해 간단하게 초코바 하나를 꺼내 먹고 물을 끓여 커피를 마시면서 얼어붙은 몸을 녹였다. 텐트로 들어와 지퍼를 잠그니 머릿속으로 온갖 부정적인 상황이 떠올랐다.

　　혹시 모를 상황에 대비하고자 블라디보스토크에서 구매한 캠핑용 나이프를 손에 꼭 쥔 채 잠을 청하려 노력했다.

　　언제 잠들었는지 모르겠지만 갑작스럽게 눈을 뜨게 된 건 새벽 3시쯤이었다. 텐트 주변으로 부스럭대는 소리가 들린다. 발소리일까. 분명히 주변에 무언가가 있다. 그간 들어왔던 위험한 상황들이 주마등처럼 스쳐 지나간다. 손에는 아직 나이프가 들려 있다. 텐트 지퍼를 열어 무엇인지 확인해 볼 용기조차 없었다. 너무 무서웠다. 사람인지, 동물인지, 아무것도 알 수 없었다. 그저 상상했던 끔찍한 상황이 일어나지 않길 간절히 기도하며 숨소리조차 내지 않기 위해 노력했다.

무엇인지 알 수 없는 그것은 텐트 주위를 아주 천천히, 느린 속도로 맴돌았다. 나뭇잎과 가지 밟히는 소리만이 뚜렷하게 들려온다. '제발 그냥 가라… 제발 제발 제발.' 얼마나 시간이 지났을까. 이내 소리는 점점 멀어져갔고 소리가 들리지 않은지 30분도 더 넘어서야 조심스럽게 텐트 지퍼를 열고 밖으로 나올 수 있었다. 도대체 무엇이었을까. 동물이었을까, 사람이었을까. 살면서 느낀 가장 큰 공포감이었다. 생명이 위협당하는 상황이 오면 손에 움켜쥐고 있던 나이프로 맞서 싸우는 최악의 상황까지 고려했지만 정말 다행히도 그런 일은 일어나지 않았다.

무시무시한 공포를 경험하고 나서 전신에 긴장이 덕지덕지 달라붙은 탓에 더 이상 잠을 자는 태평한 짓을 하지 못하게 되었고 밖으로 나와 텐트를 걷은 후 간이 의자에 앉아 주변을 경계하며 눈만 감고 해가 뜨길 기다렸다.

다시는 노숙을 하지 않겠다고 다짐한 흉흉한 첫 캠핑 경험이었지만, 그럼에도 알혼섬에서 캠핑을 한 번 더 하고 그리스에서는 총 4번의 캠핑을 했다. 장비값도 아까웠지만 사실 거의 반은 오기였다. 지역에 따라 캠핑하며 느낀 감정은 각각 다르지만 그럼에도 변하지 않는 건 있었다. 사무치는 고독감이었다. 이번 캠핑이 마지막이었기에 할 수 있는 건 다했다. 부싯돌로 불을 붙이는 모습을 영상으로 기록하기도 하고 불에 소시지를 구워 먹기도 했지만 어떤 짓을 해도 고독감을 떨칠 순 없었다.

모닥불에서 시작된 회상이 끝나니 준비한 나무가 다 떨어지고 타오르던 불도 서서히 빛을 잃어간다. 불이 꺼지지 않길 바랐지만 이마저도 해변가를 순찰하는 사이렌이 달린 작은 배가 내 주변을 왔다 갔다 하는 모습을 보고 불법 캠핑을 들킬까 두려워 미리 퍼온 바닷물을 한 바가지 들이부어 불을 꺼버렸다. 미세하게 남아 있는 불씨를 발로 밟아 끄는 내 모습을 보고 있자니 서글프게 느껴졌다.

큰 기대를 품고 힘들게 가져온 장비들이지만 나에게 있어 캠핑은 알혼섬에서 만난 쏟아지는 밤하늘을 바라본 딱 한순간을 제외하곤 그저 억지 추억 만들기로 마무리되었다. 불법 캠핑을 들키지 않기 위해 어둠에 숨죽인 채 숨어 있던 게 내 캠핑의 결말이었다.

캠핑 다음날 맞이한
아름다운 일출.

옥상파티

그리스

아테네Athenae에 도착해 다시 돌아온 문명 세계를 마음껏 탐닉했다. 경제가 파탄났다고 들은 국가치고는 거리의 사람들 표정은 밝고 시장은 인파로 북적이며 식당도 손님들로 가득해 앉을 자리가 없다. 나도 북적거리는 거리에 몸을 맡겨본다. 이 활기찬 거리를 보면 누가 이 나라를 경제위기의 국가라고 짐작할 수 있을까.

　자리 잡은 앞 테이블에 가족으로 보이는 일행의 모습이 눈에 들어온다. 몰래 그들을 관찰했다. 인상 좋은 노부부와 타투와 피어싱으로 자신을 꾸민 사나운 인상의 남자가 어울리지 않는 꽃다발을 들고 한 테이블에 앉아있는 게 기묘하게 느껴졌다. 20분 정도 지나니 미소를 한가득 머금은 젊은 여성이 가벼운 발걸음으로 테이블에 다가와 반가운 얼굴로 볼을 부비며 인사를 나눈다. 인상이 사나웠던 남자는 밝게 웃으며 여자에게 꽃을 선물한다. 그들에게서 새어 나온 따뜻한 감정을 몰래 주워 담았다. 따뜻한 무언가가 가슴으로 스며들어온다.

그들에게서 흘러들어온 것은 병든 사회와 그 안에서 시들어가던 내가 항상 갈망해왔던, 소소하고 확실한 행복이었다. 주문한 음식은 진즉에 다 먹어버렸지만 자리를 떠나지 않고 마치 영화를 보는 것처럼 하나도 알아듣지 못하는 그들의 대화를 내 머릿속으로 상상하며 그곳에 스스로를 투영해본다. 하지만 아무리 발버둥쳐도 그들의 행복은 내 것이 아니었다. 식당 주인이 주문하지 않은 디저트를 내주며 '보나베띠'라고 말한 뒤 사라졌다. 계산할 때 물어보니 무료라고 한다. 기분이 꽤 좋아졌다.

아테네 중심에 위치한 호스텔은 다양한 여행객들이 즐비해서 활기찬 분위기였다. 호스텔에서 만난 사미르와 친해져서 아침 일출을

호스텔 테라스에서
바라본 레스토랑.
저녁 영업을 위해
분주하게 펼쳐지는
테이블들이 보인다.

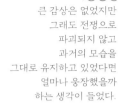

큰 감상은 없었지만
그래도 전쟁으로
파괴되지 않고
과거의 모습을
그대로 유지하고 있었다면
얼마나 웅장했을까
하는 생각이 들었다.

역사적인 건축물에도
마치 강아지가 오줌을 싸며
자신의 영역을
표시하는 것처럼
낙서가 즐비하다.
부디 부끄러운 행동인 줄
알았으면 좋겠다.

보러 가기로 했는데 게으른 탓에 못 일어났다. 대신 점심을 같이 먹으며 그가 찍은 일출 사진을 보고 간접적으로 일출을 경험했다.

해는 중천이지만 사미르가 사진에 담은 풍경을 나도 눈에 담기 위해 아크로폴리스acropolis로 이동한다. 골목의 식당가를 가로질러 올라가면서 고대시대의 오페라 극장 같은 장소를 지나 아크로폴리스의 입구에 도착했다.

관광지를 올 때마다 항상 느끼는 의문점이 있는데 다른 사람들은 도대체 무슨 생각을 하고 있을까? 나는 한 장소에 오래 있으면 금방 지루해지던데 다른 이들은 하루 종일을 앉아서 시간을 때운다. 그 모습이 평온해 보이기까지 한다.

티켓을 구입하고 입장한 아크로폴리스 역시 전쟁의 화마를 피해 갈 수는 없었나 보다. 많은 기둥이 파괴되어 복구 공사가 한창이다. 가까이서 보면 돌의 색으로 새롭게 이식된 부분과 기존에 있던 부분을 구별할 수 있다. 언덕에서는 제우스 신전도 보이는데 거의 형체가 없다고 봐도 무방할 정도로 심각하게 파괴되어 있었다.

100년이나 살까 말까하는 단명의 인간들이 태어나고 죽고, 그것이 역사가 되어 흘러가는 2500년이란 세월을 그 몸에 그대로 간직하고 있는 기둥을 손으로 만져본다. 그냥 차가운 돌멩이다. 별것 아닐지도 모르는 돌덩어리지만 수많은 세월 동안 많은 이들의 기억에 각인된다. 과연 내 인생도 이 돌멩이처럼 많은 사람들에게 기억될 수 있을까, 아니면 먼지처럼 사라져 버리게 될까.

레살로니키의 전경이 한눈에 들어오는 언덕에 위치한 수도원(Vlaradon Monastery).
레살로니키 유적지 중 아주 드물게 그래피티와 같은 낙서가 없어 인상깊었다.

아테네에서 별 계획 없이 5일이라는 긴 시간을 체류했다. 정처 없이 떠돌아다니는 떠돌이 생활에 이젠 지쳤나 보다. 그리스에서 스페인으로 육로를 통해 이동하려면 산악지대인 알바니아, 몬테네그로, 보스니아, 헤르체코비나와 크로아티아를 거쳐야 한다. 별로 내키지 않았다. 호스텔 주인에게 물어보니 '페리'를 타고 이탈리아로 한 방에 가는 방법이 있다고 한다. 주인장은 페리 회사 홈페이지에 접속해 일정표와 가격까지 친절하게 알려주었다.

5일 동안 머문 호스텔에서 겪은 불쾌한 일화가 하나 있다. 호스텔에 숙박하고 있는 그리스 현지인이 돈과 음식을 훔치는 이야기다.

첫날 배정받은 16인 도미토리에 홀로 있던, 결혼할 여자를 찾으러 아테네로 왔다고 본인을 소개한 덩치 크고 뚱뚱한 그리스인이 이야기의 주인공이다. 이 녀석은 도미토리에 들어서자마자 내게 다가와 돈을 빌려 달라 했다. "이봐 친구. 미안하지만 내 친동생이 택시비가 없어서 곤란한 상황이야. 6유로만 빌려주면 안 될까? 꼭 갚을게."

베풀면 돌아온다는 그간의 교훈으로 별 생각 없이 6유로를 꺼내 줬다. 식사를 위해 마련된 건물 옥상의 주방에서 다양한 친구들을 만나고 나서야 그 녀석에 대한 진실을 알게 됐다. 녀석의 수법은 단순했다. 호스텔에 머무는 모든 여행자들에게 뻔한 에피소드로 돈을 빌린다. 사람들이 돈을 돌려 달라 하면 항상 지금 당장 돈이 없다고 하며 여행자가 포기하고 체크아웃할 때까지 이리저리 피해 다니는 수법을 쓰는 덩치값 못하는 비열한 좀도둑이었던 것이다. 더불어 여행자들이 구입해서 냉장고에 넣어 놓는 식자재들을 몰래 훔쳐 먹는 행위를 매일매일 반복한다고 한다.

내게 얼마를 빌려줬냐고 묻는 다른 여행자에게 6유로를 빌려줬다 하니 세르비아에서 온 친구는 무려 40유로나 빌려줬단다. 나중에 다른 여행자들에게 그의 옹졸한 수법에 대해 듣게 된 후, 그 녀석에게 따질까 생각했지만 소란을 원치 않아 그냥 잊어버리기로 했다며 웃어넘겼다. 어쩐지 나와 '그'가 있는 2층만 사람이 없더라니. 다들 처음에 2층을 배정 받았다가 그 사건 후 다른 층으로 방을 옮겼다고 한다. 어딜 가도 돼먹지 못한 놈들은 존재하는 모양이다.

유일하게 나와 함께 층을 바꾸지 않고 남아 있었던 사미르와 함께 기분 전환을 위해 인터넷으로 찾은 아테네식 꼬치 구이 가게에 들러 식사를 했다.

~~~~~~
사미르는
이슬람이기 때문에
술과 돼지고기를
먹지 않는다.

좀도둑과 같은 도미토리를 쓴 탓에 불쾌한 기억으로 남을 뻔한 아테네에서의 추억을 풍족하게 채워준 사미르는 포세이돈 신전을 보러 가고 싶어 했다. 신전으로 가는 버스를 예약하지 못해 아쉽다며 슬픈 표정을 짓는 사미르에게 보답하기 위해 제안을 하나 했다.

"내가 태워줄까?"

자비없는 돌풍이
온몸을 때리는
해안도로를 따라
포세이돈 신전으로
향했다.

해안선 아래로
사라져가는 노을이
너무 아름다워
잠시 스쿠터를 세우고
노을을 바라보았다.

사미르에게 날아가지 않도록 나를 꽉 잡으라고 소리쳤다. 해가 떨어지고 있어 포세이돈 신전이 문을 닫기 전까지 서둘러야 했다. 역경을 헤치고 신전 입구에 도착했지만 폐장시간이 2분 남아 신전입구는 문을 닫아버리고 말았다. 사미르가 사정을 해보았지만 어림도 없었다. 내가 좀 더 서둘렀다면 볼 수 있었을 텐데. 나 때문에 그가 신전을 보지 못한 것 같아 미안했다.

다시 바람을 가르고 호스텔로 돌아왔다. 우린 서로에게 밥을 해주기로 했다. 식사 준비를 위해 옥상의 부엌에 도착하니 한데 모인 여행자들이 각자의 요리를 준비하며 분주하다. 오늘은 호스텔 여행자들이 모두 모여 본인들 나라의 요리를 모아 같이 식사를 하는 날이라며 40유로의 세르비아 친구가 우리에게 함께할 것을 권했다. 브라질, 스코틀랜드, 미국, 캐나다, 세르비아, 프랑스 등 다양한 나라의 친구들이 호스텔의 화젯거리인 '그'의 이야기를 시작으로 대동단결해 각자의 여행에 대해 즐겁게 이야기 한다.

사미르와 나는
아쉬운 마음에
멀리서 보이는 신전을
카메라로 담았다.

대용량 팩와인에 달려 있는 꼭지의 손잡이를 내려 와인을 따라 마시며 왁자지껄 떠드는 시간은 즐겁기 그지없었다. 옥상 밖에선 이야기로 꽃을 피우고 부엌에선 카드를 이용한 술 먹이기 게임이 한창이다. 호스텔 친구들은 표정이 다양해서 그런지 어떤 패를 가지고 있는지 읽기가 쉬웠다.

도수가 약한 와인도 많이 마시니 취기가 오른다. 즐겁다. 함께하면 이렇게 즐겁구나. 내 마음속 공허함의 정체는 '사람에 대한 그리움'이었다.

이 옥상파티가
여행을 꿈꾸는 사람들
대부분이 기대하는
자유분방함 그 자체가 아닐까.

관광지

이탈리아

끝나지 않길 바랐던 친구들과의 즐거운 밤이 지나갔다. 자칫 불쾌할 뻔한 아테네에서 사람의 온기를 충전하고, 그 원동력으로 페리를 타고 이탈리아로 이동하기 위해 항구 도시 파트라스에 도착했다. 선적과 좌석 값을 합쳐 80유로다. 내일이 되면 120유로로 가격이 오른다는 말에 출발을 서둘렀다. 입장 시간은 오후 4시인데 생각보다 일찍 도착하는 바람에 철문이 열릴 때까지 2시간을 기다렸다.

허기를 달래기 위해 트렁크에서 꺼낸 초코바는 기름통과 같이 있었어서 그런지 휘발유 냄새가 진동했지만, 행복한 시간을 추억하며 냄새에 아랑곳 하지 않고 깔끔하게 초코바를 먹어치웠다.

폴란드에서
율리아에게 받았던
초코바.

　입장을 기다리는 동안 한 번도 사용하지 않은 삼각대를 꺼내 셀카를 찍으며 지루함을 달랬다. 겨우 철문 안으로 입장했지만 페리에 탑승하려면 1시간을 더 기다려야 했다. 하는 수 없이 의자를 펴고 또 하염없이 기다리는데 페리에서 오토바이가 들어갔다 나왔다 하는 모습이 보인다. 베스파를 타고 있던 외국인 여자는 당당하게 페리 안쪽에 먼저 스쿠터를 주차시켜 놓고 선원들과 잡담을 한다. 억울한 마음에 "쟤는 왜 들어가고 나는 안 되냐? 외국인이라서 차별하는 거냐?"라고 선원에게 항의했다. 쟤들은 선원들이기 때문에 상관없다고 한다. 그렇구나. 선원이었구나. 쪽팔렸다. 조용히 의자로 돌아와 다시 기다리는데. 머리위로 빗방울이 떨어진다. "이런 젠장."

　비가 추적추적 내려 컨테이너 차량 밑에 쭈그려 앉아 비를 피했다. 이놈의 비는 항상 내 발목을 잡는구나. 얼마나 더 내릴지 알 수가 없어서 레인커버로 스쿠터를 덮으려고 하는 찰나 선원이 페리 안으로 들어오라 손짓한다. 쭈그려서 비를 비하는 내가 불쌍해 보여서 자비를 베풀어준 것이 아닌가 싶다. 다른 차량이 나를 따라 들어

배는 밤새 성난 바다를
흔들거리며 통과해
이탈리아로 향했다.
아침이 되자
날씨는 거짓말처럼
고요함을 되찾았다.

오려 하니 차량을 통제하는 선원이 입항 시간을 지키라며 소리친다. 혼자 혜택을 받은 것 같아 부끄러웠다.

3등석은 좌식이다. 사람이 없어 널널하다. 만약 페리를 이용하지 않았다면 비를 맞으며 바다 건너로 보이는 험난한 산들을 수도 없이 넘어야 했겠지. 핸드폰을 못하니 너무 지루해서 돈을 5유로나 지불하고 와이파이를 이용했지만 실수였다. 와이파이는 너무 느려 사실상 인터넷 사용이 불가했다. 몇몇 사람들이 의자에 누워서 잠을 자길래 똑같이 누워 쪽잠을 청했다. 다들 익숙하게 모포를 덮고 코를 골며 자고 있다. 나는 겉옷을 이불 대신 덮었다.

러시아와 달리 유럽은 고속도로 통행료가 있다. 동유럽에선 그리스를 처음으로 통행료로 1~2유로를 지불했다면 이탈리아에선 약 20유로 정도를 지불해야 한다. 기존에 사용했던 최단 거리만을 알려주는 오프라인 네비게이션 '맵스미'에는 고속도로와 국도를 나눠 경로를 탐색하는 기능이 없었다. 다행히 예비로 깔아 놓은 다른 오프라인 내비게이션 앱인 '시직'에 국도만을 안내하는 기능이 있어 이탈리아에서부턴 비용 절감을 위해 국도만을 이용했다.

이탈리아 바리Bari에 도착했다. 이제 이탈리아, 프랑스를 거치면 이 여행도 끝이구나. 끝이 안 보이던 여행도 이제 최종장이다. 헬조선, 헬조선을 외치던 나지만 여행 중 지나온 나라들을 경험하니 한국이 참 좋은 나라라는 사실을 실감한다. 역시 집 떠나면 개고생이

구나. 인생은 실전이라고 진짜 해보지 않으면 아무것도 알 수 없다. 한국에서 누리는 당연한 것들에 대한 결핍과 타지에서 겪는 지저분하고 추한 기억. 어디에서 무엇을 하든 항상 행복하거나 항상 불행할 수는 없는 법이다. 행복과 불행을 모두 끌어안은 채 모두가 그렇듯 그냥 그렇게 살아가는 것이 인생인 걸까.

아테네에서의 만남은 행복했지만 즐겁게 웃고 떠들던 그들은 이제 없다. 보고 싶은 것도, 하고 싶은 것도 무엇 하나 남지 않았다. 목적을 잃은 방랑자는 마치 일과처럼, 시간을 때우기 위해 그저 시내를 좀비처럼 느린 걸음으로 방황한다. 마지막 의미 부여인 식도락 투어는 의지를 상실한 몸뚱이를 어떻게든 끌고 가려 노력한다. 피자의 본고장 이탈리아에서의 첫 피자는 엄청난 짠맛이다. 이게 진짜 이탈리아 피자라니, 철저히 환상을 파괴하는 맛이었다. 어차피 가는 길목에 피자의 본고장 나폴리가 있으니 여행을 끝내기 전에 정통 이탈리아 피자의 맛을 혀에 새겨놓기로 했다.

나폴리에서 3일간 묵은 숙소.
숙박을 한 3일 내내 비가 내렸다.
비. 지긋지긋한 비.

　나폴리Naples의 첫인상은 낡고 오래된 거리다. 현대 사회에서 접하는 아스팔트 포장길은 눈 씻고 봐도 찾을 수 없다. 나폴리의 호스텔에서 스쿠터의 주차비를 아껴보고자 직원에게 흥정을 해보았지만 얄짤없었다. 눈물을 훔치며 3일치 주차비인 30유로를 별도로 지불한다. 주차비가 아까워 길거리에 주차를 할까 잠시 생각했지만 바로 생각을 접었다. 길가에 아무렇게나 오토바이가 세워져 있었던 그리스와 달리 이탈리아에선 그런 모습을 찾아볼 수 없었다. 현지인이 하지 않는 행동엔 분명 이유가 있다는 걸 알기에 기조에 편승했다.

　호스텔의 세탁기를 발견하고 그동안 심한 냄새로 인해 비닐봉지에 묶어 봉인했던 빨래들을 세탁기에 욱여넣었다. 계속 내리는 비에 쉽게 마르지 않을 것 같은 옷가지들을 널고 나폴리에 온 목적을 완수하기 위해 거리로 나와 맛있는 피자집을 찾으며 걸었다.

골목길 사이로 바라본 나폴리의 전경.

나폴리의 가파른 골목. 내려가는 것도 문제지만
다시 돌아오는 것이 더 문제였다.

해안가에 인접한
중심지에 도착해
나폴리의 상징이라는
누오보 성을 구경했다.

나폴리도 테살로니키와 비슷한 구조의 도시라서 중심지를 향하려면 언덕을 열심히 걸어 내려가야 한다. 걸으면 걸을수록 비를 흡수하는 잠바의 무게가 더욱더 무겁게 느껴진다. 도착한 성 앞에서 흑인 두세 명이 모여 관광객들을 응시한다. 누오보 성Castel Nuovo 주변을 서성이던 내게 흑인 무리가 다가와 '셀피, 셀피'를 외치며 들고 있던 핸드폰에 손을 대려한다. 위기를 직감했기에 그들의 손을 뿌리치고 빠른 걸음으로 현장을 이탈했다. 멀리서 내 뒤통수에 '퍽 유 차이니즈'라고 소리 지른 후 그들은 어두운 골목의 저편으로 사라졌다.

플레비시토 광장Piazza del Plebiscito까지 내려와 피자집을 찾기 위해 무려 6시간 넘게 돌아다녔지만 하나같이 굳게 닫혀있다. 이탈리아 피자 휴일의 날인가? 가는 날이 장날이라더니. 나폴리까지 와서 피자도 못 먹어보고 가는구나. 나폴리에서의 마지막 밤이었기에 아쉬운 마음에 잠을 못자고 라운지에 앉아 있는데 옆에 앉아있던 여행자 한 명이 잠깐 나가더니 피자를 들고 온다.

20분도 안 걸려 배달된
피자 박스를 열고
긴장과 설렘으로
나폴리 피자를 영접한다.

"그 피자 어디서 났냐?"
"배달시켰는데?"

여기서도 배달이 가능한 줄은 몰랐는데. 나도 녀석이 주문한 곳에 기본형 피자를 하나 주문했다. 진짜 나폴리 피자는 어떻게 생겼을까? 피자의 고장 나폴리의 피자는 생각보다 평범했다. 아무런 손질도 안 되어 있어 나이프로 적당히 한 입 크게 먹어본다. 엄청난 맛은 아니었지만 빵은 굉장히 쫄깃했다.

개인적인 감상이지만 빈민가 같던 나폴리를 빠져나왔다. 따뜻한 햇살이 하늘에서 내려온다. 나를 괴롭히던 지독한 비구름은 나와 반대 방향으로 갈 모양이다. 기쁜 마음으로 비구름과 작별인사를 했다.

해안도로는 바람이 거칠게 불어온다는 공통점이 있다. 자칫 도로 밖 낭떠러지로 떨어질 정도의 바람이다. 아무래도 국도를 이용하다 보니 대부분 해안가 도로로 안내를 해주는 모양이다.

제국의 역사를 품은 이탈리아의 수도, 시간이 멈춰버린 도시 로마 Roma에 도착했다. 로마는 나에게 도착 기념으로 역대 최악의 교통 정체를 선사해주었다. 이게 가능한 일인가? 한 발자국도 움직일 틈이 없을 정도로 도로는 자동차와 스쿠터들로 뒤엉켜 있다. 시간에 따라 바뀌는 신호등은 반짝이는 장식품으로 전락해버렸고 로마 시내의 도로는 말 그대로 아수라장이었다. 여기저기서 경적이 끊이질 않고 서로 욕심을 내 앞으로 나아가려다 길이 막힌 운전자들이 차 밖으로 나와 서로에게 삿대질과 고성을 주고받는다. 아무것도 못하고 도로

매일같이 펼쳐졌던 우중충한 하늘과 끈적거리는 비구름에 작별을 고하고
해안도로를 신나게 질주하니 우울했던 기분이 조금 나아졌다.

한복판에 갇혀 1시간 넘게 있자니 슬슬 짜증이 나기 시작한다. 언제까지 이러고 있어야 하나.

그런데 멀리서 우렁찬 목소리가 들려와 고개를 드니 이 상황을 참다못한 어느 운전자가 차량 지붕위로 올라가 팔을 휘저으며 대중들에게 소리치고 있었다. 혼란의 중심에서 울려퍼진 외침은 모든 사람들이 이성을 끈을 다시 움켜쥐게끔 만들었다. 도시의 영웅에게 찬동하듯 미묘하지만 조금씩 길이 열리며 질서가 바로잡히고 있다. 그의 외침은 다른 몇몇에게도 용기를 주었고 곳곳에서 사람들이 솔선수범하여 교통을 정리하기 시작했다.

스쿠터 무리의 선두에 있던 스쿠터 운전자도 길을 개척해 나간다. 단단히 막혀 있던 차량의 바리게이트가 열리고 그 사이로 혈관에 피가 흐르듯, 갇혀 있던 스쿠터들이 하나둘 빠져나간다.

이 사건을 호스텔 주인에게 말해주니 주인은 종종 있는 일인지 태연히 오늘은 대중교통 총 파업의 날이라고 이야기한다. 이런 일이 자주 일어난다니. 믿기지 않는다.

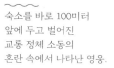
숙소를 바로 100미터
앞에 두고 벌어진
교통 정체 소동의
혼란 속에서 나타난 영웅.

로마는 나폴리와 달리 흉흉함은 없었다. 안전하다고 판단된 도시를 〈로마의 휴일〉의 주인공인 오드리 헵번이 된 기분을 내며 이리저리 휘젓고 다녔다. 로마에선 어디를 가도 수많은 관광객들로 인산인해다. 다양한 국가의 관광객과 그들을 노리고 접근하는 질이 좋지 않은 인간들. 사진 촬영을 핑계로 핸드폰을 훔쳐가거나 팔찌를 채워주고 돈을 요구하는 모습을 심심치 않게 목격한다. 주 타깃은 동양인이다.

로마에선 전형적인 관광 코스를 밟았다. 콜로세움으로 입장하는 줄은 끝도 보이지 않는다. 밖에서만 봐도 내부에 얼마나 많은 사람들로 가득한지 알 수 있을 정도였다.

매표소에서 줄을 서서 한국인 여행객 2명이 티켓을 구매하는 모습을 구경했다. 그들은 콜로세움만 보기 위한 티켓을 원했으나 의사를 원활하게 전달하지 못했다. 재차 질문하는 매표소 직원의 물음에 제대로 답하지 못하고 그저 '예스, 예스.'를 반복한다. 매표소 직원은 전체 관람티켓을 끊어주었다. 그들은 매표소를 떠나며 표의 가격을 보곤 불만을 터트렸다. 예스라고 했으면서. 본인들이 직접 했던 말과 행동을 전혀 기억하지 못하는 건가? 내가 부족해서 생긴 일인데도 남에게 화살을 돌리며 다른 사람을 탓하는, 내 안에도 분명 있을 그러한 모습을 생각하자니 나에게도, 그들에게도 염증이 느껴졌다.

로마는 그들의 수입원 중 하나인 콜로세움을 망가트리지 않기 위해 필사적이다. 최근 많은 테러가 있었고 콜로세움과 같은 유적은

콜로세움에 입장하여 바라본 콘스탄티누스 개선문(Arch of Constantine).
창 너머로 개선문을 바라보니 마치 과거로 시간여행을 하는 느낌이었다.

희대의 명작 중 하나인 영화 〈글래디에이터〉에 나오던 콜로세움을 기대했지만
영화와 달리 실제 콜로세움은 과거의 명성만을 유지하는 폐허에 가까웠다.

산타 마리아
마조레 대성전
앞의 계단에
잠시 앉아
지나가는
사람들을
구경했다.

판테온(Pantheon) 신전도 가봤다. 고대의 엄청난 건축기술로,
지지 기둥 하나 없이 만들어졌다는 전설의 건축물이라고 한다.

많은 이들이
인생샷을 찍기 위해
다리에서 물구나무도 서고
기이한 포즈를 취하며
사진촬영에 여념이 없다.

다리에서
바라 본 풍경.

그 표적이 되기에 충분하여 공항에나 볼 수 있을 엑스레이 탐지기를
사용해 관광객들의 짐을 하나하나 검사하고 있다. 로마 안에 국가가
하나 더 있는 사실을 사람들이 알지 모르겠지만 바티칸은 이탈리아
안에 있는, 독립된 또 다른 국가이다. 작디작은 국토를 거대한 성벽
이 둘러싸고 있으며 성벽 구석구석에서 감시 카메라가 24시간 돌아
가고 있다. 어딜 가나 사람이 너무 많아 뭐가 뭔지 알 수 없게 되어버
린 기분이다.

  스쿠터를 타고 이동한 덕분에 하루 만에 모든 유명관광지를 둘러
볼 수 있었다. 마지막 관광지인 트레비 분수Trevi Fountain에 도착, 주차
를 하기 위해 수많은 오토바이 사이에 내 걸 섞어 넣었다.
  도착한 트레비 분수는 마치 시장통 그 자체였다. 하지만 혼란스럽
지는 않았다. 트레비 분수 앞 수많은 인파가 모두 똑같은 포즈를 취
하고 있었기 때문이다. 남는 건 사진뿐이라지만 거의 모든 사람이
여기까지 와서 작은 화면으로 이 광경을 바라보고 있고 나 역시 똑
같이 핸드폰 화면으로 사진을 찍고 있다. 반대편에서 보면 나도 그

들과 똑같은 모습일 거란 생각에 사진 찍기를 그만두고 핸드폰을 바지 주머니에 찔러 넣었다. 알혼섬의 눈부시게 빛나는 별 하늘을 카메라로 담아내지 못했듯 백날 찍어봐야 트레비 분수의 모든 것을 담는 것은 불가능할 것이다. 보여주기식 여행은 이제 그만두자.

호스텔로 돌아와 여행자 친구들, 주인아주머니와 함께 수다를 떨었다. 대화 주제는 이탈리아의 경제다. 이탈리아 사람인 아주머니는 이탈리아가 처한 문제에 대해 열변을 토하더니 속이 답답해졌다며 젤라또를 먹으러 가자고 했다. 아주머니와 애완견을 선두로 나, 홍콩인, 아르헨티나, 미국인친구 이렇게 5명의 사람과 동물 1마리로 구성된 젤라또 원정대는 로마의 밤거리를 휘저으며 아주머니가 애용하는 젤라또 가게로 향했다.

어떤 원리로 젤라또를 만드는지는 잘 모르지만 건강한 맛인건 확실하다. 특히나 쌀로 만든 젤라또가 맛있었다. 한국에서 팔면 인기가 많을 것 같다는 생각이 들었다. 아마 누군가 팔고 있겠지. 귀국일이 다가오니 앞으로 먹고 살 길이 까마득하다.

~~~~~
도착한
젤라또 가게에는
100가지가
넘는 맛의
젤라또가 있었다.

수많은 인파와 함께한 로마에서의 경험을 뒤로하고 피사의 사탑 Leaning Tower of Pisa을 제외하곤 아무것도 볼게 없다는 피사로 향한다. 나는 유명 관광지 보다는 이탈리아 도로를 달리면서 지나친 작은 마을들이 훨씬 인상 깊었다. 왜 멀쩡하게 있는 넓은 대지를 놔두고 마을이 하나같이 산꼭대기에 요새처럼 지어져 있는 걸까.

피사는 정말 탑 말곤 별 게 없었고, 이젠 필요 없는 텐트와 매트리스를 먼저 한국으로 돌려보내기로 했다. 피사의 작은 우체국에서 국제우편으로 장비들을 부쳤다. 소포의 총 중량은 약 7kg. 서류 작성 양식이 전부 이탈리아어로 되어 있어서 작성에 애를 먹었다. 뒤에서 줄을 섰던 할아버지의 도움으로 무사히 서류작성을 마칠 수 있었다. 어린시절, 제2차 세계대전 당시 상주하던 미군에게 영어를 배운 알베르토 할아버지에게 감사의 인사를 전했다.

설정샷으로 유명한
피사의 사탑에서
소심하게나마 손가락으로
설정샷을 찍어본다.

요즘 내 유일한 낙은 마트 구경이다. 마트에서 우연히 발견한 파스텔 톤의 예쁜 칵테일을 사고 싶었지만 양이 너무 많아 다음에 이탈리아를 방문할 때 사기로 했다. 이렇게 여지를 남겨놔야 또 오지 않겠는가.

점점 바닥을 드러내는 통장 잔고를 보며 희망유희님의 모험담이 떠오른다. '나도 한번 현지에서 일자리를 구해서 여행 경비를 벌면서 끝없는 여행이나 해볼까?' 아주 조금 마음 한 켠에 품고 있었던 끝없는 여행 생활. 포르투갈을 넘어 아메리카 대륙을 가로질러 다시 한국으로 돌아오는, 말 그대로 지구 한 바퀴를 도는 여행이지만 내 몸과 마음은 이미 지칠 대로 지쳐버려서 상상만으로 끝내기로 했다.

원래라면 피사에서 스페인으로 가는 가장 최단 거리인 제노아로 가야만 했다. 하지만 희망유희님의 모험담에 괜스레 자극을 받아 그놈의 스위스 한번 보겠다고 밀라노 쪽으로 올라가기로 결정했다. 나는 이 한순간의 멍청한 선택 덕분에 이름을 알 수 없는 눈 덮인 거대한 산맥 하나를 넘어 프랑스로 입국하게 된다.

# 재회

이탈리아 & 프랑스

스위스로 향하기 위해 밀라노Milan를 넘어 이탈리아 북부의 작은 마을 몬차Monza에 도착했다. 밀라노에 비해 몬차는 숙소가 저렴했다. 그놈의 스위스가 뭐라고. 하지만 그래도 궁금하다. 도대체 얼마나 멋지길래 사람들의 입에 오르내리는 걸까. 몬차에서 이탈리아 북부 지방 마을인 아스타를 거쳐 제네바Geneva로 들어갈 루트를 짜고 이동했다.

피사에서 출발해 산을 계속 오르다보니 그동안 피해 온 추위와 다시 조우했다. 스위스 하나만을 위해 여기까지 오고 말았다. 내일부터 스위스 인근에 폭설이 내린다는 일기예보를 보고 사전 답사를 위

국도를 통해 들어온 알프스 산맥.
거대한 구름 덩어리가 유럽 전역을 뒤덮고 있다.

해 국경 근처까지 올라가 봤지만 눈 때문에 뒷바퀴가 몇 번이나 미끄러지는 것을 몸으로 체험하고 목숨이 아까워 스위스행을 포기했다. 유럽의 기상 상황을 위성지도로 확인했다. 몬차로 올라온 건 확실하게 잘못된 판단이었다.

객기가 좌절된 후 허망함을 음식으로 채워본다. 주문한 음식이 혼자 먹기엔 많은 양이라는 직원의 충고를 무시하고 억지로 뱃속에 음식을 채워 넣었다. 그릇을 반 정도 비우고 직원의 충고를 뼈저리게 실감했다. 터질 듯한 배에 손을 얹고 뒤뚱뒤뚱 도미토리로 돌아왔다.

다음날은 독차지하던 도미토리에 새로운 투숙객이 들어왔다. 일단 화장실에 널어 놓은 빨래를 걷고 새로운 투숙객을 맞이했다. 그는 시칠리아에서 출장 온 직장인이었다. 앳된 얼굴이었지만 넥타이를 맨 그의 표정에 피곤함이 많이 묻어 있었다. 그의 빠듯한 일정 때문에 많은 대화를 나누진 못했지만 그는 선뜻 부모님이 싸줬다는 샌드위치를 나와 나누며 힘내라는 응원을 해주었다. 그의 눈에 비친 내 모습도 만만치 않았나보다.

실수를 만회하기 위해 어떻게 해야 국도를 통해 최단 거리로 발렌시아까지 갈 수 있을까 고민하던 중 아테네에서 만난 사미르에게 메신저가 날아왔다. 알고보니 사미르는 밀라노의 대학에서 유학 중인 학생이었다. 그와 함께한 시간은 좋은 추억으로 가득했기에 거절할

사미르가 머물고 있는 대학 기숙사에서 바라본 밀라노의 풍경은 생각과 달리 그다지 아름답지는 않았다.

이유 없이 코앞의 밀라노로 향했다. 생각해보니 사미르에 대해 아는 게 하나도 없었다. 그는 파키스탄에서 국가 장학금을 받고 싱가폴에서 정치학을 공부하다 현재 교환학생으로 밀라노의 대학에서 정치학 박사 과정을 밟고 있다고 한다. 그는 국가의 수재였다. 그냥 웃음 많고 순수한 친구인 줄 알았는데 고국인 파키스탄의 어려움에 본인이 미약하게나마 도움이 되고자 공부 중이라고 한다. 그를 여기까지 오게 한 원동력은 나라에 대한 헌신과 사랑으로 이루어진 그의 순수한 열정이 아닐까 싶다.

그의 가이드를 받으며 유명한 건축물인 두오모Duomo를 구경하고 브랜드 거리를 걸었다. 고급스러운 브랜드들이 즐비한 거리에서 나와 사미르가 살 수 있는 건 하나도 없었다. 돌아오는 길에 젤라또 쉐이크를 하나 들고 두오모 근처 대리석 의자에 앉아 유러피언처럼 허세를 부린 다음 기숙사로 돌아왔다.

기숙사에는 같은 파키스탄 유학생 1명과 스페인 유학생 2명, 그리고 사미르까지 총 4명이 함께 살고 있다. 뭔가 대접하고 싶은 마음에 매운 것과 안 매운 것, 둘 중 어떤 것이 끌리냐 물어보니 매운 요리가 먹고 싶단다. 그래서 만들기로 결정한 닭볶음탕. 고추장은 맛다시를 사용했다. 스페인 친구들은 매운 음식에 익숙하지 않았는지 연신 물을 들이켰지만 파키스탄 친구들의 입맛에는 꽤나 맞는 듯했다. 사미르의 호의에 좀 더 기대고 싶었지만 민폐인 것을 잘 알기 때문에 다음날 새벽에 짧게 인사를 하고 서둘러 출발했다.

　스페인으로 가던 중, 갑작스럽게 쏟아진 폭우로 우비를 입을 새도 없이 온몸이 다 젖어버렸다. 숙소에 들어오자마자 바닥을 손으로 더듬거리며 열이 나는 곳을 찾아 헤맸다. 말릴 공간이 부족해서 바닥을 네발로 기어다니며 열원을 하나씩 찾아내 옷을 말렸다. 하늘에 구멍이 뚫린 것만 같은 굉장한 폭우였다. 쏟아지는 비를 보면서 스위스로 올라가지 않길 잘했다고 스스로를 다독였다.
　온종일 세차게 비를 맞은 스쿠터는 차갑게 식어 시동이 안 걸렸다. 몇 번의 시도 끝에 시동이 걸린 스쿠터를 타고 이탈리아를 빠져나가던 와중, 길목의 저지대가 침수되어 있는 것으로 어제 하루 종일 내린 비의 양을 짐작할 수 있었다. 가로등은 머리만 보이고 학교로 짐작되는 곳의 농구장은 골대 끝만 간신히 머리를 드러내고 있을 정도였다. 이탈리아 북부의 산맥 하나를 통과하는 터널을 지나 프랑스로 들어왔다.

　프랑스 국도 산길을 통과하며 곳곳의 무너져 내린 바위들을 목격

멀리 설산이 보여 걱정이 이만저만이 아니었지만
터널을 통과하는 거라 다행이었다.

조금만 더 빨리 달렸으면
바위에 깔렸을수도 있었다고 생각하니
등골이 오싹해진다.

했고 스쿠터를 운전하며 달리고 있는 와중에도 바로 앞에서 바위가
무너져 내렸다. 노면이 살짝 얼어 있어 무척 위험한 산길이었다.

　국경의 산맥을 기준으로 이탈리아에선 눈이, 프랑스에선 비가 많
이 내렸나 보다. 산맥을 4~5개를 넘으며 산골의 아기자기하고 평화
로운 모습의 작은 마을들을 구경했다. 얼마나 오래된 마을일까? 대
자연의 한복판에 그림처럼 그려진 마을들. 하지만 그곳에 살라고 하
면? 문명에 찌든 나는 솔직히 자신이 없다.

　꽁꽁 얼어버린 설산의 기나긴 터널을 뚫고 나오니 완전히 다른 세
상이 펼쳐진다. 촉촉하게 젖은 알록달록한 단풍과 계곡이 어우러진
꼬불길을 느린 속도로 빠져나간다. 지도를 보니 프랑스 동부의 메흐
껑뚜흐 국립공원Parc national du Mercantour이라 표시되어 있다. 어제 내렸
던 폭우의 영향인지 도로 옆으로 흐르는 물길이 하얀 거품을 일으키
며 빠른 유속으로 흘러내려 간다.

다행히 큰 사고 없이 프랑스 니스Nice에 도착할 수 있었다. 기타를 치며 노래를 부르는 여행자들, 탄탄하게 균형 잡힌 체형에 스포츠 웨어를 입은 건강한 남녀가 노래를 들으며 앞을 지나간다. 최근 화물차 돌진 테러로 많은 사상자가 발생한 사건이 있었다고 들었는데, 테러의 흔적은 어디에도 없었다. 니스에서 하룻밤을 보낸 후 꼬불꼬불 한적한 국도를 전세 낸 것처럼 달린다. 웅장한 계곡 사이로 가냘픈 스쿠터의 배기음이 떠나온 니스 방향으로 울려 퍼졌다.

프랑스의 니스를 떠나
스페인으로 가는 길

# 외면

~~~~~

스페인

프랑스 아비뇽에서부터는 머릿속에 스쿠터 선적과 비행기 표 구입
에 대한 생각뿐이었다. 일부러 사람을 피하고 호스텔에선 돌아가는
방법만 모색하며 시간을 보냈다. 그들의 눈에 비친 나는 신기한 사
람이지만 나라가 바뀌고 사람이 바뀌어도 변함 없는 똑같은 질문에
기계적으로 대답하는 내게 회의감이 든다. 이젠 끝을 낼 때가 된 것
이다. 매너리즘에 빠진 나는 가급적 말을 짧게 하고 과도한 관심과
질문에 간단히만 답변을 한 뒤 자리를 떠나기를 반복했다. 남들과는
조금은 다르고 싶어서, 특별한 사람이 되고 싶어 떠난 이 여행이 더
이상 특별하게 느껴지지 않았다.

여행기를 블로그에 기록하며 많은 사람들의 질문을 받았었는데 항상 대답하기가 참 어려웠다. 사람은 다양하고 제각각이라 '절대', '무조건', '불가능' 같은 무책임한 말은 할 수가 없기 때문이다.

경험을 바탕으로 예를 들자면, 스쿠터로 횡단을 준비할 당시 동네 정비소에서 유라시아 대륙 횡단을 이야기하니 예전에 몽골에서 정비소를 했었는데 이 스쿠터로는 절대로 불가능하며 총에 맞아 죽을 수 있다고 겁을 주었었다. 하지만 난 그 스쿠터로 여기까지 오지 않았나. 많은 사람들의 평범한 일상인, 누군가를 본인의 잣대로 규제하려는 행위들은 잘못된 것이다. 우리 모두 누군가에게 조언 혹은 제안을 해줄 수는 있지만 강요, 훈계, 지시를 할 수는 없다.

그러고 보니 내가 어느새
바르셀로나에 와 있다.
멀리도 왔다 참.
스위스와 얼마 거리도 되지 않는데
어찌 이리 따듯한 것일까.

바르셀로나Barcelona 전통시장에 들려 사람들이 많이 앉아 있는 간이음식점 구석에 자리를 잡았다. 옆에 앉은 동양인 여자가 가리비 구이 같은 걸 시켰는데 먹지는 않고 사진만 찍어댄다. 몇 조각 먹고 입맛에 안 맞았던 모양인지 금액을 지불하고 자리에서 일어난다. 찍은 사진을 인스타에 업로드 하는 모습을 우연히 보게 됐는데 과연 그녀의 인스타에 올라간 음식은 어떤식으로 표현됐을까. 행복한 맛이었을까? 불행한 맛이었을까?

시장에선 그 유명하다는 하몽도 사먹었다. 먹음직스럽게 진열되어 있던 하몽을 달라고 하니 포장할거냐고 묻는다. 지금 당장은 먹을 생각이 없기에 포장해 가 호스텔에서 먹기로 했다.

공용 주방에서 밥을 먹고 있는데 호스텔에서 주최하는 어떤 행사인지 라운지에 있는 모두에게 상큼한 포도 맛 카테일을 한 잔씩 건

계란 후라이와
쭈꾸미 볶음을 주문했다.

기름이 치덕치덕
발라져 있는 육포에서는
오래된 치즈 맛이 난다.

네주었다. 느긋하게 일어나 딱히 할 일도 없어 지저분해진 스쿠터를 물티슈로 열심히 닦았다. 언제 이렇게 지저분해졌는지, 닦으면서 보고 있자니 산전수전 다 겪은 운전자의 스쿠터같이 보이는 게 왠지 멋진 것 같아서 그냥 이대로 둘까 잠시 고민할 정도였다.

바르셀로나를 빠져나가기 전에 가볍게 도시의 밤을 구경했다. 원래는 계속 호스텔에 있을 예정이었지만 마지막 힘을 쥐어짜며 성가족 대성당La Sagrada Familia까지 보고 왔다. 기괴한 모습과는 상반되는 이름을 지닌 성당의 비주얼은 상당히 충격적이었다. 일반적인 교회나 성당과는 다르게 녹아내리는 듯한 외관에서 느껴지는 그로테스크함 때문에 꼭 악마의 성처럼 보인다. 사람의 시각마다 다르게 보일 수도 있겠지만 내 눈엔 악의 소굴처럼 보였다.

내부에선 성직자들이
고문당하고 있을 것만 같다.
심지어 조명도 빨간색이다.

바르셀로나에 도착한 또 다른 스쿠터 여행자 성호님에게서 마침내 연락이 왔다. 드디어 성호님을 만나는 구나. 밤 9시지만 시간은 중요치 않았다. 내 것보다 느린 스쿠터로 어떻게 여기까지 왔을지 상상도 안 된다. 한 달 정도 먼저 출발한 그는 남쪽으로 내려온 나와는 정 반대로 북유럽을 통과해 내려왔다고 한다. 그 추위를 어떻게 견뎠는지 믿겨지지 않는다. 심지어 무슨 우연의 장난인지 성호님도 일산 사람이라고 한다. 이 머나먼 땅에서 동네 사람을 만나게 될 줄이야.

그의 스쿠터에는 엄청나게 거대한 박스가 몇 개씩 달려 있는데 그가 갔다 온 국기들이 훈장처럼 오와 열을 맞추어 다다다닥 붙어있다. 여행 동안 찍은 사진도 몇 장 보여주었는데 스쿠터 앞에 박스 1개, 뒤에 3개, 총 4개의 박스에다가 본인의 앉은 키만큼 큰 가방을 3개까지 쌓아올려서 여기까지 온 것이다. 세상에. 물가가 비싼 핀란드로 입국, 북유럽을 거쳐 돌아와 유럽에선 돈을 아끼기 위해 거의 캠핑만 했다는 그의 이야기에 나는 혀를 내둘렀다. 그의 모험에 비

우리는
성가족 대성당
앞에서 만났다.

하면 내 여행은 패키지여행이라고 느껴질 정도다.

성호님과 세계 3대 분수라는 것을 보러 갔다. '세계'라는 표현은 좀 거창하지 않았나 싶다. 역사와 고대 건축물 효과를 받아 살짝 과장되었다는 생각이 들었다.

성호님과 성가족 대성당 앞 공터의 대리석 돌에 적당히 걸터앉아 시간 가는 줄 모르고 서로의 여행담을 이야기했다. 서로가 겪었던 일에 공감하기도 하며 즐겁게 수다를 떨다가 슬슬 돌아갈까 싶어 시계를 보니 새벽 4시다. 주위를 둘러보니 청소차가 거리를 청소하고 있다. 우리와 청소차를 제외하고는 개미 한 마리도 보이지 않았다. 언제나 사람으로 넘쳐나는 바르셀로나 중심에 우리 둘밖에 없었던 순간은 매우 뜻깊은 추억이 되었다.

바르셀로나에서 성호님께 함께 발렌시아Valencian Community로 갈 것을 제안했지만 당일 바르셀로나에서 열리는 FC바르셀로나와 레알 마드리드의 엘클라시코 개막전 티켓을 구매했다며 경기를 본 후 세상의 끝이라 불리는 포르투갈의 호카곶까지 가겠다고 한다. 며칠 뒤 다시 발렌시아에서 만날 것을 약속하며 그와 헤어졌다.

노래에 맞춰 춤을 추는 분수는
우리 동네 호수공원의 분수와
별반 다를 바 없었지만
분수를 둘러싸고 있는
고대의 조각들과
멋들어진 궁전이
분위기를 더해주었다.

발렌시아에 도착하자마자 바로 선적을 할 요량으로 선적 업체인 TIBA에서 5분 거리에 위치한 호스텔에 마지막 터를 잡은 후, 스쿠터를 한국으로 보내기 위해 업체에 방문했다. TIBA에서 선적에 필요한 각종 정보들을 적어 달라 하여 열심히 적었다. 다시는 꺼낼 일이 없을 줄 알았던 각종 서류와 사본들이 이곳에서 다시 빛을 발하는 순간이었다. 열심히 준비한 게 이렇게 사용되니 기분이 짜릿하다.

　　그리고 며칠 지나서 정말로 포르투갈 호카곶까지 갔다온 성호님이 발렌시아로 도착했다. 대단하다. 성호님과 호스텔에 머물고 있는 와중에 견적서가 도착했다. 340유로의 선적비를 현금으로 뽑아서 은행에 대금을 지불하니 정말 아슬아슬하게 비행기 값이 남았다. 스쿠터 선적을 할 수 있는 장소의 주소를 안내받아 창고를 향해 스쿠터를 타고 시내를 질주하여 마침내 도착했다. 최종으로 파손에 대한 책임을 묻지 않겠다는 서류에 서명했다. 좀 부서지면 어떤가. 이미 많이 부서졌는데 뭐. 이젠 정말 내손을 떠난 스쿠터를 보며 여행이 완전하게 끝남을 실감했다.

계획대로였으면 세상의 끝이라 불리는 호카곶에서 바람에 휘날렸어야 할 태극기. 아쉬운 마음에 이렇게라도 사용해본다.

스쿠터 선적을 성공리에 마무리한 것을 축하하기 위해 호스텔에 5일 동안 머물며 다른 사람들이 먹는 걸 구경만 했던 '바케쓰(양동이)' 맥주를 드디어 시켜 먹어봤다. 대한민국으로 떠나는 비행기를 타기 전 마지막 밤인데 맥주만 마시기엔 아쉽다. 성호님과 함께 장을 봐와서 튀김을 튀기고 카레 양념과 케챱을 소스로 해서 안주를 먹었다. 맥주를 마시면서 이때까지의 여행을 추억하고는 감상에 젖는다. 이제 내일이면 비행기를 타고 모스크바를 거쳐 인천 공항으로 간다.

스쿠터로 대륙을 횡단하는 나의 여행은 이렇게 끝이 났다.

발렌시아에서의 마지막 오후. 도시의 어느 공터에서.

끝

일산

발렌시아에서 직항으로 대한민국으로 가는 비행기는 없기에 러시아 아크로폴리스 비행기 편을 이용해 모스크바를 경유하여 인천 국제 공항으로 들어가는 티켓을 38만 원이라는 저렴한 가격에 구매했다. 탑승시간이 되니 사람들이 바글바글하다.

수속을 마치고 하염없이 비행기를 기다리며 마지막으로 스페인 음식을 사먹었다. 살라미를 넣고 닭 가슴살과 치즈, 각종 야채를 넣은 샌드위치. 별 거 아닌 샌드위치지만 마지막이라는 조미료가 들어가서 그런지 이상하게 맛이 있었다. 살라미랑 하몽을 짜다고 그렇게 싫어했던 내가 이걸 이렇게 맛있게 먹으니 신기하다.

비행기가 도착했다. 걸어 다니면서 너무 큰 동네라고 느꼈던 발렌시아를 비행기 안에서 내려다보니 작고 아기자기한 장난감 마을 같다. 4시간을 날아서 모스크바에 도착했다. 방송을 듣고 창문을 통해 내려다본 모스크바는 눈으로 뒤덮여 있었다. 문이 열리고 밖으로 나오자 모든 게 얼어버려도 이상할 것 같지 않은 추위가 온몸을 휘감는다. 살이 다 깨져버릴 것 같은 극한의 추위다.

다음 비행기 편을 확인하고 게이트를 향해 빠른 걸음으로 이동한다. 여유 시간은 1시간 남짓이다. 길을 좀 헤매다 다행히 환승하는 곳을 찾았다. 길을 헷갈렸을 때는 사실 좀 무서웠다. 바이크를 탈 때 모든 게 내 마음대로였는데 여기선 한 번의 실수로 모든 게 끝장날 수도 있다. 마치 망망대해의 작은 배 안에 노 없이 올라탄 기분이랄까. 그저 거대한 바다가 흘러가는 대로 어디론가 떠밀려 가는 기분이다.

그렇게 많은 나라를 돌아다녔지만
내 손에 들려있는 것은 고작 짐 가방 2개뿐이다.

영어 자막이라
주로 영상에만 집중했지만,
내 머릿속에 한국어로 남아 있는
주인공 '알베르트'의 대사가 있다.
'청춘이라는 새는
날아가면 다시 돌아오지 않아.'

   인천공항까지 13시간 정도 걸린다는 안내 방송이 나온다. 비행기를 타면 나처럼 고생하지 않고 지구 한 바퀴를 단 하루만에 돌 수 있다. 모니터에 표시된 비행기의 평균 시속이 800㎞/h가 넘는다. 13시간은 매우 긴 시간이었지만 잠이 올 리 없었다. 영화나 한 편 보자는 마음으로 비행기에서 볼 수 있는 영화를 검색하려고 하니 신기하게도 〈모터사이클 다이어리〉가 있었다. 내 여행에 많은 영감을 준 영화다. 비행기에서 보기에는 조금 어울리지 않았지만 시간도 때울 겸 영화를 시청했다.

   수많은 고민과 풀지 못한 과제들, 인간으로서 한 걸음 더 나아가기 위한 성장통을 겪으며 끝날 것 같지 않았던 여행이 이렇게 끝이 났다. 나는 12월 13일 오전 11시 반경 인천공항을 통해 한국으로 들어왔다. 끝까지 함께해준 스쿠터도 이젠 없다. 아마 지금쯤 태평양 어딘가에 있지 않을까? 뭔가 힘이 빠지고 아무것도 아닌 그냥 이방인이 된 느낌이다. 있을 때는 모르다가 없을 때에야 소중함을 알게 된다는 게 이런 걸까. 바이크를 타고 여행할 땐 내가 이 세상의 주인공 같았는데 지금은 아무것도 아닌 것 같아 기분이 너무 이상하다.

이젠 더 이상 자유롭지 않다.

　집으로 돌아와 침대에 몸을 던진다. 아직 다 끝난 게 아니다. 약속을 지켜야 한다. 도움을 받은 친구들에게 소정의 선물을 보내는 일이 아직 남아 있다. 편지와 간식거리를 박스에 포장했다. 그냥 보내려니 뭔가 허전해서 적당히 돌려쓴 편지도 적어 넣었다. 택배비는 비행기로 보내면 박스 하나당 6만 천 원, 배로 보내면 2만 원 정도다. 음식이라 상할까 봐 별 수 없이 비행기 편을 통해 간식거리들을 보냈다.

녹차, 율무차, 라면, 고구마츄,
쌀과자 등의 간식, 그리고
신상 초코파이들을
박스에 담는다.

편지를 써 놓고 보니
박스를 다 포장한 뒤였다.
칼집을 내서 편지를 넣고
다시 테이프로 봉인했다.

epilogue
생일

한국으로 돌아왔지만 내가 처한 상황은 그대로다. 바뀐 건 바닥을 드러내는 통장 잔고 정도다. 현실의 세상은 다시 돌아온 패배자를 환영하는 것만 같다.

'다시 사회로 복귀한 걸 환영해. 예비 톱니바퀴야.'

도망자를 위한 배려로 멈춰 있던 인생 시계가 째깍째깍 소리를 내며 움직인다. 동네 마트에서 아르바이트를 하며 취업을 준비하는, 반복되는 하루하루를 보낼 뿐. 결국은 이게 전부다. 노란 조끼를 입은 마트 직원들과 함께 점심을 해결하던 중 핸드폰으로 전화가 한 통 걸려온다. 발신처는 부산항 선적 회사였다. 깜빡하고 있었던 스쿠터를 실은 화물선이 부산항으로 들어온 것이다. 담당 직원이 하역과 그에 따른 절차 그리고 비용에 대해 차분하고 상세하게 설명해주었다.

1월 25일. 내가 태어난 날이다. 가끔 날아오는 스팸 문자 정도가 내 생일을 알아준다. 어차피 축하받을 일도 없기에 먼 바다를 건너

온 스쿠터를 인수하기 위해 부산으로 출발할 준비를 했다. 화물 인수를 위해 신분증 1부와 일시수출입증서, 차량등록증 등을 가방에 넣는다. 날씨가 너무 추워서 망설여지기도 했지만 부산에서 일산까지 용달비가 너무 비쌌다. 돈이 없으면 몸이 고생하는 법.

대략 500㎞의 거리를 스쿠터로 이동하려면 방한 대책을 철저하게 해야 한다. 위로는 7겹, 아래로는 4겹을 껴입었다. 당일 출발해서 돌아올 예정이었기에 새벽 4시에 서울역으로 향하는 첫 버스를 탔다. 새벽 4시는 참으로 고요하고 적막하다. 하지만 이 시간부터 생계를 위해 일터로 향하는 사람들도 많았다. 우리나라 사람들은 참 부지런하고 열심히 산다. 이곳에서 행복을 찾을 수 있을까. 살아가려면 피할 수 없는 운명이다. 새벽 4시지만 서울의 빌딩들은 밤낮을 잊은 채 창 너머로 어둠을 밝힌다. 환한 그 불빛은 자본주의가 만들어낸, 누군가의 하루를 태워 내는 불빛이다.

버스를 타고 40여 분쯤 달려서 서울역에 도착했다. KTX를 타고 부산역에 내린 후 임시수출입 검사장에 도착했다. 신분증을 제출하고 출입증을 받아 창고로 향했다. 창고에 들어와 담당자를 기다리며 창고 보관료를 지불한다. 별다른 문제없이 스쿠터를 인수 받고 시동을 걸었다.

이제 본격적인 시작이기에 가져온 옷들을 껴입으며 앞으로 일산까지 올라갈 생각을 하니 막막하기만 하다. 한 번도 안 쉬고 올라가면 밤 9시에 도착할 것 같지만 그건 불가능하기에 도착 시간을 대략 11시쯤으로 잡았다. 편법은 없다. 그저 열심히 달리는 수밖에. 지도를 표시하는 핸드폰의 전원이 영하의 기온 때문에 자꾸 꺼진다. 잠시 멈춰 핸드폰을 머플러에 올려놓고 따듯해지길 기다리다 전원이 들어오면 다시 출발하는 행동을 반복했다.

자정 30분 전에 마침내 집에 도착했다. 그렇게 스쿠터를 데려오기 위해 시작한 작은 일탈은 캄캄한 지하 주차장에서 마침표를 찍었다.

갔다 오고 나니 앞으로의 인생에 대한 고민이 많아졌다. 기대감과 요행의 사이. 나는 여행을 통해 뜻밖의 행운을 바랬다. 그래서 만족스러운 결과를 얻었는가? 그건 아닌 것 같다. 사실 여행을 한다고 획기적인 변화 따위가 일어날 리 없다는 건 알고 있었다. 변화라는 게 쉽게 이루어지는 것은 아니니까. 팍팍한 삶을 달래고자 애써 부정했던 사실이다.

　무언가를 이루기 위해서는 부단한 노력이 필요하고 인생은 모두 실전으로 부딪쳐 가야 한다. 살아가는 동안 매 순간의 선택에 대한 책임은 오롯이 본인의 몫이라는 걸 여행을 통해 재확인했을 뿐이다. 하지만 덕분에 피하려고만 했던 진실과 싸워나갈 수 있는 미약한 동력을 얻은 건 긍정적인 성과다. 나는 아직도 어떻게 먹고 살아야 하는지에 대한 문제에 당면해 있다. 하지만 취업을 준비하는 지금도 아직 가보지 못한, 시작하지 못한 다른 무언가를 통해 인생이 달라질 수 있을 거라는 환상을 쉽게 지우지 못한다. 그런 순간이 언제 올지 전혀 감도 안 잡히는데 말이다.

　오늘도 살아가기 위해 발버둥 치면서 가끔씩, 혹시나 모를 내 속의 다른 무언가가 눈을 뜨길, 더 나은 삶을 이룰 수 있길 기대하며 나는 아직도 허황된 꿈을 꾼다.

기어코 스쿠터

초판 1쇄 인쇄 2019년 5월 30일
초판 1쇄 발행 2019년 6월 10일

지은이   노효석
펴낸이   최종숙
펴낸곳   글누림출판사
책임편집   백초혜
편집   이태곤 문선희 권분옥 박윤정 홍혜정
디자인   안혜진 최선주
마케팅   박태훈 안현진 이희만
주소   서울시 서초구 동광로 46길 6-6(반포4동 577-25) 문창빌딩 2층(06589)
전화   02-3409-2055
팩스   02-3409-2059
전자메일   nurim3888@hanmail.net
홈페이지   www.geulnurim.co.kr
블로그   blog.naver.com/geulnurim
북트레블러   post.naver.com/geulnurim
등록번호   제303-2005-000038호

정가는 뒤표지에 있습니다.
ISBN 978-89-6327-564-2 03800

* 이 도서의 국립중앙도서관 출판예정도서목록(CIP)은 서지정보유통지원시스템 홈페이지(http://seoji.nl.go.kr)와
  국가자료종합목록 구축시스템(http://kolis-net.nl.go.kr)에서 이용하실 수 있습니다. (CIP제어번호: CIP2019020503)